Ambition

Ouvrage publié originellement par Simon Pulse,
une marque de Simon & Schuster Children's Publishing Division
sous le titre :
Ambition

18, rue Barbès, 92128 Montrouge Cedex
ISBN : 978-2-7470-2839-4
Dépôt légal : février 2011
Loi n° 49-956 du 16 juillet 1949 sur les publications destinées à la jeunesse.

Kate Brian

Ambition

Traduit de l'anglais (États-Unis) par Sidonie Van den Dries

bayard jeunesse

Kate Brian est l'auteure de nombreux romans pour adolescents, dont *Une princesse peut en cacher une autre*, chez Bayard Jeunesse, collection MilléZime.
Dans la série *Campus*, vous pouvez lire *Bienvenue à Easton* (vol. 1), *Sur invitation* (vol. 2), *Intouchables* (vol. 3), *Confessions* (vol. 4), *Nouveau départ* (vol. 5) et *Héritage* (vol. 6).

Je dédie ce livre à toutes les lectrices qui m'ont adressé par mail leurs mots d'encouragement, leurs questions judicieuses et leurs idées plus judicieuses encore. J'ai été ravie d'apprendre que cette série avait des fans aussi dévouées et aussi intelligentes. Continuez comme ça !

Négociation

Assise face à mes juges dans la grande salle de Mitchell Hall, je fixais les visages gris, impassibles, qui allaient bientôt décider de mon sort. Sceller mon destin et celui de mes amies. Sceller le destin de Billings.

Ils étaient tous contre nous. Leur hostilité me donnait mal au ventre ; j'avais l'impression qu'un rongeur s'était introduit dans mon estomac pour grignoter mes viscères. À vrai dire, j'avais mal partout. Mes poumons me brûlaient à cause de la fumée que j'avais inhalée dans le tunnel sous Gwendolyn Hall – le plus ancien bâtiment de l'Académie d'Easton, qui achevait de se consumer à la lisière du campus. Mon visage était meurtri comme si l'on m'avait giflée à répétition pendant des heures. Et, pour couronner le tout, un pic à glace invisible me transperçait la tête à intervalles réguliers. J'avais les yeux si secs que mes paupières s'y collaient lorsque je les fermais, me causant une douleur atroce. J'essayais de ciller le moins possible, au risque d'assécher davantage mes cornées.

C'était ma punition. Ma pénitence pour hier soir. Pour être allée à l'Héritage malgré l'interdiction de Cromwell, notre directeur, au lieu de rester tranquillement ici avec Josh. Pour avoir ingurgité toutes ces boissons roses. Pour avoir failli coucher avec le mec de ma meilleure amie. Pour avoir brisé le cœur du garçon que j'aimais. Le seul que j'avais jamais aimé…

Josh devait être quelque part derrière moi, dans la foule des curieux. Tout le lycée s'était rassemblé dans ce tribunal improvisé pour voir le bureau des directeurs infliger aux filles Billings la sanction qu'elles méritaient. Certains s'en délectaient déjà, et leur impatience rendait l'atmosphère encore plus oppressante.

Alors que Cromwell lisait son réquisitoire, je sentis le souffle paniqué de Constance Talbot dans ma nuque. Mon cœur se mit à tambouriner dans ma poitrine. J'avais déjà perdu Josh. Je ne pouvais pas perdre Billings. Surtout pas maintenant. Ce dortoir, c'était ma seconde maison. J'en avais besoin.

– Ces infractions sont extrêmement sérieuses, précisa Cromwell.

Ses cheveux blancs étaient soigneusement lissés et sa mâchoire carrée était plus impérieuse que jamais. Cependant, la lumière crue des néons ne lui faisait pas de cadeau, soulignant les défauts de son visage, creusant ses rides. Il tourna une page et reprit sa lecture :

– Bizutage, cérémonies d'initiation, bagarres, violations répétées du couvre-feu…

– Ce n'était pas nous ! C'était Cheyenne, protesta London Simmons à voix basse.

Avait-elle déjà oublié avec quel empressement elle avait suivi le mouvement ?

London était assise à ma gauche à côté de sa jumelle d'adoption, Vienna Clark. Toutes deux étaient vêtues de tailleurs noirs, de vraies tenues d'enterrement – sauf qu'aucune personne convenable n'aurait arboré de tels décolletés à des funérailles.

– Transgression de mon interdiction formelle de quitter le campus le dimanche 31 octobre au soir, enchaîna Cromwell. Et plus grave encore : destruction des biens de cet établissement.

Il croisa les doigts sur ses feuilles.

– Vous avez réduit en cendres Gwendolyn Hall, la mémoire de ce campus, précisa-t-il en me regardant droit dans les yeux.

Moi. Évidemment, moi. Reed Brennan, présidente de la maison Billings, le dortoir le plus prestigieux et le plus convoité de l'Académie d'Easton. Deux jours auparavant, nos camarades se seraient sans doute accordés pour me décerner le titre de la personne la plus enviée du campus. Aujourd'hui, j'étais devenue la fille à abattre. Entendons-nous bien : je n'avais pas traversé Gwendolyn Hall en courant, une torche à la main et prise d'un accès de démence, telle la Mrs Rochester de *Jane Eyre*, pour incendier le bâtiment. Le feu était la conséquence malheureuse d'un défi idiot que s'étaient lancé London et Vienna, et qui consistait à fumer des pétards dans les moindres recoins du campus. Quelqu'un avait laissé un mégot mal éteint dans son sillage, et ce n'était pas moi. Pourtant, l'administration me tenait pour seule responsable de la catastrophe. Le sentiment cuisant d'injustice que j'éprouvais ne m'empêcha pas de mesurer combien notre situation était critique. Ainsi compilées, nos infractions paraissaient vraiment graves, en effet.

– Comme si on était les seules à être passées par le sous-sol de Gwendolyn, murmura Noëlle Lange.

Bien qu'elle ne se soit pas privée de faire la fête la veille au soir, Noëlle était aussi élégante que d'habitude avec sa chemise blanche immaculée et son pantalon gris à pattes d'éléphant. Un serre-tête en écaille maintenait en arrière ses longs cheveux châtains. Vêtue d'un simple jean et du pull en cachemire noir qu'elle m'avait offert quelques semaines plus tôt, je me sentais comme un troll, comparée à elle. Je me redressai pour affronter le regard froid de Cromwell.

– Monsieur...

London venait de se jucher sur ses talons de 12 cm.

– Je voulais juste vous signaler qu'on n'était pas les seules à Gwendolyn hier soir.

Elle jeta un bref coup d'œil à Noëlle pour s'assurer de son soutien.

– Je veux dire… les garçons aussi étaient là, et…

– Je ne crois pas avoir sollicité de commentaire, mademoiselle Simmons, la coupa le directeur.

Il avait collé la bouche contre le micro, si bien que sa réponse produisit une véritable détonation dans les haut-parleurs suspendus aux quatre coins de la salle. La voix de Zeus.

London laissa échapper un petit cri de surprise et se rassit sans demander son reste.

– Bien. Où en étais-je ?

Tandis que Cromwell feuilletait ses papiers, Constance se pencha pour me glisser à l'oreille :

– Whit a parlé avec sa grand-mère. Elle lui a dit qu'ils s'occuperaient des autres élèves individuellement. Comme tout notre dortoir était présent, ils veulent, je cite, « régler d'abord le problème de Billings ».

Walt Whittaker, Whit pour les intimes, était le petit ami de Constance. Plus âgé que nous, il étudiait à Harvard et sa grand-mère siégeait au bureau des directeurs. Un visage gris parmi les autres. Je repérai la vieille dame chétive qui somnolait à l'extrémité de la longue table. Ma vie était en jeu et elle roupillait. Sympa ! Quant à notre seconde alliée potentielle, Susan Llewelyn – l'ancienne pensionnaire de Billings membre du bureau des directeurs qui nous avait indiqué le passage secret partant de Gwendolyn Hall –, elle brillait par son absence.

– Je suis TPS, déclara Portia Ahronian en roulant ses grands yeux verts.

Pour une fois, elle nous fit l'honneur de se traduire elle-même :

– Tellement Pas Surprise. Le Crom cherche un moyen de se débarrasser de nous depuis qu'il a mis les pieds sur le campus pour la première fois. Il a beau faire semblant d'être catastrophé, on sait bien qu'au fond il est MDR.

Comme pour lui donner la réplique, le directeur s'éclaircit bruyamment la gorge.

– Bien. Avec une liste d'infractions aussi accablante, un vote me semble superflu. Toutefois, le règlement intérieur de cet établissement nous impose d'en passer par là. Mes chers collègues, voici la question que je vous pose : le bureau des directeurs ici présent doit-il dissoudre la maison Billings et répartir ses pensionnaires dans les autres dortoirs de filles ? Ceux qui sont en faveur du...

Mon pouls battait dans mes tempes, derrière mes yeux et jusque dans ma gorge. Dans une seconde, nos juges allaient se prononcer. Nous confisquer notre maison. Nous anéantir.

– Ce n'est pas possible ! souffla Rose Sakowitz.

– Ils ne peuvent pas fermer Billings, gémit Lorna Gross. Je viens juste d'y entrer.

Sabine DuLac se pencha en avant et agrippa le dossier de ma chaise.

– Fais quelque chose, Reed ! chuchota-t-elle d'une voix pressante. Tu ne peux pas les laisser…

– Attendez !

J'avais bondi sur mes pieds et crié si fort que le plafond de la grande salle me renvoya l'écho de ma voix. Un silence de mort s'abattit sur l'assemblée. Mes camarades me considéraient avec stupeur. Je promenai sur eux un regard flou – autre conséquence de mes excès de la veille.

– Oui, mademoiselle Brennan ? fit Cromwell avec une moue de dédain.

Il n'avait pas employé sa voix de stentor pour m'interrompre. C'était déjà ça. Si seulement j'avais préparé ce que j'allais dire ensuite…

– Ce… Ce n'est pas juste, commençai-je, hésitante.

Ma voix geignarde provoqua quelques rires çà et là. Je n'avais pas prévu de prendre ce ton plaintif : mes cordes vocales m'avaient trahie. J'inspirai à fond avant de faire une nouvelle tentative.

– Avec tout le respect que je vous dois, monsieur le directeur, vous ne nous avez pas laissé une seule chance, déclarai-je, le plus fermement possible.

Du coin de l'œil, je vis plusieurs élèves du premier rang se pencher en avant, intrigués. Parmi eux, cette petite écervelée d'Amberly Carmichael. Amberly et ses amies de troisième avaient tout intérêt à ce que Billings subsiste. Noëlle et moi leur avions promis une place dans le dortoir lorsqu'elles seraient en première, à condition qu'elles provoquent une diversion la veille au soir. Elles s'étaient acquittées de leur tâche avec brio. D'après ce que j'avais entendu dire, elles avaient mis en scène la dispute la plus convaincante et la plus violente de l'histoire d'Easton, attirant les vigiles, puis Cromwell lui-même dans leur dortoir. Grâce à elles, nous avions pu quitter le campus incognito.

– Vraiment ? renifla Cromwell.

Il baissa les yeux vers ses papiers.

– Je pense au contraire vous avoir laissé de nombreuses chances, à vous et à vos camarades de dortoir.

Son air méprisant fit office de déclencheur. Des litres d'adrénaline se diffusèrent dans mes veines.

– Non, Monsieur !

Ma réponse effrontée souleva des murmures surpris dans l'auditoire. Mes camarades n'en revenaient pas que j'ose ainsi tenir tête à Cromwell. Honnêtement, moi non plus. Je continuai néanmoins :

– Je suis la première à admettre que Billings s'est illustré de façon lamentable cette année. Mais, au cas où vous l'auriez oublié, une de nos amies vient de mourir. Il est évident que nous avons du mal à nous en remettre... Toutefois, ce dortoir a longtemps été la fierté de notre école, et je suis sûre qu'il le redeviendra. Laissez-nous seulement une chance de le prouver.

Mes amies se redressèrent comme une seule personne et tendirent le cou. Un frisson de fierté me chatouilla la poitrine. Mon discours fonctionnait. En tout cas, sur elles. Cromwell s'appuya sur ses avant-bras et me considéra avec curiosité :

–Dites-moi donc comment vous comptez vous y prendre.

Aïe ! Voilà ce qui arrive quand on parle sans réfléchir. Je me tournai vers les filles Billings, les yeux écarquillés, priant pour que l'une d'elles ait une réponse toute prête. Noëlle s'éclaircit la gorge et fit glisser une main le long de sa cuisse, avant de frotter subrepticement ses doigts.

De l'argent... Bien sûr ! Dans ce milieu, c'était le plus convaincant des arguments. Mais combien d'argent ? Une somme qui pouvait paraître colossale à une élève boursière issue des classes moyennes, dont les parents remboursaient péniblement un emprunt immobilier, risquait de sembler dérisoire à ces gens qui payaient des opérations de chirurgie esthétique à leurs chiens et employaient un boulanger pour faire cuire leurs baguettes

« à la française ». Combien de zéros fallait-il pour les impressionner ?

– Nous allons organiser une collecte de fonds ! annonçai-je. Billings s'engage à recueillir... un million de dollars pour Easton.

Un concert de « oh » étouffés et de chuchotements s'éleva dans la salle.

– Si nous réussissons, vous nous laissez Billings, continuai-je. Si nous échouons, vous pourrez disposer de nous comme bon vous semblera.

Cromwell plissa les yeux. Il couvrit le micro d'une main et chuchota quelques mots à son voisin. Bientôt, le bureau des directeurs au grand complet jouait au téléphone arabe. Lorsque les commentaires revinrent aux oreilles de Cromwell, je retins mon souffle.

Le directeur se pencha lentement vers le micro. Son expression était indéchiffrable.

« S'il vous plaît. Faites qu'il ne me confisque pas ma maison. S'il vous plaît. Pas maintenant. »

– Portez cette somme à cinq millions, mademoiselle Brennan, déclara-t-il avec un petit sourire diabolique, et nous acceptons votre offre.

– Bravo ! cria quelqu'un derrière moi.

La salle s'emplit aussitôt d'un brouhaha de rires, de conversations et de grincements de chaises. Indifférente à ce vacarme, je demeurai pétrifiée sur place, un chiffre hallucinant imprimé sur la rétine. Cinq millions !

– On y arrivera, sans problème, dit Vienna en frappant joyeusement dans ses mains.

– Silence ! tonna de nouveau Cromwell dans les haut-parleurs.

Le calme revint instantanément.

– J'y mets des conditions expresses, compléta-t-il en regardant les filles Billings à tour de rôle. Ces cinq millions de dollars devront être collectés en bonne et due forme, et non glanés dans vos tirelires, ou empruntés à vos parents. Vous devrez réunir cette somme d'ici la fin novembre, ce qui vous laisse un mois. De mon côté, je vais contacter les anciennes pensionnaires de Billings afin de leur signifier qu'elles ne doivent pas vous aider dans vos préparatifs. En d'autres termes, vous êtes tenues de planifier et de financer vous-mêmes cette collecte de fonds, et la provenance des sommes sera dûment identifiée. Suis-je assez clair ?

Voyant que mes amies n'applaudissaient plus, je me tournai vers elles. Que se passait-il ? Elles n'allaient quand même pas se défiler maintenant, alors que je nous avais obtenu un sursis. Je m'étais exposée. J'avais pris des risques. « S'il vous plaît, les filles, évitez de me faire passer pour une cruche. »

Portia et les villes jumelles se consultèrent du regard. Vienna murmura quelque chose par-dessus son épaule à Shelby Wordsworth. Rose était en pleine conversation avec Tiffany Goulbourne et Astrid Chou. Super ! Mes amies papotaient pendant que j'attendais désespérément leur feu vert. Lorsqu'elles cessèrent enfin leurs conciliabules, Portia hocha la tête à mon intention.

Regonflée à bloc, je fis face au bureau, fixai Cromwell dans les yeux et souris :

– Marché conclu !

Positiver

– Reed, tu as déjà envisagé de faire carrière dans la politique ? me demanda Tiffany en sortant de Mitchell Hall.

Comme souvent en novembre, l'air de la Nouvelle-Angleterre était piquant et le ciel d'un bleu si vif qu'il semblait factice. Les feuilles orange et jaune qui parsemaient le sentier de pierres s'envolaient devant nous, tels des oiseaux effarouchés. Tiffany s'emmitoufla dans son long manteau et remonta le col sur ses joues ébène. Quel était son secret pour être aussi fraîche après une nuit blanche ? Personnellement, j'avais l'impression d'être passée plusieurs fois sous un rouleau compresseur.

– Euh… non, répondis-je.

– Tu devrais, c'était sublime ! affirma Astrid en me balançant un petit coup de coude dans le bras.

Le vent ébouriffait ses courts cheveux bruns. Toujours aussi délirante dans ses choix vestimentaires, elle portait une jupe en flanelle bariolée avec des collants rose vif et des chaussures violettes. Bien entendu, elle avait opté pour un maquillage assorti.

– C'était bluffant ! renchérit Sabine, admirative. Cromwell n'a rien vu venir.

– Tu m'étonnes ! intervint Shelby. Si tu relèves ce défi, tu vas entrer dans l'histoire comme la présidente qui a sauvé Billings.

Elle effleura d'un doigt ganté de cuir l'écran de son iPhone pour consulter ses textos. L'allure sophistiquée de Shelby la vieillissait un peu : elle semblait avoir une vingtaine d'années plutôt que dix-sept. Elle était vêtue d'un caban en tweed marron et ses cheveux blonds, détachés, ondulaient légèrement. Shelby se promenait toujours le menton levé, comme si un paparazzi imaginaire pouvait la prendre en photo à tout moment.

– Ouais, ou comme la dernière présidente de Billings, rectifia Missy Thurber en fronçant son nez aux narines démesurées.

Son commentaire lui valut une claque à l'arrière de la tête.

– Aïe ! Portia, qu'est-ce qui te prend ? s'insurgea-t-elle.

– Non au pessimisme ! décréta Portia en enfonçant les mains dans les poches de sa veste en fourrure. À partir de maintenant, il faut positiver. Pas vrai, Reed ?

– Absolument !

Inspirée par sa remarque, je décidai sur-le-champ de tout faire pour donner raison à Shelby plutôt qu'à Missy. Dorénavant, je concentrerais mon énergie à la collecte de fonds pour sauver Billings. Je ne risquais pas d'être distraite de ma tâche, puisque Josh m'avait quittée…

À cette pensée, des images de la veille me revinrent en mémoire et mon cœur se ratatina. Je revis les lèvres de Dash McCafferty sur les miennes ; l'expression de Josh lorsqu'il nous avait découverts ensemble sous la tente ; son air dégoûté.

Comment un garçon qui prétendait m'aimer avait-il pu me regarder ainsi ? Et comment mon cœur pourrait-il guérir un jour, alors qu'il se remettait à saigner chaque fois que je pensais à Josh ?

– Ça va, Reed ? s'inquiéta Noëlle. Tu es toute pâle.

Je clignai des yeux et tentai de me refaire une contenance. Je préférais éviter de confier mes déboires sentimentaux à Noëlle Lange, de crainte de m'engager sur un terrain miné. Je ne pouvais pas lui révéler la cause de ma rupture avec Josh. Dash et elle s'étaient remis ensemble la veille au soir. Je n'osais pas imaginer comment elle réagirait si elle apprenait que, le même jour, je m'étais retrouvée en compagnie de son ex dans l'intimité d'une tente. Je lui avais affirmé que Josh avait rompu sans me donner d'explications. Tu parles…

– Oui, ça va. C'est sûrement le contrecoup du stress, prétendis-je.

– Reed !

Amberly se fraya un chemin jusqu'à moi, flanquée de ses éternelles groupies. Ses boucles blondes sautillaient comme des ressorts autour de son visage angélique et elle portait comme toujours une tenue soigneusement assortie : un manteau rose pâle, une écharpe rose et blanche et un pantalon blanc en velours côtelé.

– On voulait juste te dire que si tu as besoin d'aide pour la collecte de fonds – ou n'importe quoi d'autre – on est là, déclara-t-elle en me prenant le bras.

– Merci, répondis-je distraitement. Je tâcherai de m'en souvenir.

Je me détournai pour scruter la foule, à la recherche de Josh. Tout bien réfléchi, je commencerais à sauver Billings après lui avoir parlé. Il fallait absolument que je lui explique. Que j'essaie de le reconquérir.

La foule des élèves s'était scindée en petits groupes qui flânaient sur la pelouse devant Mitchell Hall. Non loin de nous, Gage Coolidge, Trey Prescott et plusieurs autres pensionnaires de Ketlar discutaient, serrés les uns contre les autres – les mecs étant trop cool pour porter des manteaux, c'est bien connu.

Josh n'était pas avec eux. Je finis par le repérer. Il marchait seul, la tête baissée, en direction du bâtiment

Jonathan Arthur Montgomery, qui abritait les studios d'arts plastiques, le bureau du journal *La Chronique*, celui du magazine littéraire, ainsi que des salles de répétition pour la chorale et l'orchestre. C'était l'un des préférés de Josh. L'autre étant le cimetière de l'art, où l'on se retrouvait parfois le soir, avant l'épisode Cheyenne.

Il me semblait que des siècles s'étaient écoulés depuis ce jour horrible. Un soir, peu de temps avant sa mort, j'avais surpris Cheyenne dans les bras de Josh, dans cette salle que je considérais comme notre sanctuaire. On avait failli rompre à cause d'elle...

Je soupirai. Il s'était passé tant de choses depuis le début de cette année scolaire. Tout avait changé. On n'était pourtant que le premier novembre...

– Reed ? Où tu vas ? me demanda Noëlle, voyant que je m'éloignais. On a du pain sur la planche si on veut organiser cette collecte de fonds.

– Je sais. J'ai juste un petit détail à régler d'abord.

J'avais à peine parcouru deux pas qu'un pull bleu marine me barra le passage. Je levai la tête et découvris un mec à la stature impressionnante, aux yeux marron et à la coupe de cheveux très étudiée.

« Weston Bright, surnommé West. Ketlar, terminale. Capitaine de l'équipe de hockey. »

Mon cerveau débitait ces informations, mais j'ignorais quand et comment il les avait enregistrées, ni en quoi cela pouvait m'intéresser.

– Reed, tu as été incroyable tout à l'heure ! déclara West, qui m'adressait la parole pour la première fois de sa vie.

Il enfonça les mains dans les poches de son pantalon gris. Son sourire était franc, affable.

– Comment tu as fait ? Je crois que tournerais de l'œil si je devais tenir tête à Cromwell.

– Je ne sais pas, avouai-je en regardant la silhouette de Josh rapetisser dans le lointain.

J'étais sincère. Avec tout ce que j'avais traversé ces dernières vingt-quatre heures, j'aurais dû être recroquevillée sur moi-même dans un coin sombre, en train de bredouiller des phrases incompréhensibles.

– On pourrait sortir ensemble, un de ces soirs..., suggéra West. J'aimerais que tu me donnes des conseils. J'en aurais bien besoin pour réussir mes oraux d'admission à la fac.

Je le regardai en clignant des yeux. M'avait-il vraiment proposé de sortir avec lui ? Le cadavre de ma relation avec Josh était encore fumant ; je n'avais pas perdu tout espoir de le ranimer, et ce mec me draguait ouvertement. Comment savait-il seulement que nous avions rompu ? Je ne l'avais dit qu'aux filles Billings. Était-ce Josh qui faisait courir ce bruit ? Était-il tellement heureux d'avoir recouvré sa liberté qu'il le criait sur les toits ?

– Euh, peut-être. On en reparle plus tard ?

– Ouais. Donne-moi ton téléphone, je t'enverrai un texto.

West entra mon numéro de portable dans son répertoire et me décocha un nouveau sourire avant de s'éloigner d'un pas nonchalant.

London vint cogner sa hanche contre la mienne.

– Waow, Reed !

Elle regarda West s'éloigner en le détaillant comme s'il s'agissait d'un vulgaire morceau de viande, puis balança son épaisse tignasse par-dessus son épaule.

– Belle façon de rebondir ! commenta-t-elle.

– Tu plaisantes ? m'étranglai-je. Je viens de rompre avec Josh. Je ne vais pas me jeter dans les bras du premier venu.

– Qui parle de se jeter dans ses bras ? répliqua London. Contente-toi de coucher avec lui. West embrasse hyper bien.

– Argh, non ! m'écriai-je, comprenant le sous-entendu. Bon, il faut que je file ! À plus…

Un seul mec m'intéressait pour l'instant. Et, si je ne me dépêchais pas un peu, il allait sortir du décor. De mon décor.

Règlements de comptes

En approchant du studio d'arts plastiques, je songeai que je ne n'avais jamais eu autant le trac, de toute ma vie. J'étais plus détendue le jour de ma première rentrée à Easton, et même quand la police m'avait interrogée sur le meurtre de Thomas Pearson, l'an passé. Je n'avais pas éprouvé un tel stress lorsque j'avais craint d'être renvoyée. Et sur le toit de Billings, l'hiver dernier, quand Ariana avait décidé de me faire sauter dans le vide, j'avais ressenti plus de terreur que d'anxiété.

Mon état présent était presque pire, car il y avait de l'espoir derrière ma nervosité. J'avais beau deviner que je serais mal reçue, je n'arrivais pas à étouffer ce sentiment.

J'essuyai mes paumes moites sur mon jean avant d'ouvrir la porte.

De l'autre côté, Josh était perché sur un tabouret en bois, le dos arrondi comme un C, seul et triste, les yeux rivés sur son chevalet. Sur la toile, il avait tracé un profil au fusain qui me ressemblait beaucoup. Il n'avait pas encore ouvert de tube de peinture. Ses pinceaux étaient secs. Quand il m'aperçut enfin, ses yeux verts lancèrent des éclairs.

– Tu n'as rien à faire ici, me dit-il d'un ton cassant.

– Pourquoi ? Je me sens prise d'une passion soudaine pour la peinture.

J'avais opté pour la légèreté. Mauvais calcul. Josh se leva si brusquement qu'il faillit renverser son tabouret.

– Ne fais pas l'idiote ! Qu'est-ce que tu fabriques ici ? Tu ne crois quand même pas qu'on va en parler ? Que tu vas t'expliquer et me convaincre de te pardonner ?

Ses paroles me firent l'effet d'un coup de poing dans le ventre. Le souffle me manqua.

– Josh, je... je t'en prie, balbutiai-je.

– Non, Reed ! Non !

Il porta une main à sa tempe et grimaça.

– Je n'arrive pas à me sortir cette image de la tête. Toi et Dash... Est-ce que tu t'imagines ce que ça représente pour moi ?

– Oui, justement ! répondis-je sans réfléchir.

L'image de Cheyenne et Josh enlacés sur le sofa du cimetière de l'art venait brusquement de surgir devant mes yeux, avec une netteté foudroyante. Et la souffrance qu'elle m'avait causée était intacte.

– Mais je t'ai pardonné, rappelle-toi.

Josh fit une nouvelle grimace. De dégoût, cette fois.

– Tu m'as pardonné parce que ce n'était pas vraiment moi, ce soir-là. Cheyenne m'avait drogué. Je ne savais pas ce que je faisais.

Il n'avait pas tort. J'étais soûle quand j'avais rejoint Dash sur le toit de l'Héritage, mais je savais ce que je faisais. J'avais même rêvé de le faire depuis des mois. Comment un choix qui m'avait paru aussi évident, aussi inoffensif dix-huit heures plus tôt pouvait-il me sembler aussi calamiteux aujourd'hui ? Pourquoi n'avais-je pas imaginé une seule seconde ce qui se passerait si je m'abandonnais dans les bras de Dash ? Que je briserais le cœur de Josh, et que je me retrouverais moi aussi le cœur en miettes, prête à tout pour revenir en arrière ?

J'étais déjà à court d'arguments.

– Josh, je t'aime. Je...

– Tais-toi ! cracha-t-il. C'est la dernière chose que je veux t'entendre dire.

Le venin qui filtrait dans sa voix m'arrêta net. Il ne m'en fallut pas davantage pour comprendre. Je me battais pour une cause perdue. J'avais perdu Josh. Définitivement.

J'aurais tellement voulu qu'il me serre contre lui. Qu'il me dise que tout allait s'arranger. Qu'il redevienne le rocher qu'il avait toujours été pour moi. Chaque fois que j'avais eu des ennuis, chaque fois que mon univers avait failli s'écrouler, Josh m'avait soutenue, tirée d'affaire. Mais aujourd'hui il ne pouvait plus rien pour moi, car je l'avais profondément blessé. Je m'étais privée de mon seul réconfort, et cette pensée était une véritable torture.

– S'il te plaît, va-t'en, me demanda-t-il. Laisse-moi seul.

– D'accord.

J'avais la voix, les yeux, la gorge pleins de larmes. Je reculai d'un pas.

– D'accord. Je m'en vais.

J'allais faire ce qu'il me demandait, quand une pensée terrifiante m'assaillit. Une pensée qui ne m'avait pas encore effleurée, obsédée que j'étais par l'horreur de notre rupture. La terreur s'infiltra en moi, glaciale. Josh était si furieux. Si blessé. Et s'il...

Ma bouche refusait de prononcer ces mots. Pourtant, il le fallait. Je devais implorer sa pitié. Lui demander une dernière faveur. En souvenir de nous...

Une boule grosse comme une orange semblait s'être logée dans ma gorge. Et si c'était un avertissement ? Si mon corps cherchait à m'empêcher de commettre une nouvelle erreur ? La crainte de ce qui risquait d'arriver si je me taisais m'incita à continuer.

– Josh, j'ai un truc à te demander, dis-je d'une voix pâteuse.

Il me lança un regard oblique.

– Quoi ?

– Tu ne vas pas… Je veux dire… Tu ne vas pas en parler à Noëlle ? Lui raconter ce qui s'est passé avec Dash ?

Josh me regarda un long moment sans répondre. Puis il secoua la tête et partit d'un rire amer. Mon cœur se serra. Je savais ce qu'il pensait de moi à cet instant, et je me détestais. Mais, maintenant qu'il m'avait quittée, j'avais plus que jamais besoin de Noëlle.

– Non, finit-il par lâcher en me regardant avec mépris. Je ne dirai pas à ta chère Noëlle que sa meilleure amie est une garce. Si c'est pour ça que tu es venue, tu peux partir tranquille. Ton petit secret est bien gardé.

Les larmes ruisselèrent sur mes joues. Venant de Josh, d'ordinaire si gentil, si pondéré, si compréhensif, cette insulte était particulièrement douloureuse. Mais au moins j'étais rassurée. S'il s'engageait à garder mon secret, je pouvais lui faire confiance. C'était le mec le plus intègre que je connaissais.

– Josh…

– Bonne chance pour le sauvetage de Billings, dit-il avec un rictus.

Sous-entendu : « J'espère que tu vas échouer. »

Sur ces mots, Josh me tourna le dos et je compris que, cette fois, c'était pour de bon.

Il fallait absolument que je quitte cette pièce. Je fis demi-tour et fonçai vers la porte, une main plaquée sur la bouche pour contenir mes sanglots. Alors que je sortais dans le couloir en titubant, je faillis renverser Ivy Slade, drapée dans une cape de lainage noir et blanc. Super ! C'était exactement la personne que j'avais envie de voir…

Ivy me lança un regard moqueur, puis jeta un coup d'œil par la porte vitrée du studio d'arts plastiques. Elle haussa les sourcils et croisa ses bras minces sur sa poitrine. Ses grandes boucles d'oreilles argentées oscillèrent, attrapant au passage une mèche de cheveux noir corbeau.

– Des ennuis sentimentaux ? ironisa-t-elle. Tu réalises que, si tu ne t'étais pas incrustée à ma fête hier soir, rien de tout cela ne serait arrivé ?

« Sa fête » ! Comme si l'Héritage lui appartenait… C'était une tradition ancestrale, et Ivy avait essayé de se l'approprier en changeant les règles, en excluant tous les héritiers de l'Académie d'Easton. Quant à moi, j'y étais allée sans invitation, c'est vrai. Mais seulement pour aider mes camarades… OK, j'avoue : j'avais aussi l'espoir de m'amuser un peu, même si ça ne s'était pas déroulé comme prévu. Passé les deux premières heures, que j'avais occupées à boire et à danser, ma soirée avait tourné au cauchemar.

– On ne t'a jamais déconseillé de remettre en question une relation amoureuse après avoir descendu plusieurs Fuzzy Navels ? me demanda-t-elle avec un sourire narquois.

Cette garce jubilait et elle n'essayait même pas de s'en cacher.

– Comment tu sais ce que j'ai bu ?

– J'ai l'habitude de surveiller les parasites qui s'incrustent à mes fêtes, au cas où ils auraient l'intention de causer des problèmes, me confia Ivy. Heureusement, tu t'es bornée à te causer des problèmes à toi-même.

Elle posa une main sur la poignée de la porte. Josh était de l'autre côté. Elle allait le rejoindre. La jalousie me serra le cœur.

– Qu'est-ce que tu viens faire ici ?

– Travailler sur mon projet d'arts plastiques pour le diplôme. Je vais passer pas mal de temps au studio, cette année, dit-elle d'un ton plein de sous-entendus.

Traduction : « Je vais passer pas mal de temps avec Josh. »

Cette phrase me rappela la rengaine de Cheyenne : « Les terminales vont rester entre eux cette année. » Décidément, les filles employaient toutes les mêmes arguments pour profiter de la compagnie de Josh. Je me remémorai soudain la chambre d'Ivy. L'étrange collage qui ornait son mur et les albums photos pleins de clichés surprenants : Ivy et Cheyenne à la plage, sur un bateau, sur un court de tennis… Ivy et Cheyenne, qui étaient censées se détester. Pourquoi avaient-elles dissimulé leur amitié ? Ivy cachait-elle autre chose ?

– Bon, j'y vais ! annonça-t-elle. Je te laisse travailler à ton petit projet de collecte de fonds. C'est bien de se trouver des distractions pour oublier ses déboires sentimentaux. Le docteur Phil[1] serait fier de toi.

Elle me tapota l'épaule avec une sympathie feinte avant de me contourner pour rejoindre Josh dans le studio. Juste avant qu'elle ne me claque la porte au nez, ses lèvres rouges esquissèrent un sourire moqueur.

De nouveau, les larmes jaillirent de mes yeux. Je courus vers la sortie comme si ma vie en dépendait. La porte s'ouvrit à la seconde où j'arrivais et je percutai de plein fouet un élève, qui tomba à la renverse. Ses affaires s'éparpillèrent autour de lui. Qui aurait cru que le bâtiment JAM était aussi fréquenté le lundi matin ?

– Oh, pardon !

Mes larmes se mélangeaient avec de la morve. Je m'essuyai les joues d'un revers de main, sans grand résultat.

– Je suis vraiment désolée !

---

1. Le Dr Phil est un présentateur de *talk-show* spécialisé dans la psychologie, aux États-Unis.

– Non, c'est ma faute, répondit ma victime en ramassant son sac et ses cahiers. Je ne fais jamais attention où je vais… Hé, ça va ?

Je regardai son visage. Peau mate, cheveux bruns mi-longs, yeux noisette. Bizarre. Plaisant.

– Ça va, marmonnai-je. Il faut juste que je sorte de là.

– D'accord.

Il se releva et me tendit la main :

– Je m'appelle Marcellus Alberro. Marc, pour faire court. Et toi, tu es Reed Brennan.

Je le considérai avec perplexité. Pourquoi m'avait-il dit comment je m'appelais ?

– Ouais.

– J'ai trouvé ça trop cool que tu ne t'écrases pas devant Cromwell, ajouta-t-il avec un sourire.

Je me rappelai ma rencontre avec West. Est-ce que Marc allait prendre le même prétexte pour me proposer de sortir avec lui ?

– J'ai prévu d'écrire un article sur Billings pour *La Chronique*, me confia-t-il. J'allais justement au bureau faire des recherches, pour voir s'il y avait eu un précédent. Je veux dire… que l'Administration menace de fermer un dortoir. Je veux devenir journaliste, ajouta-t-il. Au cas où tu ne l'aurais pas deviné.

Je me surpris à rire.

– Dans ce cas, bonne chance pour ton article, Marc-pour-faire-court ! dis-je en poussant la porte.

J'étais pressée de retrouver ma chambre à Billings et d'aller me pelotonner sous mes couvertures.

– Merci, dit Marc. Euh... J'aimerais bien t'interviewer, si c'est possible.

– Maintenant ?

– Maintenant, oui. Pourquoi pas ?

N'avait-il pas remarqué mon état pitoyable ? Je ne me sentais pas spécialement disposée à être interviewée. Quoique... C'était peut-être une bonne idée, finalement. Pour me distraire. Mettre la presse de notre côté. Nous offrir un peu de publicité gratuite pour la collecte de fonds.

– En fait, je...

Le rire d'Ivy me coupa net. Il s'échappa par les bouches d'aération du studio, s'infiltra dans le couloir et résonna entre les murs, occupant soudain tout l'espace. Les poils de mes bras se dressèrent instantanément. Josh avait fait rire Ivy. Josh, malgré sa colère et son amertume, malgré son cœur brisé, plaisantait avec Ivy Slade.

– Excuse-moi, je dois filer !

Sur ces mots, j'abandonnai Marc à sa stupeur et détalai dans le crépuscule comme si j'avais le diable aux trousses.

Dormir…

Il fallait que j'appelle Dash. Après tout, c'était à cause de lui si j'étais dans ce pétrin. J'avais tout risqué pour lui. J'acceptais volontiers l'idée que j'avais parié et perdu, mais je voulais comprendre pourquoi. Pourquoi m'avait-il attirée sur le toit de l'Héritage ? Pourquoi m'avait-il suppliée de sortir avec lui, alors qu'il était toujours amoureux de Noëlle ? Alors qu'il avait prévu de retourner avec elle ?

À moins qu'il ne l'ait fait avant… Dash était-il revenu avec Noëlle avant qu'on s'embrasse ? Cette pensée mit mon sang en ébullition. Il fallait que j'en aie le cœur net. Après ce qui s'était passé, je méritais bien une explication. D'autant que je n'étais pas l'innocence même. J'avais besoin de mesurer la gravité de ma faute vis-à-vis de Noëlle. Est-ce que j'avais failli coucher avec l'ex de mon amie juste avant qu'ils ne se remettent ensemble ou, pire, alors que leur couple venait tout juste de se reformer ?

Ce n'était pas tout à fait la même chose.

J'introduisais ma clé électronique dans la seconde porte d'entrée de Billings – celle de l'intérieur –, lorsqu'un cri s'éleva derrière moi :

– Reed ! Attends-moi !

Kiki Rosen se faufila dans le sas une fraction de seconde avant que la porte extérieure se referme.

– Merci, me lança-t-elle, essoufflée. J'ai perdu ma clé.

– C'est vrai ?

– Ouais. Ce week-end. Probablement quelque part entre ici et Boston. Il faut que je passe à Hell Hall demain leur demander un double. C'est la poisse.

Elle ôta les écouteurs de ses oreilles et se glissa dans le hall pour rejoindre le petit salon, où se trouvaient déjà plusieurs de nos camarades.

– Tu viens ? me demanda-t-elle en se tortillant pour retirer sa doudoune. Astrid m'a dit qu'on allait parler de la collecte de fonds.

– Je vous rejoins dans une minute. J'ai un truc à faire d'abord.

Je montai l'escalier quatre à quatre sans lui laisser le temps de protester. Par bonheur, ma chambre était vide. Je m'assis sur mon lit, tentai de maîtriser mes halètements et composai le numéro de Dash sur mon iPhone. Je me préparai mentalement au combat. Je ne savais pas encore ce que je lui dirais, mais je n'avais pas l'intention de mâcher mes mots. J'avais un paquet de colère à évacuer, et la déverser sur ce traître était une option assez tentante.

Après deux sonneries, je tombai sur la messagerie. « Bonjour, vous êtes sur le répondeur de Dash McCafferty. Laissez-moi un message et je vous rappelle dès que possible. »

Plus formel, tu meurs ! Ça ne m'étonnait pas de lui. Je raccrochai avant le « bip ». De toute manière, j'aurais été incapable de lui laisser un message cohérent. Au lieu de cela, je récupérai mon ordinateur sur mon bureau et frappai sur une touche au hasard pour le réveiller. Les doigts tremblants au-dessus du clavier, j'attendis que la messagerie s'ouvre pour composer un mail tout simple :

> *Dash,*
> *Il faut qu'on parle. Appelle-moi.*
> *Reed.*

Après l'avoir envoyé, j'abandonnai l'ordinateur au pied de mon lit et je m'allongeai sur le dos, les jambes toujours sur le côté du lit. Les larmes séchées me tiraillaient les joues. Josh me haïssait, Dash m'avait abandonnée et Noëlle allait me tuer lorsqu'elle apprendrait ma trahison. Comment en étais-je arrivée là ? Pourquoi tout s'était-il détraqué ? Ma tête me faisait souffrir comme si mon cerveau cognait à répétition contre mon crâne. Je fermai les yeux et massai mes tempes du bout des doigts.

« Respire, Reed. Respire. »

L'expression dégoûtée de Josh continuait à me hanter et le martèlement dans ma tête s'accentuait de minute en minute. J'avais la gorge sèche et les muscles du dos noués. J'étais au bout du rouleau. Ce n'était pas seulement notre rupture qui m'avait mise dans cet état. C'était le manque de sommeil et la gueule de bois. Je n'avais pas fermé l'œil depuis la veille, j'avais fait la fête pendant des heures, bu de l'alcool, vomi et quasiment rien avalé.

Pouah ! Je me faisais horreur.

Il était encore tôt, à peine six heures du soir. Le dîner serait bientôt servi à la cafétéria, mais cela m'était égal : cette journée devait se terminer le plus tôt possible. J'allais me mettre au lit avec un cachet d'aspirine et, demain, j'aborderais ma nouvelle vie, fraîche et dispose. Ma vie sans Josh…

Je me forçai à m'asseoir et une bulle de douleur explosa derrière mes yeux. Je tendis la main vers le tiroir de mon bureau où je rangeais un tube d'aspirine. En tirant sur la poignée, j'entendis un fracas à l'intérieur, comme des boules de bowling roulant sur leurs rails. Puis un *blam !*

Ce vacarme inattendu m'avait fait sursauter, mais, lorsque je jetai un coup d'œil dans le tiroir, mon cœur cessa carrément de battre.

Il contenait des dizaines de billes noires, qui avaient roulé depuis le fond pour venir percuter la paroi de devant. Certaines rebondissaient encore contre mes stylos.

Des billes noires, comme celles que mes camarades avaient utilisées pendant la cérémonie d'initiation, pour voter l'exclusion des nouvelles recrues. Pour chasser de Billings les pensionnaires indésirables.

Qui avait mis ça dans mon tiroir ? Pourquoi ? Était-ce une blague stupide ou un message ? Une façon de me dire que j'étais indésirable, moi aussi. Que je n'avais pas ma place à Billings.

Je luttais contre un accès de vertige quand la porte de ma chambre s'ouvrit. J'empoignai mon tube de comprimés et refermai le tiroir, le claquant si fort que la photo encadrée de Scott et moi tomba sur mon bureau. Sabine entra dans la chambre d'un pas guilleret, trop excitée pour remarquer ma panique.

– Reed, tout le campus parle de toi ! claironna-t-elle en lâchant son sac à dos sur son lit. Tu les as totalement bluffés !

Depuis quelque temps, Sabine avait troqué sa garde-robe de fille des îles contre des vêtements plus adaptés au climat. Ce jour-là, elle portait un pull à col roulé vert pomme, une jupe écossaise et des cuissardes marron. Ce nouveau look lui allait à merveille, même si elle avait conservé ses boucles d'oreilles en coquillages, qui pendaient jusqu'à ses épaules.

– Ta collecte de fonds est LE sujet du jour. Tu as déjà des idées ?

– Non, pas encore.

Les mains tremblantes, je fis sauter du pouce le bouchon du tube d'aspirine, qui alla rouler par terre. Je dus déglutir plusieurs fois pour avaler les deux cachets blancs, coincés dans ma gorge.

– Tu veux de l'eau ? me proposa Sabine.

– Ça va.

Je retirai mes baskets et soulevai une fesse pour ouvrir mon lit sans avoir à me mettre debout.

– Tu te couches déjà ? fit Sabine, déçue. Les filles t'attendent en bas pour parler de la coll…

– Demain.

J'éteignis ma lampe de chevet, me glissai dans le lit tout habillée et tirai mes couvertures sur ma tête pour ne plus voir le visage dépité de mon amie. Je voulais dormir. Dormir et oublier, même quelques heures, ces deux derniers jours et leur cortège de calamités.

Sentant un poids à l'extrémité de mon lit, je sortis la tête et vis que Sabine s'était assise à mes pieds. Elle me regardait avec inquiétude, ses yeux verts luisant dans la pénombre.

– C'est à cause de Josh ? Tu veux qu'on en parle ?

– Pas maintenant.

– Je sais ce que c'est d'avoir le cœur en miettes, dit-elle avec sympathie.

– Ah bon ? Qui t'a brisé le cœur ? murmurai-je.

Ses paroles avaient allumé une minuscule lueur de curiosité, tout au fond de moi. Sabine ne m'avait jamais parlé d'aucun ex.

– À moi ? Oh, personne ! Je n'ai jamais eu de véritable petit ami, avoua-t-elle en fixant ses mains. Par contre, j'ai aidé ma sœur à surmonter une rupture très douloureuse. Elle m'a dit que, sans moi, elle n'y aurait pas survécu. Alors, je pourrais peut-être t'aider, toi aussi.

Je fis un effort surhumain pour lui sourire.

– Peut-être. Mais pas ce soir, d'accord ? Pour l'instant, j'ai juste envie de dormir.

– D'accord, finit-elle par lâcher. Je vais prévenir les autres, alors ?

– Merci.

Sabine sortit de la chambre et la porte se referma avec un léger clic. Je me sentais vaguement coupable de laisser tomber mes amies, mais c'était juste pour un soir. Demain, je réfléchirais à la collecte de fonds, aux billes noires, à Dash et Noëlle, à Josh et Ivy, et à tout le reste. Pour l'instant, j'aspirais seulement à quelques heures de sommeil réparateur.

Hunter Braden

Les billes noires étaient encore dans mon tiroir le lendemain matin. J'avais espéré découvrir en me réveillant qu'elles appartenaient à l'un des innombrables rêves bizarres qui avaient hanté ma nuit. Hélas, elles étaient toujours là, bien réelles. Je les glissai dans une chaussette dépareillée et les rangeai au fond du tiroir de ma commode. Elles pourraient nous servir à la fin de l'année, quand il nous faudrait choisir de nouvelles pensionnaires pour notre dortoir... Si Billings n'était pas fermé d'ici là.

Finalement, je me fichais de savoir comment ces billes étaient arrivées dans mon bureau. Aujourd'hui était un autre jour. J'avais décidé de prendre un nouveau départ. Je n'avais pas le temps de ruminer. Pas le temps de m'angoisser.

Je pris une douche, avalai un cachet d'aspirine pour me débarrasser d'un reste de migraine et choisis mes vêtements avec soin. Jupe noire, bottes noires, pull à col en V bleu clair. Il fallait que mon look colle à la personne que j'étais désormais. Célibataire. Dynamique. Responsable. J'allais prouver au monde entier que ma rupture ne m'avait pas affaiblie – même si, chaque fois que j'y pensais, j'avais envie de m'effondrer par terre comme un vieux chiffon.

Au petit déjeuner, je gagnai d'un pas nonchalant notre table habituelle en compagnie de Constance, Sabine et Kiki. J'attendis que mes amies prennent place entre les filles déjà arrivées, posai mon plateau à l'extrémité de la table et annonçai avec un sourire éclatant :

– Les filles, j'ai eu une idée !

Le silence se fit. Kiki ôta ses écouteurs. Je remarquai au passage que sa frange n'était plus rose, mais bleu roi.

– Raconte ! m'encouragea Noëlle en arrachant un morceau de son bagel.

– On va organiser la collecte de fonds à New York, sous la forme d'un gala-bénéfice.

Un concert de murmures excités s'éleva et les yeux fatigués de mes amies s'allumèrent. Je savourai mon succès.

– La plupart des anciens élèves d'Easton vivent à New York ou dans les environs. Je me suis dit qu'il fallait organiser le gala à l'endroit où se trouve l'argent, expliquai-je.

– Absolument ! s'exclama Sabine. En plus, j'ai toujours voulu visiter New York !

– Bonne idée, renchérit Tiffany.

– Et il faut le faire avant Thanksgiving, précisai-je en m'asseyant face à Noëlle. Avant que les gens ne partent en vacances en jet privé.

– Reed, tu es géniale ! me félicita Portia.

– C'est dans moins de trois semaines, objecta Missy, alias « miss rabat-joie ».

Je réfrénai une furieuse envie de tirer sur sa natte, comme si on était encore à l'école maternelle.

– Ça doit être faisable, réfléchit Noëlle. Ma mère a organisé les cinquante ans de mon père en moins d'une semaine. On oublie toujours son anniversaire, ajouta-t-elle en roulant les yeux. Et il nous fait un gros caprice quand il n'a pas sa fête.

Je ris. Je n'avais jamais rencontré les parents de Noëlle, mais je me figurais son père comme un homme grave et imposant. L'imaginer en train de bouder comme un petit garçon était plutôt amusant.

– Reed Brennan ? fit une voix masculine veloutée, tout près de mon oreille.

Je tournai la tête et croisai les magnifiques yeux bleus de Hunter Braden, la coqueluche d'Easton. Toutes les filles de la table – hormis Noëlle – rougirent à sa vue. Ses cheveux blonds ébouriffés, ses traits ciselés et son look BCBG froissé avaient fait la une de tous les tabloïds new-yorkais à la fin de l'année dernière, quand Hunter était sorti avec la fille d'un magnat de l'hôtellerie. Les deux tourtereaux avaient disparu pendant plusieurs jours sur une île éloignée dont j'ignorais le nom. Depuis, tout le campus spéculait sur l'identité de sa prochaine conquête.

– Hunter, répondis-je du ton le plus détaché possible, même si les joues me cuisaient.

J'avais beau être au trente-sixième dessous, je n'étais pas immunisée contre son charme.

Sa chemise Ralph Lauren bleu pâle était chiffonnée et sa cravate desserrée juste ce qu'il fallait. Une décontraction savamment étudiée. Il tenait deux livres contre sa cuisse, n'étant pas du genre à s'encombrer d'un objet aussi prosaïque qu'une besace.

– Je voudrais t'inviter quelque part ce week-end, dit-il avec un sourire à tomber.

J'entendis quelqu'un suffoquer dans mon dos. Noëlle nous regarda en plissant les yeux. J'étais tellement médusée que j'en avais perdu l'usage de la parole. Pour me tirer de ma stupeur, Vienna crut bon de me donner un coup de pied dans le tibia et je vis des milliers d'étoiles. Saletés de santiags !

– Aïe ! Euh… C'est sympa, mais… Je peux te répondre plus tard ?

Je craignais que Vienna ne me balance un autre coup de botte si je lui opposais un « non » catégorique. Et puis, ce n'est pas désagréable de se faire un peu désirer.

Hunter parut désarçonné. On ne devait pas souvent l'envoyer sur les roses.

– Pardon ?

– Euh… c'est juste que…

« C'est juste que je viens seulement de rompre avec l'amour de ma vie. » Comment lui dire que je ne me sentais pas prête à sortir avec un autre mec ? Surtout pas avec quelqu'un comme lui. Ce genre de relation, ça me paraissait… énorme !

– Je suis hyper débordée ces jours-ci, avec la collecte de fonds et tout… Il faut que… que je vérifie mon emploi du temps, bredouillai-je. Enfin, merci pour l'invitation.

Je sentis les regards venimeux de mes amies me transpercer comme des flèches. Comment osais-je repousser les avances de Hunter Braden ? L'intéressé se contenta de sourire.

– Très bien, vérifie ton emploi du temps, alors…

Il recula de quelques pas et ouvrit les bras, comme pour me donner un aperçu de ce que je risquais de manquer.

– Tu sais où me trouver.

Il tourna sur ses talons et s'éloigna à grands pas vers la table de Ketlar, les yeux des filles braqués sur lui. Vienna se renversa sur sa chaise et me donna un nouveau coup de pied, au même endroit.

– Aïe ! grondai-je en me frottant la jambe. Si ça continue, je vais mettre mes protège-tibias pour venir déjeuner !

London posa bruyamment sa fourchette.

– C'est quoi, ce délire ?

– Quoi ? me défendis-je. Je vous l'ai déjà dit. Je ne suis pas prête à sortir avec un autre mec pour l'instant.

– Hunter Braden n'est pas n'importe qui, siffla Portia. Ce mec, c'est...

Elle leva les paumes vers le plafond, comme si le ciel allait lui inspirer un mot assez fort pour le décrire.

– C'est... Hunter Braden.

– Exactement ! confirma Vienna. D'ailleurs, Reed, le meilleur moyen de se remettre d'une rupture, c'est de 1. remonter en selle, et 2. trouver un cheval hyper sexy, pour rendre le précédent vert de jalousie.

– Et il n'y a pas de cheval plus sexy que Hunter, renchérit Tiffany.

Waow, si même Tiff s'y mettait ! Une fille si posée...

– C'est sympa de vous soucier de moi, les filles, même si cette histoire de cheval me dérange un peu. Mais, honnêtement, je préférerais consacrer mon énergie à sauver Billings. Si on ne trouve pas cinq millions de dollars d'ici la fin du mois, notre mode de vie risque d'en prendre un coup. Plus de Billings, plus de films et de mojitos du vendredi soir, plus de fêtes « Grosse Phoebe »... rien. Enfin, si : Pemberly.

Mes amies échangèrent des regards effarés et je compris que j'avais fait mouche.

Le reste du repas fut consacré à échanger des idées pour le gala. Je me défendis de lorgner vers la table de Ketlar, où étaient assis Josh et Hunter Braden. L'invitation de Hunter m'avait intriguée. Après tout, ce mec était une célébrité. Mais, au fond, seul Josh m'intéressait. Je me raccrochais à l'espoir qu'il se réveillerait un matin, disposé à me pardonner. Il finirait bien par comprendre que j'avais agi sous l'emprise de l'alcool et que je n'étais pas responsable de mes actes. Exactement comme je lui avais pardonné son incartade avec Cheyenne parce qu'elle l'avait drogué. Certes, j'avais fantasmé d'être avec Dash avant de passer à l'acte, mais Josh ne pouvait pas le savoir. Il ne pouvait donc pas m'en tenir rigueur. En revanche, il pourrait me reprocher d'être sortie avec Hunter Braden.

Alors que nous marchions vers la chapelle pour assister au service du matin, je pris Rose par le bras et l'attirai à l'écart de notre petit groupe.

– Ça va, Reed ? me demanda-t-elle.

Rose était l'une des filles les plus discrètes de Billings ; cependant, notre dortoir n'avait quasiment aucun secret pour elle. C'était la seule à qui je pouvais poser la question qui me taraudait depuis le début du petit déjeuner.

– J'ai un truc à te demander, lui confiai-je à mi-voix. Tu te rappelles les accessoires qu'on a utilisés pour le rituel d'initiation : la lanterne, les billes, et tout ?

– Euh, ouais…, répondit-elle, surprise.

– Où sont-ils rangés ? Tu crois qu'ils sont dans la cave, ou…

Rose cligna des paupières.

– En fait, je crois que Cheyenne gardait tout ça dans sa chambre. Mince alors ! Je n'y avais pas pensé. Ça a dû être rangé dans un carton et envoyé à ses parents.

« Pas tout. »

Je déglutis péniblement. Cheyenne avait gardé les billes noires dans sa chambre. Comment, alors, avaient-elles atterri dans mon bureau pendant le week-end ? Ses parents avaient empaqueté ses affaires des semaines plus tôt. À moins que quelqu'un n'ait subtilisé les billes avant… Quelqu'un qui aurait prévu depuis longtemps de me jouer ce tour odieux… Mais qui ?

– Il faudra qu'on s'en procure d'autres d'ici la fin de l'année, réfléchit Rose.

Elle n'avait pas remarqué dans quel trouble m'avait plongée sa remarque précédente.

– Les billes, ça va encore, enchaîna-t-elle. Mais je me demande bien où on va dégotter une autre lanterne.

– Ouais, aucune idée.

« Attendons de voir, songeai-je avec amertume. Elle finira peut-être par réapparaître dans ma chambre, elle aussi... »

Casting

Un entraînement de foot intense et une douche chaude me firent le plus grand bien. En sortant de la salle de bains, je me sentais plus légère, prête à positiver. J'étais capable de surmonter cette épreuve. De vivre sans Josh. Après avoir passé la journée sur le qui-vive, craignant de le croiser à chaque détour du couloir, j'étais lessivée. L'exercice physique m'avait revigorée. Pour la première fois depuis le matin, je respirais normalement.

J'enfilai mon sweat bleu marine «Académie d'Easton» et je commençai à brosser mes cheveux humides, lorsque je remarquai quelque chose d'anormal. Le dortoir était trop silencieux. D'habitude, à cette heure-ci, la techno de night-club dont raffolaient London et Vienna faisait vibrer les murs. Constance arpentait le couloir, son téléphone portable à la main, pour raconter sa journée à Whit, tandis que Missy et Lorna faisaient d'incessantes allées et venues entre leur chambre et celle de Portia, claquant les portes toutes les cinq secondes. Mais ce soir, rien de tout cela. Le silence était de plomb.

J'étais tellement traumatisée par les derniers événements que ce calme suffit à me donner des palpitations. Tout ce qui sortait de l'ordinaire pouvait être synonyme de catastrophe. Je posai ma brosse sur la commode et allai entrebâiller la porte. Le couloir était désert. Où étaient passées les filles Billings ?

– Sabine ? Constance ?

Pas de réponse.

« OK, Reed, pas de panique ! » Il y avait forcément une explication. Les filles étaient peut-être au Coffee-Carma. Ou au rez-de-chaussée, en train d'étudier. Je sortis de ma chambre et descendis l'escalier sur la pointe des pieds, au risque de paraître ridicule si je croisais quelqu'un.

En posant le pied dans le hall d'entrée, je distinguai un mouvement à la limite de mon champ de vision. Je me figeai, saisie d'angoisse.

– Surprise !

Deux secondes plus tard, le soulagement me submergea. Mes amies, rassemblées dans le petit salon, brandissaient des coupes de champagne dans ma direction. Des bols pleins de fraises et des plateaux de chocolats trônaient sur les tables disposées en U. Quinze visages me regardaient en souriant.

– Que se passe-t-il ?

– Reed Brennan, ce soir, nous allons t'aider à trouver ton prince charmant ! annonça Vienna en me collant d'office une flûte dans la main.

– Pardon ?

Noëlle se leva gracieusement de son fauteuil au centre du U.

– On est toutes convaincues que tu dois te trouver un mec pour traverser cette phase critique. Alors, on t'a fait une petite sélection.

Elle indiqua le mur derrière moi. Suivant son regard, je remarquai que les portraits de groupe des filles Billings d'autrefois avaient été décrochés et remplacés par trois grands tableaux d'affichage en liège. Des photos au format A4 de plusieurs mecs d'Easton y étaient punaisées. Sous chaque cliché figurait un petit pavé de texte précisant les caractéristiques de l'individu : nom, âge, classe, ville d'origine, richesse. Les choses qui comptent, quoi…

Sabine vint se ranger à mes côtés.

– On va te trouver le mec parfait, m'assura-t-elle, rayonnante.

– Qu'est-ce que vous racontez ? demandai-je avec méfiance. Vous n'allez pas me refaire le coup du cheval, rassurez-moi !

Un éclat de rire général me répondit. Visiblement, le moral de mes amies était au beau fixe. Étonnant, vu les circonstances et les menaces qui planaient au-dessus de nos têtes. Sans compter qu'elles faisaient courir à Billings un risque supplémentaire en buvant ainsi du champagne à découvert. Si notre surveillante nous surprenait, c'était la fin de ce dortoir, collecte de fonds ou pas.

– Naylor est sortie pour la soirée, me rassura Noëlle, qui avait remarqué mon regard inquiet. Assieds-toi, détends-toi, prends un chocolat...

Elle me saisit la main et m'entraîna vers le fauteuil qu'elle venait de quitter. Rose me présenta un plateau de chocolats. J'en acceptai un et mordis dedans. Du caramel fondant coula dans ma bouche. Ça commençait bien...

– Bon, je vous explique comment on va procéder, annonça Vienna en allant se planter devant les panneaux d'affichage. Chacune de nous a sélectionné un lauréat pour que tu l'évalues. Le but de cette soirée est de te faire classer ces mecs du plus au moins... désirable.

– Après quoi, tu n'auras plus qu'à conquérir l'heureux élu ! acheva London en levant sa coupe, sous les acclamations de nos camarades.

Je me tortillai dans mon fauteuil.

– Les filles, je vous ai déjà dit mille fois que je n'étais pas prête à... conquérir qui que ce soit.

Les seules choses qui me venaient à l'esprit quand je regardais ces photos, c'était que ces mecs étaient des amis de Josh, ses camarades de dortoir. Et ça me rappelait qu'il était quelque part sur le campus, en train de me haïr. Cette pensée me torturait. Comment, dans ces conditions, pouvais-je envisager de le remplacer ?

– Laisse-toi aller, Reed, m'implora Sabine. C'est exactement le genre de distraction dont tu as besoin.

Elle vint me prendre les mains avec ferveur, manquant de renverser ma flûte de champagne.

– Tu vas sauver Billings pour nous. Laisse-nous te rendre ce service.

Je croisai ses grands yeux verts et compris qu'elle y croyait sincèrement. Et elle n'était pas la seule. Toutes mes amies me regardaient avec espoir. Sauf Missy, évidemment, qui inspectait ses ongles. Elles voulaient me changer les idées. Quel mal y avait-il à cela ? Après tout, ça ne me demanderait pas un gros effort de jouer le jeu pour leur faire plaisir. Rien ne m'obligerait à mettre cette liste en pratique.

– Bon, d'accord, lâchai-je.

– Ouais ! exulta Constance, tandis que plusieurs filles applaudissaient.

– Portia ? Tu veux bien commencer et nous présenter le garçon de ton choix ? demanda Vienna en s'effaçant devant son amie.

Portia se leva et indiqua la photo d'un mec souriant, aux longs cheveux bruns et au sourire de chat du

Cheshire. Dominic Infante. Il occupait la chambre voisine de Thomas et Josh l'an dernier. Je l'avais même aperçu en caleçon, un soir. Pas mal.

– Nous connaissons tous Dominic Infante, commença Portia en joignant les mains, tel un professeur récitant une leçon. Mais, comme il est modeste, la plupart des gens ignorent qu'il descend d'un prince italien...

– Ohhh, firent mes amies entre deux gorgées de champagne.

Pendant que Portia faisait l'éloge de son poulain, je regardai discrètement le tableau d'affichage derrière elle, curieuse de savoir quels autres garçons les filles Billings avaient choisis. Je repérai Hunter Braden, un sourire suffisant aux lèvres, et Trey Prescott, le camarade de chambre de Josh. N'importe quoi !

Il y avait aussi Jason Darlington, un mec très mignon avec qui j'étais souvent en cours. Toute l'élite d'Easton était représentée, et je trouvai assez flatteur que mes camarades m'aient jugée digne de la crème de la crème. Les choses avaient bien changé depuis ma période « lèche-vitres ».

Je reconnus un autre visage familier sur le tableau et je clignai des yeux, surprise. Marcellus Alberro – Marc-pour-faire-court. Ce garçon était séduisant, sans conteste, mais je n'aurais pas imaginé une seconde qu'il puisse attirer l'attention de mes amies. Il était trop remuant, trop volubile, trop… petit. Je louchai sur la carte et identifiai l'écriture de Constance. Bien sûr ! Pourquoi n'étais-je pas surprise ? Pour les choses importantes, Constance ne manquait jamais de profondeur.

– Et cet accent ? commentait Portia. *Molto* sexy !

Mes voisines approuvèrent avec enthousiasme. Leur bonne humeur était contagieuse et ce petit jeu commençait à me plaire. Je me relaxai dans mon fauteuil, goûtant au plaisir simple d'une soirée sans drame.

Mise en pratique

– Qu'est-ce qui t'a pris de choisir Trey ? demandai-je à Noëlle en quittant la queue du self-service, le mercredi matin. Tu pensais vraiment que je pourrais sortir avec le camarade de chambre de Josh ?

– Bien sûr que non ! C'est justement pour ça, chuchota Noëlle. Il fallait que je me décide, mais je sais comme toi que tu n'es pas prête pour une nouvelle relation. Du coup, ça m'amusait de sélectionner le mec qui ferait l'unanimité contre lui.

Futé !

À table, j'étais sur les charbons ardents. Je tressaillais chaque fois que la porte de la cafétéria s'ouvrait. J'avais beau me défendre de regarder, je finissais toujours par jeter un coup d'œil oblique pour voir qui était entré. Si mes amies avaient espéré que leur petit jeu m'aiderait à oublier Josh, elles s'étaient trompées. En revanche, elles n'avaient eu aucun mal à faire une croix sur lui. Mes quinze « prétendants » étaient LE sujet de conversation du petit déjeuner.

– Je vous trouve injustes d'avoir relégué Marc en quinzième position, les filles, se plaignit Constance en remuant ses flocons d'avoine. Vous ne le connaissez même pas.

– Exactement ! répliqua Noëlle. Et rien que ça, c'est éliminatoire. Personne à cette table n'a jamais parlé de lui, à part toi. Avoue que c'est mauvais signe.

Constance se voûta. On aurait dit une fillette qui vient d'apprendre que son chiot s'est fait renverser par une voiture.

– Moi, je lui ai déjà parlé, annonçai-je.

Mes paroles produisirent l'effet escompté. Constance se redressa et me regarda avec des yeux brillants.

– C'est vrai ?

– Oui, c'est vrai. Et il m'a bien plu.

– Youpi ! exulta Constance en lâchant sa cuillère. Alors, tu vas sortir avec lui ?

– Argh ! Non ! s'écria Vienna.

Elle était en train d'attacher ses cheveux en queue de cheval et sa poitrine plantureuse débordait de son décolleté. Un mec de troisième trébucha en passant près de notre table. Vienna ne s'aperçut de rien.

– Reed, tu ne peux pas sortir avec ce loser ! s'insurgea-t-elle. Si tu fais ça, la soirée d'hier aura été un fiasco total.

–Il s'appelle Marc, dit Constance, boostée par mon soutien. Il est super gentil et c'est le reporter le plus actif du journal. En plus, il est mignon… enfin, je trouve.

Constance, qui était rédactrice en chef de *La Chronique* d'Easton, fréquentait un tas de gens que je ne connaissais pas. En fait, un pan tout entier de sa vie m'était totalement étranger.

–S'il te plaît tellement, tu n'as qu'à sortir avec lui, suggéra London.

Constance rougit.

–Je n'en ai pas envie, dit-elle. Je suis avec Whit.

–Parfait. Alors, va retrouver ton Whit et laisse-nous aider Reed à choisir un mec digne de la présidente de Billings, rétorqua Noëlle.

–Absolument ! Mais pas Trey Prescott, intervint Astrid.

Noëlle eut un sourire rusé.

–Pourquoi pas Trey ? voulut savoir London. Il est hyper sexy.

–Exact. Mais sa dernière conquête se prénommait Cheyenne, rappela Astrid en gobant un grain de raisin. Reed a déjà hérité de la présidence de Billings. Tu ne crois pas que ce serait un peu morbide si elle sortait avec Trey ?

Pendant un long moment, personne ne pipa mot. J'étais sonnée. Astrid sous-entendait-elle que j'essayais de prendre ma revanche sur Cheyenne ? Cheyenne et elle s'étaient fréquentées pendant des années, mais Astrid m'avait assuré qu'elles n'avaient jamais été vraiment amies. Sa remarque me faisait douter. M'en voulait-elle d'avoir accepté le titre de présidente de Billings ? Et, si oui, m'en voulait-elle assez pour mettre des billes noires dans le tiroir de mon bureau ?

Lorsqu'elle vit tous les regards braqués sur elle, Astrid ajouta innocemment :

– Quoi ? Je dis juste que ça risquerait de faire jaser...

Noëlle secoua la tête, consternée.

– Si on discutait d'autre chose..., grommela-t-elle.

– Hunter est là-bas, me signala Tiffany. Tu devrais aller lui parler.

Je regardai discrètement dans la direction qu'elle m'indiquait. Hunter, assis à une petite table avec Trey et West, était aussi sexy que d'habitude avec sa chemise à rayures et sa veste froissée. Je laissai dériver mes yeux jusqu'à la table de Josh, mais il n'était pas encore arrivé. Voir sa place vide m'emplit d'un violent sentiment de manque. Cela suffit à me rappeler que je n'étais pas prête à rebondir.

– Je ne peux vraiment pas, les filles... Je...

Je me tus et pivotai brusquement lorsque j'entendis les portes s'ouvrir. Josh Hollis et Ivy Slade entrèrent ensemble dans la cafétéria et traversèrent la salle à grandes enjambées. Josh portait son gros pull gris à col cheminée que j'adorais, et il était d'une beauté à couper le souffle avec ses cheveux en bataille. Quant à Ivy, vêtue d'un manteau noir, ses cheveux corbeau séparés par une raie au milieu, on aurait dit une sorcière. Une très belle sorcière, mais une sorcière tout de même. Une sorcière qui marchait en inclinant la tête au point de frôler la tempe de Josh. Ils me dépassèrent sans m'accorder un regard et je crus que j'allais me trouver mal.

– Ne me dites pas qu'ils...

Missy ne me laissa même pas finir ma phrase.

– Je ne sais pas, chantonna-t-elle, toute guillerette. Ils sont cul et chemise depuis deux jours.

Chère Missy ! Toujours prête à remuer le couteau dans la plaie.

Mais non. Ce n'était pas possible ! Pas Ivy ! Josh ne me détestait pas à ce point.

– Ça va ? me demanda Sabine.

Noëlle répondit à ma place :

– Reed va très bien.

Elle se pencha en travers de la table et m'interpella :

– Reed, il faut que tu te serves de ce que tu ressens en ce moment ! Lève-toi et va voir Hunter. On ne te demande pas de l'épouser. Juste de parler avec lui assez longtemps pour que Josh en fasse une jaunisse.

– Noëlle a raison ! insista Shelby, qui inspectait ses sourcils dans un miroir de poche.

Josh et Ivy quittèrent la queue du self-service, marchèrent côte à côte jusqu'à une table et s'assirent ensemble. Seuls.

Apparemment, Josh n'allait pas se réveiller un beau jour disposé à me pardonner. Il n'allait pas admettre que nous étions quittes : que je m'étais égarée dans les bras de Dash parce que j'étais saoule, comme il s'était abandonné dans ceux de Cheyenne après qu'elle l'avait drogué. Non, il allait juste passer à autre chose. En l'occurrence, sortir avec la fille que je détestais le plus au monde.

Dans ce cas, j'allais lui rendre la monnaie de sa pièce !

– Très bien. J'y vais !

Je me levai et appuyai les mains sur la table un instant, pour raffermir mes genoux tremblants. Après quoi, je fis demi-tour, m'éclaircis la gorge et balançai mes cheveux dans mon dos. Ceux et celles qui guettaient les faits et gestes de la présidente de Billings devaient avoir dressé leurs antennes, à présent. Au début, me savoir observée en permanence m'indisposait. Mais aujourd'hui j'étais décidée à en tirer profit. Aujourd'hui, tout le monde saurait que Reed Brennan avait jeté son dévolu sur Hunter Braden.

Je me dirigeai à pas lents vers la table de Hunter, le cœur battant à tout rompre. Malgré le nombre de regards rivés sur moi, je sentais celui de Josh dans mon dos.

«Tu crois m'avoir fait souffrir en t'affichant avec Ivy ? Eh bien, prends ça ! »

Hunter leva les yeux au moment où j'arrivais devant lui. Je tirai la chaise en face de la sienne et m'assis lentement, avec une élégance calculée. Trey et West, surpris, me fixèrent sans comprendre.

– Reed Brennan, roucoula Hunter.

En dépit de mon chagrin et du fait que j'étais en représentation, sa façon de prononcer mon nom me fit un effet hallucinant. Ce mec était vraiment trop sexy.

– Je savais que tu viendrais.

– Je sais reconnaître une proposition alléchante, répondis-je doucement.

Hunter sourit. Un instant, West parut contrarié. Il pensait sans doute que j'avais repoussé ses avances parce que je lui préférais son camarade. Puis il se lança dans une conversation avec Trey, comme si cet affront était déjà oublié. Après tout, il ne m'avait toujours pas envoyé le texto promis. J'étais prête à parier qu'il ferait l'impasse, et c'était aussi bien. Je ne me voyais pas gérer simultanément plusieurs conquêtes.

Hunter sortit son Blackberry de sa poche et le fit glisser jusqu'à moi, avant de croiser les mains sur la table.

– Donne-moi tes coordonnées.

Je ramassai le téléphone et posai les coudes sur la table pour entrer ostensiblement mon numéro dans son répertoire. Josh choisit ce moment précis pour se lever et quitter la cafétéria en coup de vent, abandonnant Ivy.

La culpabilité me serra la gorge une fraction de seconde. Je me repris aussitôt. Et puis quoi, encore ?

Après cela, un sentiment de bien-être total m'envahit. C'était vilain, bien sûr, mais humain aussi. Josh m'avait provoquée. Il allait voir ce qu'il en coûte de pactiser avec l'ennemi.

Menaces

L'après-midi, après les cours, je retournai à Billings pour me changer avant de disputer le dernier match de foot de la saison. Je marchais le nez dans mon livre, captivée par *La foire aux vanités*, un roman que notre prof d'anglais nous avait recommandé. Je l'avais déjà lu quelques années plus tôt et j'avais trouvé ça affreusement rasoir. Aujourd'hui, je me demandais comment j'avais pu passer à côté d'un tel chef-d'œuvre.

Par chance, depuis quelque temps, les gens s'effaçaient sur mon passage (comme à l'époque où j'étais en troisième au lycée de Croton : mes camarades et moi rasions les murs lorsque des terminales apparaissaient au bout du couloir), sans quoi, j'aurais fait un paquet de victimes. Des dizaines d'élèves flânaient dehors en bavardant avant de rejoindre un club sportif, la bibliothèque ou leur dortoir.

– Reed ! Reed ! Attends-moi !

Je m'arrachai à l'univers de Becky Sharpe pour réintégrer ma réalité. J'étais dans la cour carrée, à mi-chemin entre le bâtiment des salles de cours et Billings, et j'avais failli percuter un banc de pierre. Celui qui venait de me héler m'avait sauvée de justesse.

– Salut !

Jason Darlington me rejoignit au petit trot, les joues rougies par le froid. Ses cheveux châtain-roux étaient ébouriffés et sa frange tombait devant ses yeux bleus. Jason était mignon, dans le genre inoffensif d'un présentateur de Disney Channel. Il avait joué dans plusieurs films quand il était enfant, mais sa carrière d'acteur était au point mort, disait-on.

– Comment tu fais pour marcher aussi vite et parler en même temps ? me demanda-t-il avec un sourire.

– Ça se travaille, plaisantai-je. Qu'est-ce que tu veux ? Tu as raté le devoir d'anglais ?

– Non. Je me demandais juste pourquoi tu as accepté de sortir avec Hunter Braden, dit Jason en soufflant sur sa frange, qui retomba aussitôt en place. Tu mérites tellement mieux…

Cette remarque me parut un peu présomptueuse, mais, comme c'était censé être un compliment, je ne relevai pas.

– Tu n'as pas remarqué qu'il a un seul pronom dans son vocabulaire : le « je » ? ironisa Jason.

Je ris.

– Ouais, enchaînai-je. Ce garçon a un léger problème de confiance en lui. En fait, il en a trop.

– Exactement ! confirma Jason, exhibant des fossettes adorables. C'est pourquoi je te propose de sortir plutôt avec moi. Je te garantis que j'ai entendu parler du mot « tu ».

Sans blague ! Est-ce que j'avais rêvé, ou est-ce que trois mecs craquants et très courtisés m'avaient draguée en l'espace de trois jours ? Même pour une fille Billings, c'était beaucoup ! Je plissai les yeux, me rappelant que Jason était numéro trois sur notre liste de candidats potentiels, juste derrière Hunter et Dominic.

– C'est London qui t'a demandé de venir me parler ? demandai-je en glissant mon livre dans mon sac.

Après tout, Hunter était le chouchou de Vienna. Si les villes jumelles adoraient se copier, elles raffolaient aussi de la compétition. Je voyais bien London encourager Jason à se lancer dans la bataille afin de mettre des bâtons dans les roues de son amie. L'expression confuse de Jason me détrompa.

– London ? Tu veux dire London Simmons ? Je n'ai pas parlé à cette fille depuis notre stage de théâtre à Bucks County, il y a trois ans.

London avait fait un stage de théâtre… Tiens, tiens… J'ignorais qu'elle aspirait à jouer la comédie. Je classai cette info dans un coin de ma tête et lorgnai vers Jason pour voir s'il me baratinait. Il n'était pas assez bon acteur pour que je m'y laisse prendre.

– Alors, qu'est-ce que tu en dis ? Si on se retrouvait à la bibliothèque jeudi soir ? On pourrait réviser ensemble le devoir d'anglais, suggéra-t-il, plein d'enthousiasme.

J'hésitai quelques secondes en pensant à Josh. Comment me jugerait-il s'il me voyait avec Hunter un jour et avec Jason le lendemain ? En même temps, je n'avais pas à m'en inquiéter. Josh avait fait une croix sur notre relation. Il sortait avec Ivy, désormais. Je pouvais bien faire ce qui me chantait. J'étais célibataire. J'étais la présidente de Billings. Et Jason était craquant.

– D'accord, répondis-je. Ça marche.

Son visage s'éclaira.

– Génial ! Rendez-vous à la bibliothèque à sept heures et demie, alors ?

– Parfait !

Il s'éloigna d'un pas tellement enjoué que je n'aurais pas été surprise de l'entendre pousser la chansonnette. Contente de moi, je pivotai et me retrouvai nez à nez avec Ivy Slade. Ma joie s'éteignit brutalement.

– Qu'est-ce que tu veux ? lui demandai-je d'un ton sec.

– Te dire que ça ne va pas marcher, répliqua Ivy en me fixant de ses yeux froids. Ta petite collecte de fonds.

Crois-moi, plus personne dans ce bahut ne peut vous sentir, vous, les filles Billings, avec vos grands airs et votre complexe de supériorité. Les gens rêvent de vous voir tomber, et on va faire ce qu'il faut pour ça.

– C'est une menace ? demandai-je, les joues brûlantes.

– C'est un fait, rétorqua Ivy avec un rictus moqueur. Même ton ex, si parfait, est d'accord avec moi. Tu l'as anéanti, Reed. Noëlle doit être fière de son petit prodige.

J'avais envie de l'étrangler. Au prix d'un effort surhumain, je parvins à garder mon calme. Je n'allais pas lui faire ce plaisir.

– C'est quoi, ton problème avec Billings ? Qu'est-ce qu'on t'a fait ?

Ivy pivota légèrement et lorgna vers mon dortoir. Noëlle, London, Portia et Shelby flânaient devant le bâtiment, assises sur les murets de pierre qui bordaient le sentier. Je vis sa mâchoire se crisper sous sa peau diaphane. Un bref instant, une onde de douleur traversa son regard, si vive qu'elle me fit tressaillir. Puis Ivy tourna le dos à Billings et redevint la fille que je connaissais : froide, revêche.

– Des tas de choses, répondit-elle en me fixant d'un air farouche.

Sur ces mots, elle tourna les talons. En la regardant s'éloigner, je me demandai quelles vacheries mes camarades de Billings avaient bien pu lui faire pour lui inspirer une telle colère. J'ignorais si elle avait quelque chose de concret à leur reprocher, ou si elle les détestait par principe. Mais quelqu'un dans notre dortoir le savait, forcément. Et ce quelqu'un allait devoir éclairer ma lanterne.

Supporters

C'était notre dernier match de foot de la saison et, après quatre-vingt-huit minutes de jeu, nous étions toujours à égalité contre la Barton School. Match nul, zéro à zéro. Je remontai le terrain avec le ballon, ventre à terre. Je voulais absolument marquer avant le coup de sifflet. Je voulais gagner. J'en avais besoin !

Un vent glacé plaquait mes cheveux trempés contre mes tempes. La fille exténuée qui m'avait collé aux basques depuis le début de la rencontre fondit sur moi depuis la droite. Elle tendit la jambe vers le ballon, mais je glissai le pied dessous à la dernière seconde et il décolla. Sans attendre que mon adversaire se relève, je bondis au-dessus d'elle et récupérai la balle comme par miracle. La foule des supporters, plus dense que d'ordinaire, entra en effervescence.

– Bien joué, Brennan ! cria quelqu'un.

Je continuai sur ma lancée, bille en tête.

Plus que dix mètres avant le but. Cinq ! Le goal me surveillait comme un faucon, mais je connaissais son point faible : elle était petite et manquait d'envergure. Si je parvenais à viser au-dessus de sa tête, c'était le but. La gloire ! Je voyais déjà le tir en pensée. Le ballon passant entre ses doigts tendus... Soudain, je repérai Noëlle du coin de l'œil. Elle était démarquée de l'autre côté du terrain. Le défenseur adverse, dont elle s'était débarrassée je ne sais comment, sprintait vers elle.

Noëlle était en terminale. C'était son dernier match. Un timing parfait. J'avais envie de tirer, mais aider une coéquipière à marquer, c'était bien aussi.

Je feintai en jetant un dernier coup d'œil vers le coin du filet, où j'avais prévu d'envoyer la balle. Le goal s'y laissa prendre et fonça sur sa droite. Au lieu de tirer, je fis une passe à Noëlle, qui shoota dans l'angle opposé. La fille réagit trop tard. Lorsqu'elle plongea, la balle rebondissait déjà contre le filet.

– Oui ! hurla Noëlle.

Nous nous jetâmes sur elle à la seconde où l'arbitre sifflait la fin du match, annonçant la victoire d'Easton. Noëlle avait marqué le but gagnant dans le dernier match de sa carrière de lycéenne. Grâce à moi.

– Jolie passe, dit-elle en me frappant dans la main avec un sourire entendu.

– Joli but !

En regagnant les gradins avec le reste de l'équipe, je remarquai la composition inhabituelle du public. Quelques parents étaient venus encourager leurs filles bientôt diplômées, mais le reste de l'assistance était presque exclusivement masculin. Dans les rangs des visiteurs, la proportion était la même. Les mecs d'Easton n'étaient pas les seuls ; ceux de Barton aussi avaient fait le déplacement. En temps normal, les gradins étaient presque déserts pendant nos matches, et les spectateurs de sexe masculin étaient rares. Que se passait-il aujourd'hui ?

– Bien joué, Brennan ! me cria un terminale, alors qu'on rejoignait le stand des boissons.

– Joli travail d'équipe ! me lança un autre.

Là-dessus, une vingtaine de gars applaudirent, sifflèrent et hululèrent. Tout ça pour moi. Même les mecs de Barton m'acclamaient. Je surpris Jason Darlington en train de frapper dans ses mains et il m'adressa un sourire complice. Déjà rouge d'avoir couru, je virai à l'écarlate.

– Que se passe-t-il ? demandai-je à Sabine en prenant le gobelet d'eau qu'elle me tendait.

Ma camarade de chambre s'était inscrite au club de foot au début de l'année, mais, après avoir évalué ses talents, notre coach, Mme Lisick, l'avait reléguée au poste d'assistante. Elle jouait parfois – la règle à Easton imposant que chacun puisse disposer d'un temps de jeu –, mais seulement quand on gagnait haut la main, ou lorsque notre défaite était inéluctable.

– Ils sont venus pour te voir, me chuchota-t-elle. Ils ont parlé de toi pendant tout le match.

– Tu plaisantes ?

Je passai rapidement en revue les dizaines de visages. Certains m'étaient familiers, d'autres non.

– Voilà ce qui arrive quand la fille la plus sexy d'Easton se retrouve sur le marché, commenta Noëlle. Les mecs surgissent de partout, la langue pendante.

Elle posa un avant-bras sur mon épaule et s'appuya contre moi pour se repaître du spectacle. J'étais à la fois flattée et horriblement gênée. Je jetai un nouveau coup d'œil vers les gradins, où des inconnus jouaient des coudes pour mieux me voir. Comme si j'étais une célébrité. Des garçons aux cheveux longs et d'autres à la coupe en brosse, des grands et des petits, des maigres et des bien en chair. Tous me souriaient. Je me détournai. C'était trop bizarre.

– Je vais... chercher mon stick à lèvres, bredouillai-je avant de fausser compagnie à mes amies.

Je me précipitai vers l'extrémité des gradins, espérant disposer d'un petit moment de répit en échappant à la vue de mes admirateurs. Mais, aussitôt après avoir tourné le coin, je me figeai. Astrid, accroupie près du tas d'affaires, était en train de fouiller dans mon sac.

Je restai un moment immobile, le cœur battant à tout rompre. Pourquoi Astrid fouillait-elle dans mes affaires ? Était-ce elle qui m'avait laissé les billes noires ? Allait-elle mettre autre chose dans mon sac de sport ? Moi qui nous croyais amies…

Elle se redressa au moment précis où j'allais l'interpeller. Elle tenait quelque chose à la main et sursauta violemment en me découvrant tout près.

– Oh, Reed ! Tu m'as fichu une de ces trouilles.

– Qu'est-ce que tu cherchais dans mon sac ?

Son sourire s'évanouit. Mon intonation l'avait troublée.

– Puisque je suis prise en flagrant délit, autant avouer ! plaisanta-t-elle en me présentant sa paume ouverte. Je t'ai piqué une barrette.

Une de mes barrettes reposait effectivement dans le creux de sa main.

– Excuse-moi. Ma frange me rend dingue, dit-elle en repoussant ses cheveux courts, humides de transpiration. Je voulais juste l'attacher avant la réunion de l'équipe. Ça ne te dérange pas ?

Je coulai un dernier regard vers mon sac. Est-ce que je pouvais la croire ? Son explication était plausible, mais depuis l'épisode des billes j'étais devenue un peu parano.

– Bien sûr, finis-je par dire. Pas de problème.

Astrid me fit un sourire gêné, puis me contourna pour aller rejoindre nos camarades. Je m'assis dans l'herbe et tirai mon sac sur mes genoux. Rapidement, mais avec minutie, je le vidai pour inventorier son contenu. Mon sweat, ma serviette éponge, ma bouteille d'eau, mes protège-tibias de rechange. J'ouvris même la petite bourse en nylon dans laquelle je rangeais ma clé, un stick à lèvres et des bandeaux pour les cheveux. Il ne manquait rien, hormis une barrette. Et rien ne sortait de l'ordinaire. Quand le sac fut vide, je le retournai et le secouai.

Rien.

Je levai la tête et vis Astrid frapper dans les mains de Bernadette Baskin. Astrid s'était toujours comportée en amie avec moi. Mais, avec tout ce qui s'était passé dernièrement, la prudence était de mise. Tant que je n'aurais pas identifié le ou la coupable, c'était normal que je sois sur mes gardes.

Panne d'inspiration

Après le match de foot, j'étais pressée de passer aux choses sérieuses. Si on voulait sauver Billings, il fallait s'atteler à la tâche et organiser cette collecte de fonds sans plus tarder. Je convoquai une réunion à huit heures dans le petit salon, et, dès sept heures cinquante-cinq, toutes mes amies avaient pris place sur les sofas et les poufs. Noëlle était assise dans l'une des deux bergères ; je m'installai sur l'autre. Nous avions déjà discuté ensemble de l'ordre du jour, aussi entrai-je directement dans le vif du sujet :

– Bien. On est d'accord sur une chose : le gala comportera un dîner. Reste à savoir où on l'organise. Le week-end prochain, Noëlle et moi irons à New York visiter plusieurs salles. London et Vienna, je vous propose de nous accompagner.

– C'est vrai ? glapit London.

– Une virée entre filles ! J'adore ! s'écria Vienna en frappant dans la main que lui tendait son amie.

– Pourquoi elles ? protesta Missy.

« Comme si j'allais te proposer de m'accompagner ! Je préférerais encore endurer le supplice chinois de la goutte d'eau. Ou regarder Josh et Ivy s'embrasser pendant dix minutes… Euh, non. Quand même pas. »

– Parce qu'elles ont des relations, répliqua froidement Noëlle.

– Absolument ! confirma Vienna. Et on sait s'y prendre pour obtenir un tas de trucs gratuits.

– Ouais, renchérit London. Personne ne nous refuse jamais rien.

Elles se regardèrent en gloussant et je me demandai quel était leur secret pour se rendre aussi irrésistibles. Je me retins de les interroger.

– Bien. Maintenant que cette question est réglée, il faut faire en sorte d'organiser un événement incontournable, dis-je en ôtant le capuchon de mon stylo. Une soirée originale. Fabuleuse. Comme on s'y prend à la dernière minute, il faut motiver suffisamment les gens pour qu'ils annulent ce qu'ils avaient prévu ce soir-là. Assister à notre soirée doit devenir leur priorité.

Mes amies semblaient captivées par mon discours. Je les sentais gonflées à bloc, pleines d'une énergie positive. On allait expédier ça en un rien de temps.

–Alors, quelqu'un a des idées ? demandai-je, le stylo levé.

Personne ne pipa mot.

–Jetez-vous à l'eau, dites n'importe quoi ! les pressai-je. Le tout, c'est de commencer. Ensuite, les idées couleront toutes seules.

Les filles échangèrent des regards gênés, comme si elles avaient peur de parler. C'était un comble !

Lorna leva timidement la main :

–Moi, j'ai une idée.

Lorna, qui avait longtemps été une fille boulotte au physique ingrat, avait perdu beaucoup de poids depuis qu'elle s'était inscrite dans l'équipe de cross du lycée. Sa nouvelle coupe de cheveux lui allait bien, et elle était presque jolie. Elle avait dû gagner en confiance aussi, car elle était devenue plus loquace.

–On t'écoute, Lorna, l'encourageai-je.

–On pourrait faire un thème années 80, proposa-t-elle.

Un concert de grognements lui répondit.

–Ce n'est pas une kermesse d'école publique, dit Missy avec un rictus méprisant. C'est une collecte de fonds. Pour adultes !

Lorna se recroquevilla et je fusillai Missy du regard. Certes, la soirée 80's était une idée calamiteuse, mais Missy n'était pas obligée d'humilier publiquement sa prétendue meilleure amie.

– Et toi, Missy, tu as une idée ? lui demandai-je.

L'intéressée blêmit, puis se lança :

– Euh… on pourrait faire une vente aux enchères silencieuse.

– Ah, non ! Je ne supporte plus ces trucs-là ! s'insurgea Portia en roulant les yeux. Ce qui est drôle dans une vente aux enchères, c'est quand tu peux battre les autres enchérisseurs devant tout le monde.

– En plus, qu'est-ce qu'on vendrait ? demanda Tiffany. Nous ?

Des rires fusèrent. Je regardai mes amies, ces quinze filles parmi les plus intelligentes et les plus accomplies de l'Amérique du Nord. Des filles qui voyageaient dans le monde entier, qui étaient de toutes les fêtes… Je n'arrivais pas à croire qu'elles manquent à ce point d'inspiration.

– Alors, quelqu'un d'autre ?

– Une soirée costumée ? Un truc du genre « Pasteurs et Putains », suggéra humblement Astrid.

– Oh oui ! Ça me plaît ! s'exclama London.

– Tu aimerais n'importe quoi, pourvu qu'il y ait « putain » dans le titre, plaisanta Shelby en consultant ses messages.

Cette fille était totalement accro à son iPhone.

– C'est quoi, « Pasteurs et Putains » ? demanda Sabine, le nez plissé.

– Un truc typiquement anglais, expliqua Astrid. Les hommes se déguisent en hommes d'Église et les femmes en prostituées. Je sais que ça paraît nul, mais les vieux adorent ça. C'est très à la mode en Grande-Bretagne. Ici, ça paraîtrait exotique. Enfin, je pense.

– Mouais…

Ça ne me plaisait pas. Je comprenais que ce genre de soirée puisse être drôle, à un certain niveau, mais je voulais un thème sophistiqué, surtout pas vulgaire. Je notai quand même la proposition d'Astrid, histoire d'écrire quelque chose. Et aussi pour ménager la susceptibilité de mon amie. Qu'elle n'aille pas s'imaginer que je lui en voulais pour cette histoire de barrette.

– Autre chose ?

– On pourrait faire un thème « plage », ou « exotique », suggéra Sabine. On ferait une déco avec du sable et des palmiers et on demanderait aux gens de venir en tenues légères…

– Et on leur mettrait des colliers de fleurs en plastique, plaisanta Shelby.

Sabine rougit.

– Dans l'hémisphère Sud, on fête bien Noël en juillet. Pourquoi ne pas proposer le contraire ici : « juillet en novembre » ?

Noëlle secoua la tête :

– Personne n'accrochera. Imagine qu'il neige et que les invités se pointent avec des soutiens-gorge en noix de coco et des sandales ! Ils vont se retrouver à l'hosto avec une pneumonie et nous coller un procès. Pas question !

Sabine me décocha un regard penaud, l'air de dire : «Tu vois, j'ai essayé.» Je lui souris avec reconnaissance.

– Au moins, certaines font des efforts, remarquai-je.

Clairement, Sabine avait pris la parole dans le seul but de rompre le silence, qui devenait pesant.

– Allez, les filles, des idées ?

Après une nouvelle demi-heure de silence, émaillé de quelques propositions sans intérêt, je décidai de clore le brainstorming. C'était à la fois épuisant et déprimant.

– Bon, maintenant, parlons logistique, suggérai-je. Qu'est-ce qu'on a d'autre à faire ?

– La liste des invités, rappela Kiki en soufflant une bulle de chewing-gum.

– Exact. D'ici notre prochaine réunion, je vous demanderai à chacune de dresser une liste d'au moins vingt personnes. Quoi d'autre ?

– Il faut demander des autorisations de sortie à Cromwell pour le week-end prochain, signala Noëlle.

– C'est vrai. Ça ne va pas lui plaire, observai-je.

– Arrête ! Quand on lui aura rappelé qu'il y a cinq millions à la clé, tu verras que ça ne lui posera aucun problème.

– C'est vrai, admis-je. Bon, je crois qu'on ne peut pas faire grand-chose de plus tant qu'on n'aura pas choisi le thème de la soirée. Essayez d'y réfléchir chacune de votre côté et prévenez-moi si vous avez une illumination soudaine.

La pièce s'emplit de bavardages. En regardant mes amies se lever et rassembler leurs affaires, je me demandai pourquoi elles n'avaient pas été aussi loquaces cinq minutes plus tôt. Une chose était sûre : si l'une de nous n'avait pas bientôt un éclair de génie, on allait au casse-pipe. Si Ivy avait assisté à cette réunion, elle danserait de joie en ce moment, plus excitée que London et Vienna à une vente privée Calvin Klein.

Oui, au fait, Ivy… Noëlle se levait pour partir quand ma conversation avec la sorcière me revint en mémoire. Noëlle était à Easton depuis plus longtemps qu'aucune de nous, et rien ne lui échappait. Elle pourrait sûrement m'éclairer.

– Noëlle, j'ai une question pour toi…

Mon amie s'arrêta, une main posée sur le dossier d'un fauteuil.

– Et moi, j'ai une réponse.

Réaction typique. Cela dit, c'est vrai que Noëlle avait généralement réponse à tout.

– Pourquoi Ivy Slade est-elle à ce point remontée contre Billings ?

Noëlle cligna des yeux.

– De quoi tu parles ?

Je fourrai mon bloc-notes dans mon sac et lui barrai le passage.

– Au début de l'année, Portia et Rose ont suggéré de « réinviter » Ivy à Billings, mais Cheyenne a refusé. Est-ce qu'Ivy aurait dû être à Billings l'an dernier ?

Noëlle haussa une épaule :

– C'est une façon de voir les choses... Ivy a reçu une invitation à Billings à la fin de son année de seconde, mais elle a décliné. Fin de l'histoire.

« Elle a décliné ? Qui donc refuse une invitation à Billings ? »

– C'est incompréhensible ! dis-je en croisant les bras. Pourquoi nous déteste-t-elle à ce point si c'est elle qui a choisi de ne pas vivre ici ?

Noëlle haussa de nouveau les épaules et contourna le fauteuil.

– Désolée, Reed. Je n'ai pas une connaissance intime du cerveau d'Ivy Slade. Dieu merci !

Elle me dépassa et un signal d'alarme résonna dans ma tête. Je reconnaissais ce ton dédaigneux. Noëlle me cachait quelque chose. Comme si elle me jugeait indigne de partager ses informations. Je me raidis. Le temps était révolu où Noëlle pouvait me traiter en inférieure et me laisser dans l'ignorance. Nous étions égales, désormais, et j'étais prête à le lui rappeler. D'ailleurs, moi aussi, je savais certaines choses.

– Tu étais au courant qu'Ivy et Cheyenne étaient des amies d'enfance ?

Noëlle s'arrêta net et je jubilai intérieurement. J'avais fait mouche.

– Qui t'a raconté ça ?

– C'est juste un bruit qui court...

– Eh bien, c'est un bruit totalement périmé, répliqua-t-elle avec un rictus condescendant. Tu devrais conseiller à ton informateur de mettre ses pendules à l'heure.

– Ce n'est pas aussi vieux que ça, d'après ce que j'ai cru comprendre...

Je songeai à la photo d'Ivy et Cheyenne le jour de leur rentrée à Easton, en troisième. Elles étaient toujours amies en arrivant ici.

– Reed, ces deux-là sont comme chien et chat depuis que je les connais, m'assura Noëlle. Elles n'ont jamais pu se sentir. Et, d'ailleurs, pourquoi cette soudaine obsession pour Ivy Slade ? Elle prend un repas avec Hollis et te voilà sur le sentier de la guerre ?

– Je ne suis pas sur le sentier de la guerre, me défendis-je. C'est juste de la curiosité.

– Eh bien, remballe ta curiosité. Tu as des choses plus importantes à penser. Comment sauver ta réputation, par exemple. À moins que tu ne veuilles entrer dans l'histoire comme la présidente qui a causé la ruine de Billings…

Persuadée de m'avoir cloué le bec, Noëlle fit demi-tour et quitta la pièce d'un pas résolu. Seulement, son petit numéro ne m'avait pas convaincue. Loin de là. Je soupçonnais plus que jamais que le passé d'Ivy et son hostilité actuelle avaient un lien avec Billings, et plus particulièrement avec Cheyenne.

Restée seule dans le petit salon, je détectai un mouvement à la périphérie de mon champ visuel. Quelqu'un m'épiait de l'extérieur. Le cœur battant, je me précipitai à la fenêtre et soulevai le rideau. Une silhouette disparaissait derrière l'angle du bâtiment. J'aurais juré avoir vu une queue de cheval brune flotter dans le vent. Décidant de prendre Ivy en flagrant délit, je fonçai vers le couloir, avant de réaliser que je n'avais pas ma clé sur moi. Si je sortais, il faudrait que je crie sous les fenêtres pour que quelqu'un descende m'ouvrir. Écoutant ma raison, j'inspirai à fond et tentai me calmer. Après tout, je n'étais pas obligée de prendre Ivy en chasse. Je savais que c'était elle. Mais pourquoi rôdait-elle près de Billings à la nuit tombée ? Attendait-elle que nous soyons montées à l'étage ? Et, si oui, pourquoi ?

Quoi qu'en dise Noëlle, il était évident qu'Ivy s'intéressait de près à Billings. Et j'allais bientôt découvrir pourquoi.

Susceptibilités

Pas facile de faire des recherches pour un devoir sur la Seconde Guerre mondiale quand votre ex entame une relation amoureuse avec votre ennemie jurée. Chaque fois que je lisais les mots « invasion du territoire ennemi », je voyais en pensée Josh envahir celui d'Ivy. Désagréable. Après avoir passé une heure et demie devant mon ordinateur, j'avais pondu à peine trois phrases, du niveau d'un élève de CE2. J'avais beau m'efforcer de rester concentrée, m'asseoir bien droit et m'intéresser à mes notes, je me retrouvais toujours en train de regarder par la fenêtre, revivant le cauchemar du cimetière de l'art, avec Ivy dans le rôle de Cheyenne. C'est alors que je tressaillais, et m'apercevais que je m'étais laissé distraire une fois de plus.

Je venais de m'extirper d'une de ces rêveries quand j'entendis Sabine soupirer. Assise sur son lit, des oreillers dans le dos, elle tournait paresseusement les pages de son cahier de chimie. Un nouveau soupir lui échappa. Quelque chose la contrariait. Je fermai mon ordinateur et pivotai sur mon siège. De toute façon, je n'arrivais à rien.

– Sabine ?

– Ouais ? répondit-elle sans quitter son cahier des yeux.

– Tout va bien ?

– Ouais.

Sa réponse manquait de conviction. Elle se mit à jouer avec sa bague en argent, la faisant tourner avec son pouce. Je passai le coude par-dessus le dossier de ma chaise.

– Qu'est-ce qui te chiffonne ?

– Rien.

Elle me lança un regard penaud.

– Si je te le dis, tu vas te fâcher.

Elle tourna une nouvelle page, mais je n'étais pas dupe : elle étudiait autant que moi.

– J'ai fait quelque chose qui t'a fâchée ? demandai-je, redoutant sa réponse.

Ces deux derniers jours, je m'étais renfermée sur moi-même, cloîtrée dans mon petit enfer personnel. Cependant, je ne pouvais pas me permettre de laisser mes amies en plan. Surtout pas maintenant. Elles étaient tout ce qu'il me restait.

– Ce n'est pas toi, répondit Sabine en posant son cahier.

Ouf ! Je quittai ma chaise de bureau pour aller m'asseoir au pied de son lit.

– Alors, qu'est-ce qu'il y a ? Je te promets de ne pas me mettre en colère.

« Sauf si tu m'avoues que tu cours après Josh, toi aussi. Auquel cas, je ne garantis rien. »

Sabine me lança un regard hésitant, puis se décida. Elle ramena les jambes contre son buste, les enlaça et posa le menton sur ses genoux.

– C'est Noëlle, avoua-t-elle d'une voix résignée.

« Encore ! » Je sentis les muscles de mes épaules se crisper. J'en avais par-dessus la tête d'entendre Sabine se plaindre de Noëlle. Elle me servait la même rengaine depuis le jour où celle-ci était revenue à Easton, et ça commençait à me taper sur le système. Pourquoi ces deux-là refusaient-elles de s'entendre ? Ou au minimum de s'ignorer.

– Quoi, Noëlle ? demandai-je, sur la défensive.

– Tu vois ! fit Sabine d'un ton accusateur. C'est pour ça que je ne voulais pas t'en parler ! Tu vas encore la défendre !

Je pris le temps de respirer à fond et me hissai complètement sur son lit, repliant mes jambes sous mes fesses afin de lui faire face. « Patience, Reed. Cette fille est ton amie. Tu ne peux pas lui sauter à la gorge parce qu'elle te confie ses états d'âme. »

– Tu as raison. Excuse-moi. C'est juste que… Vous êtes mes meilleures amies et je déteste vous voir vous chamailler. Mais, si Noëlle a fait quelque chose qui t'a blessée, je veux le savoir. Que s'est-il passé ?

Sabine lâcha ses genoux et s'empara d'un oreiller.

– Je ne comprends pas pourquoi c'est forcément elle qui doit t'accompagner à New York. Quoi que tu fasses, elle s'attend toujours à y participer. Comme si c'était une évidence.

– Sabine, Noëlle vit à New York. Elle connaît la ville comme sa poche. Et moi, j'y suis allée trois fois en tout et pour tout. J'ai besoin d'elle.

– Mais London **et** Vienna y vont aussi. Elles aussi, elles connaissent la ville.

Je dégageai mes jambes pour prendre une position plus confortable.

– Euh, ouais…

Sabine posa son oreiller et se pencha en avant.

– Une fois de plus, j'ai eu le sentiment que c'était Noëlle qui commandait, avoua-t-elle. Dès qu'il s'agit de Billings, elle joue les propriétaires. Elle refuse d'accepter que ce soit toi la présidente, maintenant.

Je soupirai à mon tour. Sabine me répétait la même chose depuis des semaines. Je devinais combien ce devait être difficile, pour Noëlle, de voir quelqu'un d'autre occuper sa place. Pourtant, elle ne l'avait jamais montré. Pourquoi Sabine ne voulait-elle pas l'admettre ?

– Je me fiche de savoir si elle l'accepte ou non, répliquai-je. Je suis la présidente de Billings, c'est un fait. Mais ça n'empêche pas que Noëlle a plus l'expérience que moi pour ce genre de soirée. J'ai besoin de son aide pour sauver Billings.

Sabine voûta les épaules, récupéra son oreiller et baissa les yeux.

– C'est juste que… j'aurais bien aimé être invitée à New York, lâcha-t-elle, morose. J'ai toujours eu envie de visiter la ville.

Ah, voilà ! Le problème n'était pas tant que Noëlle participe au voyage. C'était que Sabine n'y était pas conviée.

– Tu voudrais venir ? Pourquoi tu ne l'as pas dit ?

Elle haussa les épaules.

– Vous avez décidé ça entre vous, Noëlle et toi, alors…

– Sabine, aucune loi ne dit qu'on doit y aller seulement toutes les quatre ! Bien sûr que tu peux venir !

– Tu crois ? s'écria-t-elle, radieuse.

– Bien sûr. Tu as du goût. Ton avis me sera précieux. En plus, toutes les filles Billings doivent avoir vu New York. C'est un impératif culturel !

Sabine éclata de rire et je me sentis plus légère.

– Tu es sûre que ça ne dérangera pas Noëlle ?

– Ça n'a pas vraiment d'importance, si ? dis-je avec un sourire malicieux. Ce n'est pas elle qui décide.

Rose

Curieusement, l'épreuve du réveil le lendemain matin me parut encore plus pénible que les autres jours de la semaine. Comme si je comprenais seulement maintenant que ma vie sans Josh n'était pas un cauchemar, mais la cruelle réalité. Que j'allais devoir me composer ce visage stoïque et jouer les braves tous les matins pendant une éternité. J'étais épuisée rien que d'y penser.

Enfin, ce soir, j'avais rendez-vous avec Jason pour réviser. Un événement censé marquer le début de ma nouvelle vie. Je devais me lever. Me mettre en condition.

Je repoussai mes couvertures et balançai les jambes sur le côté du lit. Puis je me forçai à sourire, même si Sabine était sous la douche et qu'il n'y avait personne pour me voir. Rien de tel que la bonne vieille méthode Coué.

J'entendis la pluie tambouriner sur les carreaux et j'allai jeter un coup d'œil par la fenêtre. Le ciel était gris et le vent soufflait en rafales : un temps à ne pas mettre le nez dehors. Je grognai, glissai mes pieds dans mes pantoufles et rejoignis ma penderie d'un pas traînant. Au diable mon uniforme de Super Séductrice ! C'était un jour à enfiler un jean et un sweat.

Je farfouillais entre les cintres à la recherche du sweat « Penn State » douillet que mon frère m'avait offert à Noël, lorsque je me pétrifiai. Trois vêtements roses qui ne m'appartenaient pas étaient suspendus à des cintres en bois au milieu de mes affaires : un cardigan, un chemisier Oxford et un autre en soie à manches courtes.

Je reculai en tremblant, comme s'ils allaient me sauter à la figure. Je ne possédais rien de rose, mais je connaissais ces habits. Je les aurais reconnus entre mille. Ils avaient appartenu à Cheyenne. C'étaient même ses préférés.

Je claquai la porte de la penderie, le cœur battant. Comment les vêtements de Cheyenne avaient-ils atterri ici ? Et pourquoi ?

« OK, Reed, réfléchis ! Respire à fond et réfléchis. Ces fringues ne sont peut-être pas à Cheyenne, mais à Sabine. Elle aime les trucs colorés. Elle les a peut-être rangés dans ta penderie par erreur. »

Réconfortée par cette théorie, je rouvris le placard, pris le gilet et l'examinai à bout de bras. Il était orné de minuscules boutons de nacre et de petites roses étaient brodées sur l'encolure. Je revis en pensée Cheyenne, vêtue de ce cardigan, rire d'une blague stupide de Gage à la cafétéria ; s'en couvrir les épaules dans le petit salon, un vendredi soir au printemps dernier. Il lui appartenait, j'en aurais mis ma main à couper.

Cela dit, il devait y avoir une explication logique. Peut-être qu'une de mes amies avait pris ces vêtements dans la chambre de Cheyenne avant que ses parents n'emportent ses affaires, en souvenir. Elle les avait envoyés au pressing, et au retour ils avaient atterri dans ma penderie par erreur. Une femme de ménage venait chaque semaine s'occuper de la chambre de London et Vienna. Elle avait pu se tromper de porte et ranger dans mon placard des affaires destinées aux villes jumelles.

Sauf que ces trucs n'étaient pas là hier. Rosaline, la femme de ménage, était-elle passée la veille ? Probablement pas. Elle venait généralement le week-end, et je ne me rappelais pas avoir entendu son pas traînant dans le couloir.

Il y avait aussi une autre explication, plus troublante. La personne qui avait mis les billes noires dans le tiroir de mon bureau avait pu placer ces vêtements dans ma penderie, par pure malveillance. Mais dans quel but ? Pourquoi voudrait-elle me rappeler Cheyenne ? Était-elle au courant du dernier e-mail que celle-ci m'avait adressé ? M'accusait-elle, elle aussi, d'avoir causé son suicide ?

Ivy ! Ivy, qui rôdait autour de Billings, hier soir. Elle m'avait laissée entendre à demi-mot que les filles Billings lui avaient causé du tort. Elle était peut-être persuadée que j'avais poussé Cheyenne au suicide. Mais, en admettant qu'elle me persécute pour venger sa mort, comment entrait-elle dans notre dortoir ?

La porte de la salle de bains s'ouvrit et je sursautai violemment. Sabine s'approcha en démêlant ses cheveux. Elle regarda le pull.

– Je croyais que tu n'avais pris aucune des affaires de Cheyenne, dit-elle en haussant les sourcils.

– Donc, ce truc est bien à Cheyenne ? fis-je, les tempes bourdonnantes.

– Oui.

Elle me considéra, perplexe. Il y avait de quoi. Si je m'étais approprié le pull de notre camarade défunte, le minimum serait que je sois au courant.

– Tu te rappelles : elle avait renversé du café sur le poignet le matin de l'initiation. Ça l'avait rendue folle.

Sabine prit la manche du gilet et la retourna, révélant une petite tache sombre.

– Pourquoi tu as choisi un pull taché ?

– Je… Je n'ai pas…

Sabine plissa le font. Je me creusai la tête pour trouver une réponse plausible.

– Je ne m'en étais pas aperçue.

Je rangeai le pull dans la penderie et claquai la porte avant que Sabine puisse voir les autres vêtements roses. Elle se détourna et continua à se peigner.

– Dommage. Il était joli, ce pull.

– Ouais.

Je tournai le dos au placard et décidai de choisir un vêtement dans ma commode. Mes mains moites glissèrent sur les boutons du tiroir. Je me redressai et me forçai à respirer calmement. De l'autre côté de la chambre, Sabine s'habillait en fredonnant, sans soupçonner ma panique.

Je n'avais pas récupéré ces vêtements, n'est-ce pas ? Est-ce que j'aurais pu les prendre, puis oublier que je l'avais fait ? Les quelques jours suivant la mort de Cheyenne étaient si flous dans ma mémoire… Le mail terrifiant, l'enterrement, les histoires avec Josh. Si ça se trouve, j'avais pris ces fringues et je l'avais complètement effacé de ma mémoire. Genre « black-out ».

Cette nouvelle théorie n'avait rien de rassurant. Ce n'est pas normal de faire ce type d'impasse. C'est même inquiétant. Si j'avais chassé de ma mémoire un truc aussi anodin, j'avais pu aussi bien oublier autre chose, plus grave.

Non. On n'a pas de trous de mémoire sans raison, à moins de prendre des médicaments, ou d'avoir frôlé le coma éthylique. Ce n'était pas mon cas. Ce qui ne laissait qu'une explication possible. Quelqu'un me jouait un mauvais tour.

J'ouvris enfin le tiroir de ma commode, plus déterminée que jamais à découvrir l'identité de mon persécuteur. Après tout, j'étais la présidente de ce dortoir. On ne s'en prenait pas impunément à la présidente de Billings. À Reed Brennan.

Plus maintenant.

Tout le monde en parle…

Je tournai et retournai une question dans ma tête toute la journée. Si c'était Ivy la responsable, comment s'introduisait-elle dans notre dortoir ? À un moment, je me rappelai que Kiki avait perdu sa clé. Peut-être qu'Ivy l'avait trouvée. Ou volée. Dans ce cas, je pouvais toujours aller à l'administration et leur demander de changer les serrures. Mais il faudrait que me justifie. Je devrais leur dire que j'étais victime de harcèlement, et cet aveu ouvrirait une véritable boîte de Pandore. J'imaginais déjà les conséquences : les mesures de sécurité seraient renforcées autour de Billings, la nouvelle de mes déboires se répandrait sur le campus et on me regarderait de nouveau comme un phénomène de foire. L'administration chercherait quelles raisons Ivy ou quiconque pourrait avoir de me persécuter et, scénario catastrophe, je devrais leur donner des explications sur le mail d'adieu de Cheyenne.

Non, merci ! Je préférais encore mener l'enquête dans mon coin.

En attendant, je devais continuer à donner le change. Entre autres, honorer mon rendez-vous avec Jason Darlington ce soir. Commencer en beauté ma vie de lycéenne indépendante et fière de l'être.

Il pleuvait toujours et le vent n'avait cessé de souffler depuis le matin. Je traversai le campus tête baissée sous mon parapluie noir, en rasant les murs. J'étais déjà pressée de regagner ma chambre et de me blottir sous mes couvertures. À mi-chemin entre Billings et la bibliothèque, le vent apporta un bruit de voix à mes oreilles et je levai les yeux. Dans l'entrée de Hull Hall, Cromwell et l'inspecteur Hauer échangeaient une poignée de main. Cette vision me fit un tel effet que je manquai de m'étaler à plat ventre.

L'inspecteur Hauer ! Le policier qui avait dirigé l'enquête sur la mort de Thomas Pearson. L'homme qui avait arrêté Josh sous mes yeux l'an dernier, puis Ariana, après qu'elle avait essayé de me tuer. Que fabriquait-il sur le campus ?

Mon geste de recul attira leur attention. Le Crom me toisa, l'air mauvais. L'inspecteur Hauer n'était pas aussi hargneux. L'an passé, il avait presque fait preuve de compassion à mon égard. Il m'avait traitée en grand frère, laissée entendre qu'il était dans mon camp. Mais ce soir, rien. Pas un sourire, pas même un signe de la main. Il se contenta de me fixer d'un air déconcerté. Comme s'il ne savait pas trop comment se comporter avec moi.

Que se passait-il encore ?

Désarçonnée, je repartis d'un pas vif et franchis en courant les derniers mètres qui me séparaient de la bibliothèque. Pourquoi Hauer m'avait-il regardée ainsi ? Et pourquoi avais-je ressenti une telle… culpabilité ?

Je n'eus pas le temps de m'attarder sur cette question. À l'instant où je m'engouffrais dans la chaleur douillette de la bibliothèque, mon iPhone bipa. J'avais reçu un texto de Jason.

Trouvé place sympa au 1er étage. Tu viens ?

Je pris mon courage à deux mains et gravis le vaste escalier au fond du couloir. À l'étage, l'éclairage dispensé par des ampoules à faible puissance, logées derrière des abat-jour en verre dépoli, incitait plus au sommeil qu'à l'étude. Des gens chuchotaient çà et là, penchés studieusement sur leur travail ou affalés sur leur chaise. Je surpris même un ronflement dans le rayon Antiquité. En atteignant l'extrémité de l'allée, face à la fenêtre, je regardai à droite, puis à gauche et repérai enfin Jason. Il nous avait effectivement trouvé une place sympa, la seule dans la bibliothèque d'Easton à être meublée d'un petit canapé au lieu de chaises individuelles. Il me regarda approcher avec un sourire radieux qui creusait ses adorables fossettes.

« Bon, eh bien, voilà, songeai-je rapidement. Si Josh est capable de prendre son petit déjeuner avec Ivy Slade, je dois être capable de partager un moment agréable avec un garçon séduisant. La nouvelle Reed, indépendante et fière de l'être, doit même pouvoir y prendre du plaisir.

– Salut, murmurai-je, espérant être moins repoussante que je ne l'imaginais avec mes cheveux dégoulinants.

– Salut !

Jason occupait la moitié du petit canapé. Je retirai mon manteau trempé, que j'accrochai au dossier d'une chaise voisine, et pris place sur l'autre moitié. Après quoi, je farfouillai dans mon sac pour récupérer un élastique et attacher mes cheveux trempés. Voilà ! Je me sentais déjà plus présentable. Sinon séduisante.

– Je déteste ce temps, me confia Jason. Ça me donne envie de rester blotti ici toute la nuit, jusqu'à ce que ça s'arrête.

Je souris. Je venais juste d'arriver et il parlait déjà de passer la nuit ici. Motivé, le garçon.

– Tu m'étonnes.

Je sortis de mon sac tous les romans que nous avions lus cette année, ainsi que mon cahier, que je laissai tomber sur la table basse.

– Tu es sûre que tu veux travailler ici ? demandai-je. Il n'y a pas beaucoup de lumière.

« Et, si tu as d'autres projets, tu peux aller te rhabiller, ajoutai-je en pensée. J'ai beau être célibataire, indépendante et tout, je ne suis quand même pas prête pour ça ! »

– Ça va aller, m'assura Jason. Je suis là depuis un petit moment. Tu verras, tes yeux vont s'habituer.

Il avait étendu un bras sur le dossier du canapé. Lorsque je m'adossai, je sentis sa manche chatouiller ma nuque.

– Par où tu veux commencer ? demandai-je en tripotant nerveusement mes livres. Tu préfères qu'on passe les bouquins en revue dans l'ordre, ou…

– Ouais, ça me semble une bonne idée.

Jason prit son exemplaire abîmé des *Cœurs détruits*, d'Elisabeth Bowen. Peut-être avait-il vraiment l'intention de travailler, après tout. Nous passâmes l'heure suivante à relire nos notes et à échanger nos impressions, feuilletant nos livres surlignés aux coins cornés pour retrouver telle ou telle citation. Jason avait une intelligence très vive, qui m'obligea à revoir mes préjugés sur les « enfants stars ». C'était un lecteur perspicace, et nos discussions enflammées me plaisaient plus que je ne l'aurais imaginé.

– Attends : tu as aimé ce livre ? demandai-je en soulevant mon exemplaire de *Sister Carrie*[1] entre le pouce et l'index, comme s'il s'agissait d'un sac d'ordures nauséabond.

– Bon, j'admets que c'est un peu exagéré, dit Jason. Mais Dreiser a ses raisons…

– « Un peu » ? Tu déconnes ? fis-je d'une voix stridente, entrecoupée de rire. Je te jure, il y a des jours où j'avais envie de retrouver la tombe de Dreiser et de le déterrer pour lui dire ma façon de penser. Ça ne se fait pas de torturer ses lecteurs comme ça.

– Ce serait plus simple d'assouvir ta colère sur Winslow, observa Jason, les yeux pétillants. Après tout, c'est lui qui nous a demandé de lire ce bouquin.

– Exact. Mais il ne m'a donné que des A depuis le début du trimestre, alors…

– OK, va pour le squelette de Dreiser, plaisanta Jason.

– Merci.

– De rien.

Il se tourna à demi et nous nous retrouvâmes face à face, un sourire aux lèvres. Une joyeuse camaraderie s'était installée entre nous et je me sentais bien.

– C'est sympa d'être là, dis-je.

---

1. *Sister Carrie* (1900) est le premier roman de l'écrivain américain Theodore Dreiser.

– Tu as l'air surprise…

– C'est vrai ? Pardon.

– De rien

Et soudain, sans prévenir, il posa sa main sur mon épaule. Son visage était tout près du mien.

– La bibliothèque ferme dans une demi-heure, observa-t-il en me regardant dans les yeux.

– Et alors ? lâchai-je bêtement.

– Alors…

Il se pencha en avant et m'embrassa. Prise au dépourvu, je n'eus même pas le temps d'esquiver son geste, ou de l'arrêter. Il me fit basculer en arrière et plaqua son buste contre le mien. Le bras du canapé s'enfonça dans mon dos.

« OK, Reed, pas de panique ! C'est juste un garçon mignon qui t'embrasse. Un gentil garçon. Rends-lui son baiser. Sois fun. »

J'avais décidé d'y mettre du mien, mais lorsque cette langue inconnue força l'entrée de ma bouche, je pensai à Josh. Je me rappelai que c'était un autre mec qui m'embrassait, et il me vint une envie terrible de hurler.

– Jason, arrête !

Je le repoussai doucement et me redressai. Mon cerveau moulina à toute vitesse. Comment me sortir de cette situation élégamment, sans tout gâcher, et garder Jason comme ami ? Ce n'était pas de sa faute si j'étais encore sous le coup de ma rupture avec Josh. Jason avait juste fait ce que la moitié des mecs du lycée rêvaient de faire : embrasser la présidente de Billings.

– Je ne peux pas, Jason, je suis désolée. Pas en ce moment, murmurai-je.

Jason rougit et lissa nerveusement les jambes de son pantalon, comme pour les défroisser.

– Pardon ! Je suis vraiment un idiot.

– Non, ce n'est pas grave. C'est juste que…

– Tu penses encore à Hollis. Ouais, je comprends.

Il me fit un sourire penaud.

– Je me suis dit que, comme il sortait avec Ivy Slade, tu serais peut-être prête… enfin, tu vois…

Ce fut comme s'il m'avait enfoncé un poignard dans le cœur.

– Quoi ?

– Quoi, quoi ? demanda Jason.

– Qui t'a dit qu'ils sortaient ensemble ? C'est Josh ?

– Non ! Je…

– Alors, qui ?

– Personne. Quelqu'un… je ne sais plus, bredouilla Jason. Tout le monde en parle.

« Tout le monde en parle. » Tout le monde, sauf les gens qui m'entouraient ! S'il se passait quelque chose, les filles Billings le savaient forcément. Essayaient-elles de me protéger en me laissant dans l'ignorance ?

– Il faut que j'aille aux toilettes, dis-je, au bord de la nausée.

J'avais besoin de me retrouver seule pour réfléchir.

– Attends ! Reed, ça va ?

– Ça va. Je reviens.

Sur ces mots, je fis demi-tour et m'enfuis à toutes jambes. Ivy et Josh. Ivy et Josh. Ivy et Josh. Soudain, les images que mon cerveau avait produites la veille devinrent affreusement réelles. Les mains de Josh dans les épais cheveux noirs d'Ivy, ses lèvres contre sa peau. Je me couvris la bouche pour ne pas vomir dans l'escalier en fonçant vers les toilettes, situées au rez-de-chaussée. Il n'aurait plus manqué que ça !

Arrivée au pied des marches, je me changeai en statue. Josh était dans l'entrée, trempé comme une soupe, ses boucles blondes luisantes de pluie. La longueur du couloir nous séparait, mais j'étais aussi troublée que si nous nous étions retrouvés nez à nez. Pendant quelques secondes, nous restâmes ainsi face à face, immobiles. Le temps semblait suspendu.

« Comment peux-tu me faire une chose pareille ? lui demandai-je en pensée. Comment peux-tu sortir avec une autre fille quelques jours seulement après notre rupture ? Je comptais donc si peu pour toi ? »

« Tu es sortie avec Dash avant même qu'on ait rompu, répondit la voix de Josh dans ma tête. Et n'essaie pas de prétexter que je t'avais quittée avant. Même si c'était vrai, ce que tu as fait était odieux. »

Cette conversation silencieuse terminée, Josh pivota sur ses talons et s'éloigna en direction de l'accueil, caché derrière un haut rayonnage. Je tournai à gauche, vers les toilettes. Avant d'entrer, je jetai un coup d'œil dans la salle. Josh avait rejoint Ivy devant une grande table en chêne, et elle appuyait tendrement la tête contre son épaule.

OK. J'en avais assez vu ! À partir de maintenant, Josh Hollis n'existait plus pour moi. Pour l'oublier, j'étais prête à sortir avec tous les tombeurs de ce bahut s'il le fallait. Et il serait obligé d'assister au spectacle.

Forte de cette nouvelle résolution, je m'aperçus que je n'avais plus besoin d'aller aux toilettes. Je fis demi-tour et remontai l'escalier pour aller retrouver Jason et ma nouvelle vie. Ma vie de conquérante.

Crise d'autorité

– Tu sais qu'on va à New York seulement le week-end prochain ? fis-je remarquer-je à Sabine le vendredi soir.

Son lit disparaissait sous un monceau de fringues : jupes, tops, pantalons, pulls, ainsi que toutes sortes d'accessoires. Pourtant, elle continuait de vider méthodiquement sa penderie.

– Je sais. Je veux juste vérifier s'il ne me manque rien, répondit-elle, en examinant une robe turquoise à manches longues. Si Maman doit m'envoyer quelque chose, il faut que je la prévienne demain, ou ça n'arrivera jamais à temps.

Sabine voulait avoir un look irréprochable pour notre escapade en ville, et je la comprenais. Pour moi, New York était la capitale la plus cool de monde. Cela dit, j'avais déjà du mal à être à la page à Easton. Suivre la mode new-yorkaise me semblait carrément impossible.

Après l'avoir vidée de fond en comble, Sabine fit claquer la porte de sa penderie et la mienne s'entrouvrit. Une sourde angoisse m'étreignit. Je n'avais pas mis le nez dans mes affaires depuis la veille. Autrement dit, je portais le même jean et les mêmes chaussures qu'hier. De deux choses l'une : soit mes fashionistas de copines n'avaient rien remarqué, soit elles s'étaient retenues de me faire une réflexion. Dans les deux cas, je ne perdais rien pour attendre. Dès demain, il me faudrait de nouveau affronter mes démons. Mais, pour l'heure, je me contentai de refermer la porte du placard sans risquer un coup d'œil à l'intérieur.

Si je ne voulais pas devenir folle, il fallait à tout prix que j'évite de penser à ces vêtements et à leur signification.

– Vous êtes visibles ?

Noëlle entra dans la chambre sans attendre la réponse. Elle s'assit au bord de mon lit, étendit les jambes et croisa les chevilles. J'admirai ses *low boots* en daim caramel, songeant que je ne l'avais pas vue porter deux fois les mêmes chaussures depuis qu'elle était revenue sur le campus, un mois plus tôt.

– Donc, la bonne nouvelle, c'est que Dash sera à New York le week-end prochain ! annonça-t-elle.

Mon cœur tressaillit. Dash ! Dash serait à New York en même temps que nous ! Dash existait toujours. Je commençais à me poser la question, vu qu'il n'avait toujours pas répondu à mon mail. Correspondre avec sa petite amie actuelle était probablement plus important pour lui que de m'expliquer son comportement. Je ne sais pourquoi, imaginer Noëlle et Dash échangeant des mots doux au téléphone comme si de rien n'était me mettait hors de moi.

Non pas que je convoite Dash. Plus maintenant, et surtout pas après avoir attendu en vain une réponse à mon message. Il m'avait charmée, c'était indéniable. Mais ça s'arrêtait là. Depuis, j'avais compris combien Josh comptait pour moi. Et si j'éprouvais une pointe de colère aujourd'hui, c'était juste parce qu'une fois de plus, Noëlle avait gagné.

– La mauvaise nouvelle, enchaîna-t-elle en roulant les yeux, c'est qu'il veut m'emmener dîner avec Charles et Fiona ! Moi, jamais je ne l'obligerais à supporter Wallace et Claire. Surtout parce que ma mère se mettrait à le draguer après son troisième verre de pinot, mais quand même. Pouah ! Il va falloir que je sois polie…

– Je ne comprends pas : qui sont Charles et Fiona ? demanda Sabine en pliant un pull crème.

– Les parents de Dash, répliqua Noëlle d'un ton las, comme si l'ignorance de Sabine la consternait. Les McCafferty.

Elle plissa les yeux en voyant ma camarade de chambre plier un second pull.

– Qu'est-ce que tu fais, Frenchie ? Tu jettes l'éponge ? Tu sautes dans un biplace pour regagner ton paradis des îles ? demanda-t-elle, pleine d'espoir.

Sabine rougit, vexée.

– Non, répondis-je à sa place. Elle choisit ce qu'elle va mettre pour aller à New York le week-end prochain.

Sur ces mots, j'allai récupérer mon téléphone sur mon bureau. Je n'avais reçu aucun message. Ni de Josh, ni de Dash.

– Sabine vient avec nous, terminai-je, histoire d'enfoncer le clou.

Noëlle se leva en riant et balança son épaisse tignasse dans son dos.

– Euh, non !

Ma camarade de chambre me lança un regard affolé.

– Euh, si ! répondis-je, aussi péremptoire que Noëlle.

Elle me dévisagea, incrédule.

– Reed, ce n'est pas possible. On va déjà avoir du mal à soutirer quatre autorisations à Cromwell…

Mon sang entra en ébullition. Noëlle ne pouvait-elle pas s'empêcher d'être aussi autoritaire ? Quand me laisserait-elle prendre une décision sans la contester ?

– Si on arrive à le décider pour quatre, on le décidera pour cinq, dis-je avec fermeté. J'ai invité Sabine, et elle vient.

Je faillis ajouter « si tu es d'accord », par habitude. Je parvins à me retenir en me mordant la langue. Noëlle me fusilla du regard. Elle espérait clairement me voir céder, mais je tins bon.

– Très bien, madame la présidente, dit-elle finalement.

Puis, se tournant vers Sabine :

– Ne te fais pas trop d'illusions, Frenchie. Je ne voudrais pas que tu sois effondrée quand le Crom refusera.

Après quoi elle me décocha un sourire malicieux avant de tourner les talons.

– Tu crois vraiment qu'il va refuser ? me demanda Sabine à voix basse.

Elle serrait un T-shirt entre ses mains comme un garde-fou.

– Non. Je te promets d'être convaincante.

J'avais prononcé ces mots d'une voix à peu près assurée, mais mon corps tout entier tremblait de l'effort que cela m'avait coûté d'affronter Noëlle. Cette fille m'avait intimidée pendant tout l'automne dernier. Encore aujourd'hui, j'avais du mal à me situer vis-à-vis d'elle. Et puis ce n'était pas le genre de personne qu'on contredit impunément.

Mon iPhone sonna et je fus prise d'un soudain espoir. Et si c'était Josh ? Au fond de moi, je continuais à espérer qu'il m'appellerait un jour pour me proposer de tout recommencer à zéro. Je pris l'appareil et découvris avec stupeur une photo de Hunter Braden à l'écran. Comment était-elle arrivée là ? À tous les coups, Portia ou Vienna m'avaient chipé mon téléphone pour la rentrer dans le répertoire.

– Allô ?

– Reed Brennan ?

Ah, cette voix ! Les jambes en coton, j'allai m'asseoir sur ma chaise de bureau, me demandant si Hunter faisait le même effet à toutes les filles. Son talent de séduction était-il inné, ou soigneusement travaillé ? Je n'étais pas sûre d'apprécier ce mec, même comme simple connaissance, mais son timbre me rendait toute chose.

– Salut, Hunter.

– Toi et moi. Dîner. Demain soir. Je passe te chercher à Billings à sept heures.

Un tel aplomb avait quelque chose de déplaisant, mais ce n'était sûrement qu'une façade. Hunter ne pouvait pas être ainsi en permanence. Quelque part, sous ce vernis de suffisance, devait se cacher une vraie personnalité. En plus, Vienna et les autres filles avaient raison : c'était le mec parfait pour la présidente de Billings. Un garçon lisse, sophistiqué, populaire, riche… Genre Dash McCafferty. En mieux. Car il ne sortait pas avec ma meilleure amie.

La veille au soir, j'avais passé un moment délicieux avec Jason – après avoir réglé cette affaire de baiser et décidé ensemble que nous serions juste amis. Pourquoi ne pas donner sa chance à Hunter ? M'afficher avec lui serait une façon de clamer au monde entier que j'avais oublié Josh. Que moi aussi, j'étais capable de passer à autre chose… et pas avec n'importe qui !

– Ça marche, répondis-je.

– Évidemment. Alors, à demain.

Après avoir raccroché, j'affichai de nouveau la photo sur mon iPhone et je la contemplai longuement. J'avais rendez-vous avec Hunter Braden… Je me sentais tout de suite beaucoup plus présidente.

Récréation

Lorsque je confiai à Vienna que j'avais accepté l'invitation de Hunter Braden, elle poussa un cri à me perforer les tympans et s'empressa de répandre la nouvelle. Aussitôt, un air de vacances flotta dans le dortoir. Oubliés, les projets, les masques hydratants et les réunions de clubs. À treize heures, le samedi après-midi, les filles Billings prirent ma chambre d'assaut pour me proposer des vêtements, des produits de beauté et quelques conseils assez discutables.

– Si tu avales de travers, ne tousse surtout pas devant lui, me recommanda Shelby en disposant sa collection de robes de soirée sur le lit de Sabine. Rien n'est plus repoussant que des yeux exorbités et des postillons qui volent.

Interdite, je cessai de souffler sur mes ongles, que Constance et Kiki venaient de vernir.

– Tu plaisantes ?

Portia secoua vigoureusement la tête :

– Shelby a raison. Si tu lui tousses à la figure, c'est mort.

Elle disposa des palettes d'ombre à paupières sur mon bureau pour que Noëlle les inspecte, avant d'enfoncer le clou :

– C'est FI.

Je me tournai vers Rose, à qui j'avais souvent recours pour traduire les acronymes de Portia.

– « Formellement interdit », expliqua-t-elle en farfouillant dans sa collection de bijoux.

– Ha, ha ! m'esclaffai-je. Vous êtes trop drôles, les filles !

Elle me regardèrent comme si j'étais dérangée.

– C'est sérieux, Reed, dit Vienna. Si ça t'arrive, lève-toi et fonce aux toilettes. Au passage, tu peux demander à un serveur de te taper discrètement dans le dos. Tu nous remercieras plus tard.

– Ouais. Sauf si je suis morte.

Ma remarque provoqua un silence soudain et je me mordis les lèvres. Heureusement, la gêne fut de courte durée et les bavardages reprirent de plus belle. Quand les filles Billings étaient en mode *relooking*, rien ne pouvait durablement les distraire de leur objectif.

– Bon, qu'est-ce que vous pensez de ça ? lança Astrid à la cantonade.

Elle plaqua devant moi une robe de soie noire, puis un fourreau bleu chatoyant.

– Attention à ses ongles ! s'étrangla Lorna.

Missy et elle – oui, même Missy était là ! – jaillirent de leur siège et levèrent mes bras à l'horizontale pour qu'Astrid puisse continuer les essayages sans saboter le travail de manucure. J'avais l'impression d'être une poupée de chiffon.

– Le rouge lui va mieux, dit Tiffany en m'étudiant par-dessus l'épaule d'Astrid. C'est sa couleur.

– Ou rose, suggéra Shelby. Pourquoi tu ne portes jamais de rose, Reed ? Tu n'as aucun vêtement rose ?

Mon cœur cessa de battre et je regardai Shelby, interdite. Savait-elle quelque chose ? Était-ce bien un sourire narquois sur ses lèvres, ou étais-je au dernier stade de la paranoïa ?

– Mais si, elle a des fringues roses ! s'écria Sabine en se précipitant vers ma penderie. Elle les...

– Non !

J'avais ouvert la bouche, mais aucun son n'en était sorti. C'était Noëlle qui avait parlé. Sabine s'arrêta net.

– Du rose ? reprit Noëlle. Vous avez résilié vos abonnements à *Vogue*, ou quoi ? Le rose est totalement passé de mode. C'était bon pour l'an dernier. En plus, regardez Reed...

Elle vint se placer à mon côté et ordonna à Lorna et Missy de me lâcher. Les filles s'empressèrent d'obéir.

– Regardez-la ! Elle est tout sauf printemps.

– Noëlle a raison. Tu es totalement automne, dit London avec sérieux.

Soudain, ses yeux s'allumèrent.

– Je sais ! Tu n'as qu'à mettre ta robe Nicole Miller !

– Tu as une Nicole Miller ? s'étonna Noëlle.

– Oui.

Je sortis la robe de ma penderie, que je refermai précipitamment avant que quiconque puisse apercevoir les fringues roses de Cheyenne. Je la présentai à mes amies. Elle était encore étiquetée.

– Pas mal, dit Noëlle en caressant l'étoffe soyeuse.

– C'est moi qui la lui ai achetée ! fanfaronna Portia.

Elle me l'avait offerte le jour où j'avais été élue présidente de Billings. À l'époque, je prévoyais d'organiser un bal d'Halloween pour célébrer la mémoire de Cheyenne. C'était avant le retour de Noëlle, la débâcle de l'Héritage et l'avalanche de catastrophes qui en avait découlé.

– On a la robe ! trancha Noëlle. Maintenant, il faut lui trouver des chaussures. Je ne crois pas que ses Converse feront l'affaire.

Mes camarades gloussèrent et fouillèrent de concert dans les cartons qu'elles avaient apportés. C'était à qui dégainerait la première la paire idéale. Noëlle secouait la tête, plissait le nez, et finit par se décider pour une paire de sandales Jimmy Choo noires à fines lanières, propriété de Tiffany. En un tournemain, les filles m'habillèrent, me chaussèrent, et me remirent entre les mains d'Astrid et des villes jumelles, chargées de me maquiller. Juste avant que la porte de la salle de bains ne se referme, je coulai un regard vers Shelby pour voir si elle m'épiait encore. Assise sur mon lit, elle consultait ses messages, les yeux rivés sur son téléphone.

Je m'étais fait des idées, bien sûr. Sa remarque sur les vêtements roses était une simple coïncidence. Shelby Wordsworth n'avait aucune raison de me détester. Aucune raison de me persécuter. N'est-ce pas ?

Guet-apens

– Je n'en reviens pas que ce restaurant n'ait pas de voiturier, grommela Hunter en garant sa sublime Bentley dans une ruelle d'Easton.

Il était tombé plusieurs centimètres de neige dans l'après-midi, ce qui rendait la tâche délicate. Je compatissais : faire un créneau était toujours stressant. Alors, le jour d'un premier rendez-vous…

– Enfin, on ne devrait avoir à marcher trop longtemps, ajouta-t-il.

– Ça ne me dérange pas, lui assurai-je.

Chez moi, à Croton, les sorties du soir se résumaient souvent à un dîner à la brasserie locale, le summum du chic consistant à troquer son jean contre une jupe. Alors, ça n'allait pas me tuer si je devais parcourir quelques mètres à pied, fringuée en femme fatale, au bras d'un mec beau comme un dieu.

– Laisse, je m'en occupe ! dit Hunter en me voyant tâtonner à la recherche de la poignée.

Je ris intérieurement en le voyant contourner la voiture pour venir m'ouvrir la portière. Il m'offrit sa main et m'aida à m'extirper de mon siège.

– C'est mon restaurant préféré, me confia-t-il en verrouillant les portières à distance. Il est littéralement pris d'assaut, mais on m'y garde toujours une table.

– Ça doit être agréable.

– Absolument, répondit-il avec un sourire.

Nous avançâmes prudemment sur le trottoir fraîchement déneigé, zigzaguant entre les plaques de verglas. Il me semblait que j'aurais dû alimenter la conversation, mais je manquais d'inspiration. Alors que le silence commençait à devenir embarrassant, nous tournâmes au coin de la rue pour rejoindre l'artère principale. Et, soudain, des dizaines de flashes crépitèrent.

– Non, c'est une plaisanterie ! s'exclama Hunter.

Il se réfugia dans l'entrée d'une boutique de vêtements pour enfants et s'adossa au mur de brique.

– Quoi ? Que se passe-t-il ? demandai-je.

– Viens là ! me siffla-t-il.

Obéissante, je montai la marche et vins me blottir près de lui.

– Qu'est-ce qu'il y a ? insistai-je.

– Des photographes, lâcha Hunter entre ses dents. Quelqu'un a dû les prévenir que je serais en ville ce soir. Je suis une célébrité, au cas où tu ne le saurais pas.

– Sans blague ? Tu es vraiment traqué par les paparazzi ?

– Ils ont dû avoir une semaine de vaches maigres, pour faire le voyage jusqu'au Connecticut, observa Hunter avant de jurer à mi-voix. Mon père m'avait prévenu qu'ils voudraient avoir des photos de ma prochaine conquête.

– Euh... c'est-à-dire moi ? traduisis-je, sidérée.

– C'est-à-dire toi, confirma Hunter. Ils viennent par ici ?

Cette situation me parut soudain totalement surréaliste. J'étais traquée par des paparazzi alors que je sortais dîner en ville avec un mec. Si les filles Billings me voyaient ! Enfin, elles me verraient peut-être en ouvrant le prochain numéro de *US Weekly*...

– Reed ! insista Hunter, désespéré. Dis-moi s'ils viennent par ici !

Je jetai un coup d'œil dans la rue. Les quatre photographes étaient toujours sur le trottoir d'en face, épiant nos moindres gestes.

– Non. On dirait qu'ils attendent.

– Ils vont rester là jusqu'à ce que je me décide à sortir, pesta Hunter. Je te jure, je vais tuer celui qui les a prévenus.

– Si on essayait plutôt de s'en débarrasser ? suggérai-je.

Hunter s'esclaffa.

– Sans vouloir te vexer, Reed, comment tu comptes t'y prendre ? Tu n'imagines pas à qui tu as affaire.

J'avisai un tas de neige que les cantonniers avaient pelletée contre le mur de la boutique. Mon idée, quoique toute simple, était d'une délicieuse méchanceté.

– Peut-être pas. Mais je sais que personne n'aime recevoir des boules de neige en pleine figure. En plus, les appareils photo craignent l'eau.

Hunter comprit mes intentions et sourit avec malice.

– J'adore ton état d'esprit !

Je m'accroupis. Hunter m'imita. L'idée était de stocker le plus de neige possible dans notre alcôve sans nous faire repérer par les photographes, puis de nous fabriquer chacun une réserve de munitions. Lorsque nous eûmes rassemblé suffisamment de boules de neige, j'en plaçai plusieurs dans mes bras et me levai, collant de nouveau le dos au mur.

– Quel est le plan ? me demanda Hunter, les yeux espiègles.

– On fait feu à volonté jusqu'à ce qu'on ait épuisé nos munitions, puis on fonce vers le restaurant, soufflai-je. Avec un peu de chance, ils seront trop déboussolés pour nous suivre.

– Excellent ! approuva Hunter.

Un sentiment de fierté m'envahit. J'avais impressionné Hunter Braden.

– À trois ! commandai-je. Un, deux, trois, feu !

Nous jaillîmes ensemble de notre cachette pour bombarder l'adversaire. Ma première boule atteignit l'un des appareils photo dans l'objectif, éclaboussant le visage de son propriétaire. Hunter visait moins bien, mais il parvint à toucher deux types à l'épaule. Quelques flashes zébrèrent l'obscurité pendant que nous nous réapprovisionnions. Au second assaut, nous fîmes mouche à chaque fois, atteignant plusieurs photographes en pleine figure. Le spectacle de leur déconfiture était si réjouissant que Hunter et moi fûmes pris de fou rire. Soudain, mon compagnon d'armes me prit par le bras :

– Je suis à sec. On fonce !

Nous partîmes en courant. Hunter ouvrit la marche en slalomant entre les passants, et je trottinai derrière lui, perchée sur mes talons hauts. Peu après, il ouvrit la porte du restaurant et s'effaça pour me laisser passer. Avant d'entrer, je jetai un coup d'œil par-dessus mon épaule et constatai qu'aucun photographe ne nous avait suivis. Nous avions remporté la bataille.

– C'était délirant ! dit Hunter, le souffle court.

Il était super beau, tout ébouriffé et les joues rougies par le froid. Si beau que je me sentais presque indigne de lui.

– C'est le truc le plus amusant que j'aie fait de toute la semaine, répondis-je, hilare.

Hunter ôta son manteau et me regarda avec admiration.

– Et ça ne fait que commencer…

Bien ! Cette soirée s'annonçait beaucoup plus sympa que je l'avais imaginé.

« Je »

Les premières impressions sont parfois trompeuses. Après avoir passé cinq minutes assise en face de Hunter Braden, je me demandai si je n'étais pas en train de battre un record de patience. Ce mec était insupportable. Il commençait toutes ses phrases par « je », et il était incapable de rester plus de dix secondes sans parler de lui. Autrement dit, si j'avais réussi miraculeusement à prendre la parole, ce laps de temps écoulé, Hunter m'interrompait en plein milieu d'une phrase pour me confier un truc assommant et totalement hors de propos, par exemple qu'il avait plongé à des profondeurs abyssales dans l'océan l'été précédent, ou qu'il avait battu le champion du monde d'échecs à l'âge de quinze ans. (Mais, bien sûr, personne n'était au courant, car Hunter ne voulait pas gâcher la vie de ce pauvre garçon… Et surtout parce qu'il n'était pas du genre à se vanter. Ben voyons !)

Heureusement qu'il était agréable à regarder. Il semblait parfaitement à l'aise dans son costume bleu marine à la coupe impeccable. À croire qu'il était né avec un smoking. Quant à moi, j'avais beau être exceptionnellement sexy et sophistiquée, Hunter ne m'avait pas fait le moindre compliment. Je n'étais même pas sûre qu'il avait remarqué ma tenue. Il passait son temps à se regarder dans toutes les surfaces réfléchissantes, y compris le plateau en agent dépoli suspendu au mur près de notre table. Et – est-il utile de le préciser ? – il paraissait toujours satisfait de ce qu'il voyait.

Quand il m'avait félicitée pour mon idée de riposte, j'avais cru que j'avais affaire à un mec sympa, plein d'humour. Mais, visiblement, c'était l'efficacité de la méthode plus que son côté ludique qui l'avait séduit. D'ailleurs, maintenant que j'y pensais, il ne m'avait même pas remerciée.

Le restaurant était un petit bistrot français qui comptait seulement six tables et au moins le double de serveurs. Espérant abréger la soirée, je commandai directement un plat. Les bonnes manières auraient voulu que Hunter m'emboîte le pas. À ma grande surprise, il prit d'abord un apéritif et une entrée, qu'il dévora sous mes yeux pendant je sirotais mon verre d'eau fraîche et que mon estomac grondait de façon audible.

Vienna allait me le payer !

– Donc, je suis admis à Columbia et mon père m'a acheté l'appartement de mes rêves, dit Hunter en picorant son foie gras. Les travaux de rénovation commencent pendant les vacances de Noël. Il devrait être prêt à l'automne prochain.

– Columbia, c'est génial ! dis-je en forçant mon enthousiasme. Je me suis toujours demandé comment était le campus.

Hunter haussa les épaules :

– Aucune importance. C'est la seule fac de l'Ivy League à New York.

Il leva une main et claqua dans ses doigts pour commander à un serveur de remplir son verre.

– Je n'ai même pas regardé les autres facs. Il faut absolument que je sois à New York.

– Justement, je dois y aller le week-end prochain, dis-je, dans une tentative pour diriger la conversation sur moi. On a décidé d'organiser la collecte de fonds là-bas.

– La collecte de fonds ? répéta Hunter en buvant une gorgée de vin.

– La collecte de fonds pour Billings, précisai-je, surprise.

D'où sortait-il ? Depuis une semaine, tout le lycée ne parlait que du scandale Billings.

– Tu sais… Cromwell nous a mises au défi de récolter cinq millions de dollars pour sauver le…

– Cinq millions de dollars ! s'esclaffa Hunter. Mon appartement vaudra le double quand j'aurai fini de le rénover.

Je crispai la mâchoire et je m'aperçus que je serrais à le broyer mon petit sac à main, sous la table. Josh me manquait cruellement. Il avait beau détester Billings, il m'aurait au moins écoutée. Si nous avions toujours été ensemble, il m'aurait offert son soutien. Il m'aurait aidée à trouver des idées... Il m'aurait au moins laissée finir une phrase !

J'aurais donné n'importe quoi pour remonter le temps et coller une bonne gifle à la Reed d'avant l'Héritage, histoire de lui remettre les idées en place. Si seulement j'avais pu la convaincre d'accepter l'offre de Josh lorsqu'il lui avait proposé de rester à Easton, ce soir-là. Lui déconseiller de monter sur le toit, lui montrer qu'elle courait à la catastrophe...

Stop ! Je n'allais pas me remettre à ressasser. Ce soir, j'étais en mission. Occupée à façonner une nouvelle Reed. Le problème, c'est que je commençais à me dire que Hunter Braden ne m'arrivait pas à la cheville.

– J'ai décidé de me fabriquer un cursus sur mesure, disait Hunter. Un truc pas chiant, du genre, le marketing des sports nautiques. Je me verrais bien pionnier dans ce domaine. Je sais que je...

Là, c'était la goutte d'eau ! J'étais incapable de supporter ce mec une seconde de plus. Si je l'entendais encore une fois prononcer le mot « je », j'allais casser quelque chose.

– Tu adores parler de toi, hein ? lâchai-je.

Hunter se tut. Pour la première fois depuis le début de la soirée, il parut intéressé par ce que je venais de dire. Un instant, je crus qu'il allait faire machine arrière, s'excuser, m'interroger. Mais il se contenta de m'adresser un sourire narquois, s'essuya la bouche avec sa serviette et posa les poignets sur la table.

– Mets-toi à ma place.

Je jaillis de ma chaise comme un ressort et tournai les talons, l'abandonnant sans un remords. Lorsque la fille du vestiaire me tendit mon manteau, je lui conseillai d'aller réclamer son pourboire au crétin resté à notre table, puis je sortis dans la nuit glaciale.

Une fois sur le trottoir, je basculai la tête en arrière et grognai en fixant les nuages de vapeur qui s'échappaient de mes narines. Je jetai un coup d'œil alentour pour repérer d'éventuels photographes. Je me serais fait un plaisir de leur expliquer où trouver Hunter et de leur confier que je venais de le planter en plein repas. Je n'en vis aucun. Tant pis pour eux. Quant à moi, cette soirée m'avait au moins permis de me faire une opinion : Hunter Braden n'était pas mon type.

Je glissai les mains dans les poches de mon manteau et m'éloignai en direction du lycée. Ce n'était pas la porte à côté, mais marcher ne me dérangeait pas. La nuit était belle et je n'étais pas pressée de retrouver ma chambre. J'étais sûre qu'aussitôt rentrée, je recommencerais à gamberger au sujet des billes noires et des fringues roses, à spéculer sur l'identité de mon persécuteur. Autant de choses que je préférais éviter.

Au milieu du second pâté de maisons, je me dis que Hunter viendrait peut-être me récupérer avec sa Bentley. J'en doutais. Il n'avait même pas dû s'apercevoir que j'étais partie. Et quand bien même, ça lui était sûrement égal.

À la sortie de la ville, je reconnus les réverbères à l'ancienne, avec leurs grosses lampes rondes, qui marquaient l'entrée du commissariat de police d'Easton. Ce n'était pas mon endroit préféré au monde, loin de là. En approchant du bâtiment, je sentis mon cœur s'affoler et je tentai de chasser les souvenirs atroces que m'évoquait ce lieu. Je rentrai la tête dans les épaules et pressai le pas. Je me sentais observée. L'inspecteur Hauer était-il en service ce soir ? Que signifiait le regard qu'il m'avait lancé jeudi ? Mon pouls mit un temps infini à retrouver son rythme normal. J'avais depuis longtemps laissé derrière moi les lumières du commissariat et j'avançais dans les ténèbres de l'avenue Parkway Hamilton.

Je marchais prudemment sur le bas-côté, sachant que les automobilistes ne pouvaient pas me voir avec mon manteau noir. Les voitures fonçaient comme des bolides. Avenue Hamilton, la vitesse était limitée à cinquante kilomètres à l'heure, mais rares étaient les automobilistes qui respectaient ces consignes. Je commençais à regretter d'avoir entrepris ce trajet, quand une voiture freina à ma hauteur. Je m'attendais à voir Hunter dans sa Bentley. Ce n'était qu'une modeste Ford, une antiquité. Elle s'arrêta tout à fait et l'inspecteur Hauer se pencha vers la fenêtre du passager.

– Je vous dépose, Reed ?

– Non, merci. Ça va.

Je me remis en marche d'un pas tremblant. Hauer avança et s'arrêta de nouveau.

– Je vous dépose, insista-t-il.

– Non, vraiment, je suis…

– Reed, je voudrais vous dire deux mots.

Il tendit la main et ouvrit la portière, qui faillit me percuter les jambes.

– Montez dans la voiture.

Mise au point

Je m'assis toute raide sur la chaise inconfortable et glacée, et posai mon sac devant moi sur la table en bois fissurée. J'avais gardé mon manteau. Il faisait encore plus froid à l'intérieur du commissariat que dehors. En plus, je n'avais pas l'intention de moisir ici.

L'inspecteur Hauer me suivit dans la salle d'interrogatoire, dont il laissa la porte entrebâillée. Il s'assit en face de moi, posa un gros dossier marron sur la table et croisa ses mains potelées par-dessus. Aussi mal fringué qu'à son habitude, il portait un pull-over vert taché à l'encolure. Une moitié du col de sa chemise blanche était sortie, tandis que l'autre disparaissait à l'intérieur. Ses yeux marron étaient plus cernés que dans mon souvenir. Derrière moi, le commissariat était plongé dans le silence, troublé de temps à autre par la sonnerie du téléphone. Rien à voir avec l'effervescence qui régnait ici la dernière fois que j'étais venue. À l'époque, les policiers couraient dans tous les sens pour essayer d'identifier le meurtrier de Thomas et arrêtaient des innocents. Dont Josh.

– Il ne faut pas que mes parents soient là, ou quelqu'un de l'école, si vous devez m'interroger ? demandai-je, décidée à lui montrer qu'il ne m'intimidait pas – même si mes jambes tremblaient. Je vous rappelle que je suis mineure.

Ses sourcils broussailleux dessinèrent des accents circonflexes.

– Je ne vais pas vous interroger. Je veux juste discuter.

– Discuter de quoi ?

– De Cheyenne Martin.

Mon tremblement s'accentua, au point que j'étais à présent secouée de véritables spasmes. Pourquoi Hauer voulait-il parler de Cheyenne, après tout ce temps ? Elle était morte depuis plus d'un mois.

– J'ai cru comprendre que Cheyenne et vous aviez une relation… houleuse, commença-t-il.

Mon pouls acheva de s'affoler.

– Oui. Et alors ?

Hauer soupira et se renversa sur sa chaise, tirant son pull sur son ventre avant de croiser les doigts sur son estomac rebondi.

– Reed, je vais être franc avec vous. Après avoir examiné les affaires de leur fille, les parents de Cheyenne nous ont demandé d'envisager la possibilité qu'elle ne se soit pas suicidée.

Cette nouvelle me fit l'effet d'un électrochoc. Pas suicidée ? Donc, assassinée ! Je savais que les policiers s'étaient posé la question au tout début, mais je pensais qu'ils n'avaient abouti à rien. On avait incinéré le corps de Cheyenne, la preuve la plus importante, à en croire les films policiers qu'on voit à la télé. Comment pouvaient-ils mener l'enquête, maintenant ?

– Alors, vous pensez que Cheyenne a été assassinée ? m'entendis-je dire.

– Personnellement, non. Mais nous devons examiner toutes les possibilités. Ne serait-ce que pour ses parents.

D'accord. Donc, il n'était pas convaincu. Seuls les parents de Cheyenne pensaient que ce pouvait être un meurtre. Si l'inspecteur en doutait, c'était déjà ça.

Hauer ouvrit son dossier et prit une feuille de papier.

– Je voulais vous parler parce que nous venons de finir de passer en revue les dossiers de l'ordinateur de Cheyenne.

Mon cœur s'arrêta. Soudain, j'étouffais dans cette pièce glaciale. Était-ce le diable qui soufflait son haleine brûlante sur ma nuque ?

– Et nous avons trouvé quelque chose d'intéressant dans sa messagerie, dit-il en me regardant par-dessus le bord de la page. Vous avez une idée de ce que ça pourrait être ?

Il avait le mail. Il savait. Il savait que Cheyenne m'avait accusée de l'avoir poussée au suicide. Mon pire cauchemar devenait réalité. Les mains sous la table, j'agrippai le pan du manteau de Shelby et mes pieds moites glissèrent dans des sandales de Tiffany.

– J'ai besoin d'un avocat ? demandai-je.

Hauer haussa de nouveau les sourcils.

– À votre avis ?

– Je n'ai rien fait, si c'est le sens de votre question.

– Très bien.

Il posa la feuille sur la table et la fit glisser vers moi du bout des doigts. C'était une sortie papier du mail de Cheyenne. Son adresse figurait en en-tête, puis la mienne, ainsi que l'heure d'envoi. La case « Objet » était restée vierge. Suivaient les phrases horribles qui étaient devenues si familières, ces dernières semaines.

Oublie le mot. C'est toi qui m'as fait ça. Tu as gâché ma vie.

– Si vous m'expliquiez de quoi il retourne, Reed ?

Mon estomac vide se contracta et je fus prise d'un haut-le-cœur. J'étais à la fois terrifiée en pensant aux interprétations que l'inspecteur pouvait faire de ce message, et soulagée. Quelqu'un d'autre que moi avait lu ce mail. Il était donc réel. Au fond, je crois que j'avais commencé à me demander si toutes ces bizarreries en lien avec Cheyenne n'étaient pas le fruit de mon imagination. Mais pas cela. Cela, c'était réel. Je n'étais pas en train de perdre la tête.

J'essuyai mes mains moites sur mon manteau.

– Vous saviez déjà que Cheyenne et moi nous étions disputées.

Quand j'étais rentrée de mon week-end à New York avec Josh, mes amies m'avaient rapporté que les flics les avaient interrogées sur mes relations avec Cheyenne. D'après elles, ils étaient au courant de notre dispute.

– J'ai reçu ça le lendemain de sa mort, complétai-je.

– Pourquoi ne nous l'avez-vous pas signalé ?

– Ça ne m'a pas semblé important.

Hauer me regarda avec incrédulité.

– Une camarade vous rend responsable de sa mort, et ça ne vous semble pas important ?

– Non ! Ce n'est pas ce que je voulais dire ! lâchai-je, exaspérée. Bien sûr que je trouve ça important ! J'y pense en permanence. Imaginer qu'elle s'est suicidée par ma faute m'est insupportable. Mais je ne sais pas si elle m'a accusée parce qu'elle convoitait mon petit ami et ne pouvait pas l'avoir, ou si elle était persuadée que je l'avais fait renvoyer du lycée, ou autre chose encore. Et je ne le saurai jamais. Une chose est sûre : jusqu'au bout, elle a voulu me faire souffrir. Croyez-moi, tout ça est très important pour moi. Mais, pour vous, qu'est-ce que ça change ? Ce mail devrait juste vous prouver qu'elle s'est réellement suicidée.

–Absolument, convint Hauer. Je pense que c'est en effet notre meilleure preuve. Je voulais simplement entendre ce que vous aviez à en dire.

Je hochai lentement la tête. Avoir percé cet abcès m'avait réconfortée. J'étais soulagée d'en avoir parlé avec quelqu'un, même si c'était l'inspecteur Hauer.

–Je n'aimais pas beaucoup Cheyenne, et réciproquement, dis-je en reposant la feuille. Mais je suis désolée qu'elle soit morte, et je n'y suis absolument pour rien.

L'inspecteur ramassa le mail et le plaça sur le dessus de son dossier.

–Très bien, dit-il. J'ai une dernière question à vous poser. Savez-vous si Cheyenne avait d'autres ennemis au lycée ? Une personne qui pourrait nous éclairer sur ce qui lui est passé par la tête.

Un nom me vint instantanément à l'esprit. Un sourire narquois. Des yeux bleus hostiles. Une fille qui avait bien connu Cheyenne et s'était mise à la haïr.

–Oui ? demanda Hauer, remarquant mon changement d'expression.

–Ivy Slade, lâchai-je, un poil trop fort. Je suis sûre qu'elle aurait des tas de choses à vous raconter.

Compromettant

Hauer me déposa à l'entrée du lycée, pile sous les fenêtres de Bradwell, le dortoir des filles de troisième et seconde. Je fonçai vers Billings, priant pour que personne ne m'ait vue descendre de la voiture de police. Sans quoi, la nouvelle ne tarderait pas à circuler dès le lendemain matin : Reed Brennan, la présidente de Billings, avait quitté le campus en compagnie de Hunter Braden, et elle était revenue escortée par les flics. Ce serait le pompon ! Personne ne devait savoir que j'avais croisé Hauer, et que les parents de Cheyenne avaient demandé à la police de rouvrir l'enquête.

Je me rappelais trop nettement l'atmosphère morbide qui planait sur le campus lorsqu'on avait appris que Thomas avait été assassiné. Je ne voulais pas revivre ça, et j'étais sûre que mes camarades non plus. Surtout que, pour l'instant, rien ne prouvait que Cheyenne ne s'était pas suicidée. Autrement, pourquoi m'aurait-elle envoyé ce mot d'adieu ? Cela n'avait aucun sens. J'aurais aimé que Hauer me dise pourquoi ses parents avaient demandé un complément d'enquête. Qu'avaient-ils vu de suspect dans ses affaires ? Cheyenne avait été retrouvée seule, allongée sur le sol avec des cachets et un mot d'adieu. Aucune trace de violence. Dans le dortoir, personne n'avait rien entendu. Comment aurait-elle pu être assassinée ?

Totalement à cran, je regagnai ma chambre à la hâte et trouvai Sabine assise sur son lit, penchée sur ses travaux d'aiguille. Une façon passionnante d'occuper son samedi soir ! Quoique… Elle avait peut-être fait le bon choix, finalement. Ma sortie en ville ne m'avait pas spécialement épanouie, c'était le moins qu'on puisse dire.

– Reed ? Déjà ! Il est hyper tôt, dit-elle en faisant disparaître sa broderie.

Elle se leva et me posa la question qui lui brûlait les lèvres :

– C'était bien, ta soirée ?

– Lamentable. J'ai planté Hunter au restau et je suis rentrée à pied.

– Mince ! lâcha-t-elle, visiblement déçue.

Je retirai le manteau de Shelby et fis quelques pas vers la penderie avant de changer d'avis et de le jeter au pied de mon lit.

– C'est sans importance, dis-je en me coiffant avec mes doigts. Ce mec est un sale con. Comme la moitié des types de ce bahut.

– Va pour les trois quarts, grommela Sabine.

– Quoi ? Qu'est-ce qui t'est arrivé ?

J'allumai mon ordinateur, plus déterminée que jamais à me renseigner sur Ivy Slade. Maintenant que j'avais donné son nom à la police, j'avais besoin de trouver une preuve contre elle.

– Rien. C'est juste que… J'étais au Coffee-Carma tout à l'heure, et Missy est entrée…

Sabine se tut, l'air dégoûté. Mon cœur s'emballa.

Missy est arrivée, et quoi ?

– Elle a dit qu'elle avait vu Ivy et Josh devant Pemberly… en train de s'embrasser, avoua Sabine, l'air navré.

Le sol se déroba sous mes pieds. Je me rattrapai à la première bouée de secours qui me vint à l'esprit :

– Et tu l'as crue ?

Sabine plissa le front.

– Pourquoi ? Tu crois qu'elle a menti ?

– Missy ne peut pas me sentir. Et c'est le genre de rumeur qu'elle adorerait colporter.

– Ah… Je ne sais pas. Elle avait l'air sincère, insista Sabine.

Comme je me décomposais, elle se dépêcha d'ajouter :

– Enfin, tu as sûrement raison.

– Ouais, j'en suis sûre, affirmai-je.

Je n'arrivais pas à croire que Josh m'ait oubliée aussi vite. Malgré ce que Jason m'avait rapporté, je m'étais persuadée qu'Ivy et lui étaient juste amis. Des amis proches. C'était contrariant, mais préférable à l'autre option.

– Reed… que s'est-il passé entre toi et Josh ? me demanda Sabine. Personne ne le sait et les gens racontent n'importe quoi… Ça pourrait t'aider si tu en parlais.

– Euh, non, je ne crois pas…

Je ne dirais jamais à personne que j'avais trompé Josh avec Dash. Seuls quelques fêtards complètement saouls avaient assisté à notre dispute – et apparemment ils n'étudiaient pas à Easton, car aucune rumeur n'avait encore circulé sur le campus. Si les filles Billings apprenaient ce qui s'était passé, elles me pardonneraient probablement d'avoir blessé Josh. Après tout, c'étaient mes amies. En revanche, elles m'en voudraient d'avoir trahi Noëlle. Quant à Noëlle, elle me tuerait. Rien que ça, c'était une raison suffisante.

– Il t'a trompée ? me demanda Sabine en jouant avec sa bague. Il a commencé à sortir avec Ivy à l'Héritage ? Si c'est ça, c'est dégueulasse et tu as bien fait de le quitter. Je ne comprends pas qu'on puisse faire un truc pareil à quelqu'un qu'on aime…

– Sabine, je n'ai vraiment pas envie d'en parler ! la coupai-je.

– Oui. Pardon ! dit-elle. Mais si jamais tu…

– Aucun risque ! Merci quand même.

Je me tournai vers mon ordinateur et lançai Google. J'avais d'abord envisagé de consulter mon CD d'infos sur les filles Billings, mais je ne voulais pas l'ouvrir devant Sabine. En plus, je n'étais pas sûre qu'il m'éclairerait sur Ivy, vu qu'elle n'avait jamais été à Billings. Je n'aurais qu'à le vérifier une autre fois. Pour l'instant, j'allais employer la bonne vieille méthode.

Pendant que Sabine s'installait confortablement avec un livre, je tapai « Ivy Slade » dans le moteur de recherche. Par chance, c'était un nom peu commun. Je n'obtins que trois réponses. La première était une notice nécrologique.

« Olivia Slade, 89 ans, membre de l'aristocratie de Boston, était une féministe révolutionnaire. »

Je cliquai sur le lien et parcourus l'article. Ivy figurait dans la liste des héritiers : c'était la petite-fille d'Olivia, décédée cet été après avoir été victime d'une crise cardiaque l'an dernier.

C'était triste, mais ça ne m'avançait pas à grand-chose. Je fermai le document et retournai à ma liste. Le nom d'Ivy y apparaissait plusieurs fois, indiquant qu'elle avait participé à telle ou telle fête ou collecte de fonds. Et soudain, le jackpot !

« L'adolescente millionnaire cambriole sa grand-mère. »

Le lien renvoyait sur un site de ragots intitulé *La Rumeur de Beantown*[1]. Ce n'était sûrement pas la source la plus fiable, mais le titre avait piqué ma curiosité.

« Nos informateurs au sein de la police de Boston nous ont confirmé que la mineure anonyme impliquée dans l'affaire qui a fait hier la Une du *Boston Globe* n'est autre qu'Ivy Slade, seize ans, fille de l'homme d'affaires Colton Slade et de l'ancienne top model Esmeralda Lake-Slade. Rentrée pour le week-end de l'Académie d'Easton, son école privée du Connecticut, miss Slade, sans doute lassée d'admirer ses diamants et d'organiser des défilés de haute couture, a trouvé amusant d'entrer par effraction dans la maison de Mère-Grand pour y chaparder Dieu sait quoi. Peut-être le slip de Jack Kennedy, que la vieille Mme Slade aurait, dit-on, glissé dans son trousseau... Dommage que petite-fille prodigue n'ait jamais remarqué, en allant prendre le thé dominical chez son aïeule, que celle-ci s'était fait installer un système de sécurité ultra-perfectionné. Mlle Slade s'est fait pincer et nous brûlons de connaître la suite de l'histoire. Est-ce là le nouveau passe-temps des célébrités ? Mesdames et messieurs, gardez

1. Boston est parfois surnommé Beantown (la « ville des fèves »).

vos fusils à portée de main. Si tous les gosses de banlieue décident de suivre la mode lancée par l'étonnante miss S., la police risque d'être vite débordée. »

Je me couvris la bouche pour rire en silence. Ainsi, Ivy avait cambriolé la maison de sa grand-mère ! Pourquoi ? Qu'espérait-elle voler ? De toute évidence, elle ne manquait de rien. Enfin, le plus étonnant dans tout cela, c'était que la police ne l'ait pas encore interrogée sur la mort de Cheyenne. Cette fille avait un casier judiciaire et des liens évidents avec la victime. Elle aurait dû se trouver au premier rang des suspects.

Je me renfonçai dans ma chaise et enregistrai les fichiers intéressants sur mon disque dur. J'avais désormais la preuve qu'Ivy était sérieusement dérangée. Mais était-elle pour autant capable de commettre un meurtre ? J'avais du mal à imaginer qu'une autre élève à Easton puisse être à ce point déséquilibrée. Soudain, une image du visage dur d'Ariana me traversa l'esprit et un frisson de terreur courut le long de mon dos.

Non. Ce genre de choses n'arrive pas deux fois. Cheyenne s'était suicidée. Affaire classée.

N'empêche, j'avais besoin de me changer les idées, et vite !

– Sabine ?

Elle leva les yeux de son livre.

– Ouais ?

– Ça te dirait de faire une partie de flip ?

– Avec plaisir !

J'inspirai à fond et allai récupérer mon jeu de cartes, pressée de me consacrer à une activité normale. Après tout, c'était le boulot des flics d'enquêter sur d'éventuels psychopathes.

Soupçons

Le dimanche matin, le temps était glacial et les sentiers jonchés de feuilles mortes. Je traversai le campus blottie entre Noëlle, Constance, Vienna et London pour rejoindre la cafétéria. Un vent violent nous soufflait en pleine figure. Je rentrai le menton dans mon écharpe et regrettai de ne pas avoir pris mon bonnet. J'étais pressée d'aller me mettre au chaud, mais mes amies ne l'entendaient pas de cette oreille. Elles voulaient un compte rendu détaillé de ma soirée avec Hunter.

– Je n'en reviens pas que tu aies planté Hunter Braden au restau ! dit Vienna, pendue au bras de London. Personne ne fait un truc pareil.

– Si, Reed Brennan ! dit fièrement Noëlle.

– Désolée, mais Hunter n'est vraiment pas mon type, expliquai-je, la voix étouffée par mon écharpe.

– Hunter est le type universel, protesta London.

– Tant que tu ne lui as pas parlé, peut-être, rectifiai-je. Crois-moi, j'ai passé la soirée la plus assommante de ma vie.

London et Vienna se regardèrent en roulant les yeux.

– Entendu, capitula London. Passons au candidat suivant.

Elle sortit de sa poche la liste de mes prétendants. Une rafale faillit l'emporter. Elle la rattrapa *in extremis* entre ses mains gantées.

– Mais bon, si tu trouves Hunter Braden ennuyeux, je ne vois pas qui va te satisfaire, grommela-t-elle.

– Qui est le suivant ? s'informa Constance.

Elle tendit le cou pour lire par-dessus l'épaule de London tout en marchant.

– Dominic Infante, répondit l'intéressée. Le chouchou de Portia.

– En fait, je pense que je vais plutôt proposer à Marc Alberro de sortir avec moi, annonçai-je.

– C'est vrai ? exulta Constance.

– Qui ça ? demanda London.

– Le numéro quinze, dit Vienna en posant un doigt sur la liste. Voyons, Reed. C'est un boursier !

Noëlle s'étrangla de rire. Je m'arrêtai brusquement devant la porte de la cafétéria et mes amies m'imitèrent. Je fixai le visage inexpressif des villes jumelles jusqu'à ce qu'elles se rappellent à qui elles s'adressaient : une autre élève boursière.

– Ah, pardon ! s'exclama Vienna en rougissant. Mais c'est différent. Je veux dire, c'est un Glauque.

Glauque était le surnom méprisant que les filles Billings donnaient aux résidents de Gleck Hall, le dortoir des garçons de première et terminale où logeaient les mecs « peu recommandables ».

– En plus, il est président du club de chasteté, dit London avec un frisson.

Elle grimaça et tira la langue comme si elle avait gobé un insecte.

– Il y a un club de chasteté à Easton ? demandai-je, sidérée.

– Oh, il est tout petit, précisa Vienna.

Intéressant. J'avais du mal à imaginer que, dans cette école aux mœurs dissolues, quelqu'un veuille rester chaste à tout prix et le crier sur les toits. Décidément, Marc Alberro me plaisait. Un garçon intelligent, drôle et mignon, modeste et sans arrières pensées. Tout à fait mon genre.

– Je vais lui proposer qu'on fasse un truc ensemble, persistai-je.

Sur ces mots, je tournai le dos à mes amies et m'engouffrai dans la cafétéria.

– Super ! exulta Constance.

Les villes jumelles protestèrent à voix basse, mais je fis la sourde oreille. J'avais suivi leurs conseils jusque-là. Désormais, j'allais me fier à mon instinct.

Je déboutonnai mon manteau en marchant vers notre table habituelle. Je ne m'étais pas sentie aussi bien depuis une éternité. Hélas, ce sentiment fut de courte durée. Parvenue au milieu de la salle, je m'aperçus que des élèves chuchotaient en me jetant des coups d'œil méfiants. Ils se détournaient dès que je les regardais. Cela me procura un sentiment étrange, désagréablement familier. Cette atmosphère me rappelait le jour où la police avait retrouvé le corps de Thomas.

Je commençai à manquer d'air. Cheyenne ! Les élèves d'Easton savaient-ils déjà que les flics avaient rouvert l'enquête ? Que ses parents parlaient d'assassinat ?

– C'est quoi, cette ambiance glauque ? demanda Noëlle en balançant son manteau sur le dossier de sa chaise.

Celles de nos amies qui avaient déjà entamé leur petit déjeuner – Sabine, Tiff, Rose, Kiki, Astrid et les autres – échangèrent des regards embarrassés. Elles redoutaient visiblement de nous annoncer une mauvaise nouvelle. Puis Amberly Carmichael déboula, flanquée de ses deux gardes du corps. Elle glissa un bras sous le mien, l'autre sous celui de Noëlle.

– Les filles, dites-moi tout ! Je ne crois pas un mot de ce que j'ai entendu.

– Un mot de quoi ? demandai-je en lui reprenant mon bras.

Missy arriva au même moment. Elle lâcha son plateau sur la table voisine et se campa devant nous, les bras croisés, dans une posture de matrone.

–Vous savez forcément que tout le bahut vous soupçonne d'avoir conspiré pour assassiner Cheyenne, lança-t-elle en nous toisant, Noëlle et moi.

Je m'agrippai au dossier de la chaise la plus proche.

–Quoi ? fit Noëlle.

Elle avait parlé assez fort pour faire cesser les conversations alentour.

–Je n'en crois pas un mot ! répéta Amberly.

–Que ce soit bien clair, les filles : personne n'en croit un mot, dit Tiffany en promenant un regard circulaire autour d'elle. On nage en plein délire !

Nos amies hochèrent la tête en signe d'assentiment.

–Je ne comprends pas. D'où ça sort, cette histoire ? demanda Noëlle, l'air sévère.

Les filles Billings échangèrent de nouveaux regards gênés. Elles ne se disputaient pas pour nous répondre. Finalement, Missy se lança :

–Le bruit court que la police a interrogé un élève du lycée hier soir, nous confia-t-elle à voix basse. Et qu'il serait question de rouvrir l'enquête sur la mort de Cheyenne.

Quoi ? Qui diable avait pu se procurer cette info ? Et comment ?

– Et maintenant les langues vont bon train, ajouta-t-elle.

Puis, à l'intention de Noëlle :

– Tout le monde dit que tu as obligé Reed à assassiner Cheyenne pour libérer une place à Billings.

Mon amie s'esclaffa :

– C'est de la pure fiction ! Honnêtement. Qui a pondu cette connerie ?

– Je ne te le fais pas dire, ajouta Portia.

– Les gens sont jaloux de vous. Ils feraient n'importe quoi pour vous abattre, diagnostiqua Vienna.

– On est toujours seul au sommet, prophétisa Shelby.

– C'est vrai, admit Noëlle.

Elle scruta la pièce, notant le silence et les regards insistants, puis secoua la tête, incrédule.

– Mais ça, c'est inadmissible !

Sur ces mots, elle pivota sur ses talons et alla se camper dans l'allée centrale.

– Alors, comme ça, vous êtes convaincus que Reed et moi avons fomenté un coup d'État à Billings, avec assassinat à la clé ? tonna-t-elle. Est-ce que vous mesurez seulement combien c'est ridicule ? On ne tue pas quelqu'un pour une place dans un dortoir. Même à Billings ! Il faut vraiment être assoiffé de scandale pour imaginer une chose pareille. Je croyais qu'on admettait seulement des gens intelligents à Easton...

Des rires fusèrent. Ce petit discours avait produit son effet. Les gens retournèrent à leurs repas, et j'en vis même quelques-uns rouler les yeux. Et voilà, la rumeur était tuée dans l'œuf. Une fois de plus, j'étais bluffée par l'autorité de mon amie. Je me demandai si quelqu'un m'aurait crue, à sa place. C'était un peu tard pour le vérifier.

– Vous voyez, je vous l'avais dit ! lança Amberly à ses groupies.

– Avouez que le timing était suspect, dit Missy, l'air de rien. Cheyenne meurt, et toi, tu débarques la semaine d'après. Après ce qui s'est passé l'an dernier, les gens vous croient capables de tout. Il faut les comp...

– Tais-toi ! la coupa Noëlle.

Missy obéit. Elle alla s'asseoir à la table voisine et dissimula un rire derrière un toussotement. Cette peste était ravie de nous voir déstabilisées.

– Alors, qui est cette personne mystérieuse que les policiers ont interrogée ? demanda Sabine, tandis que je déboutonnais mon manteau.

– Ça aussi, c'est sûrement un mythe ! dis-je avec un rire forcé. Je suppose que quelqu'un a tout inventé, de A à Z.

En prononçant ces mots, je coulai un regard vers Noëlle. Je m'attendais à la voir sourire. Elle me fixa avec des yeux inexpressifs et mon cœur tressaillit. Elle savait !

Noëlle avait deviné que c'était moi, que j'avais menti. Mais comment faisait-elle ?

– Ouais, c'est probable, dit-elle d'une voix calme.

Affolée, je regardai les autres filles et me sentis presque rassurée. Noëlle était la seule qui m'ait percée à jour. Le seul problème, c'est que, tôt ou tard, elle voudrait connaître la vérité.

Improvisation

Après l'épisode de la cafétéria, je me demandai combien de temps j'allais encore supporter une telle pression avant de craquer. Mon mec m'avait larguée et remplacée aussitôt par une menteuse psychopathe affublée d'un casier judiciaire, dont j'avais une peur bleue. Bien entendu, je n'avais dit à personne qu'il m'avait quittée après m'avoir surprise dans les bras du mec de ma meilleure amie (même si j'ignorais au moment des faits que ces deux-là s'étaient remis ensemble). Pendant ce temps, quelqu'un s'amusait à me tourmenter en glissant les affaires d'une camarade morte dans ma chambre – la camarade en question ayant peut-être été assassinée. Ah, et bientôt, le dortoir hyper sélect que je présidais risquait de fermer, et on me tiendrait pour responsable de cette débâcle jusqu'à la fin des temps.

Bien entendu, je devais en plus de tout cela assister aux cours, étudier, rédiger des devoirs, téléphoner régulièrement à mes parents, apaiser la rivalité entre mes deux meilleures amies, et faire bonne figure quand mes camarades de dortoir m'obligeaient à sortir avec des inconnus.

Pour un peu, j'aurais regretté mon bon vieux lycée de Croton.

Le lundi matin, je décidai de me concentrer sur les choses qui m'offraient un minimum de prise. La collecte de fonds, par exemple. Aussitôt après le déjeuner, je fonçai à l'administration. Lorsque j'entrai dans son bureau, Mme Lewis, l'assistante de Cromwell, était au téléphone, l'air soucieux. Je patientai en silence en me remémorant nos entrevues de l'an dernier, quand elle s'appelait encore Mme Lewis Hanneman. Avant que son mari n'ait appris sa liaison avec Blake Pearson, le frère aîné de Thomas. J'étais la première à qui elle avait confessé son histoire. La seule à qui elle avait fait confiance. C'était étrange d'y repenser aujourd'hui.

La jeune femme raccrocha enfin et soupira. Elle ôta ses lunettes en écaille, lissa ses cheveux blonds et rapprocha sa chaise de son bureau.

– Que puis-je faire pour vous, mademoiselle Brennan ?

– J'aurais aimé voir le directeur…

Elle lorgna vers son téléphone. Une lumière rouge y clignotait.

– Il est en ligne. Je peux lui laisser un message, si vous voulez.

– J'ai du temps devant moi. Je préfère patienter.

– Super ! répondit-elle, sarcastique.

Le téléphone sonna et elle répondit aussitôt. Après avoir raccroché, elle tapa quelques mots sur son clavier et sortit un dossier d'un tiroir. Elle semblait irritée et surmenée. Qu'importe, pendant que j'étais là, j'avais quelques détails à régler avec elle.

– Madame Lewis ?

– Oui ? fit-elle sans lever les yeux de ses papiers.

– Je me demandais si vous pourriez me rendre un petit service.

– Bien sûr ! Je croule sous le temps libre ! ironisa-t-elle.

Je ris.

– Je veux dire, si vous avez une minute... J'aurais besoin d'une liste de tous les anciens élèves d'Easton âgés de moins de soixante-cinq ans, avec leurs adresses et leurs mails.

Mme Lewis interrompit son travail et me regarda comme si je venais de lui demander d'éradiquer la faim dans le monde.

– Allez, tentai-je de l'amadouer. En souvenir du bon vieux temps...

Elle esquissa un vague sourire.

– Entendu.

Elle prit un stylo pour rédiger une note sur un Post-it, mais elle n'avait plus d'encre.

– Rien ne marche, aujourd'hui ! s'emporta-t-elle.

Elle jeta le stylo et ouvrit un tiroir. Son geste projeta vers l'avant une petite caisse métallique à cadenas. Sur le couvercle, une étiquette annonçait : *Clés des dortoirs*. Mon sang se figea.

– Vous avez les clés de tous les dortoirs ? demandai-je d'une voix étranglée.

Mme Lewis claqua le tiroir.

– Oui. Comme ça, je peux faire des doubles aux écervelés qui les perdent. Par exemple, votre amie Kiki, la semaine dernière.

Elle indiqua une machine grise posée sur le meuble de classement derrière elle. Un duplicateur de clés.

– Et c'est là que vous les conservez ? m'étonnai-je. Dans un tiroir de votre bureau qui ne ferme pas à clé ?

La jeune femme roula les yeux avec impatience.

– La boîte est verrouillée.

Tandis qu'elle gribouillait un pense-bête pour se rappeler de me sortir ma liste, mon esprit se mit à divaguer. Ainsi, les clés de tous les dortoirs étaient dans ce bureau, à la portée de n'importe qui. Pour quelqu'un de motivé, c'était un jeu d'enfant de se les procurer. La preuve : Dash et moi étions entrés ici en pleine nuit l'an dernier pour pirater l'ordinateur de Mme Lewis. Celui ou celle qui me persécutait avait pu venir ici et voler la clé de Billings. Il avait même pu la dupliquer, à condition de savoir utiliser la machine. Autrement dit, n'importe qui pouvait posséder une clé de notre dortoir.

– Il a raccroché, annonça Mme Lewis en se levant.

Je me raclai la gorge et tentai de m'éclaircir les idées. Je devais me concentrer sur Cromwell et les autorisations de sortie. Je réfléchirais plus tard à ma découverte.

Mme Lewis tira sur sa jupe et se dirigea vers la double porte donnant sur le bureau du directeur.

– Reed Brennan désire vous voir, annonça-t-elle en poussant les battants.

– Je vous écoute, mademoiselle Brennan ? me lança Cromwell sans lever les yeux de son journal.

Mme Lewis se retira. J'inspirai longuement dans l'espoir de calmer mon anxiété. Comme d'habitude, la pièce était une étuve à cause du feu qui rugissait dans la cheminée. Les fenêtres étaient fermées et l'atmosphère suffocante. À moins d'être Lucifer en personne, je ne voyais pas comment on pouvait passer plus de quelques minutes dans cette pièce sans tourner de l'œil.

– Je suis venue vous demander des autorisations de sortie, pour moi et quatre de mes camarades, dis-je, espérant que mon ton formel l'impressionnerait.

Je tirai sur le col de mon pull pour tenter de me rafraîchir un peu. En pure perte.

– Nous voulons aller à New York ce week-end, afin de mettre la dernière touche à notre projet de collecte de fonds, enchaînai-je.

– Mlle Lange m'a déjà demandé quatre autorisations, que je lui ai accordées, dit Cromwell en tournant la page de son quotidien.

J'hésitai. Ainsi, Noëlle était déjà venue le solliciter. Mais quand ? Et pourquoi n'avait-elle demandé que quatre autorisations, alors que nous étions cinq ?

Parce qu'elle essayait d'exclure Sabine, voilà pourquoi ! Comment avait-elle osé agir dans mon dos ?

– Y a-t-il autre chose ? demanda Cromwell sans cesser de lire.

« Allez, Reed, l'heure est grave ! » Je réfléchirais plus tard aux mesquineries de Noëlle.

– Oui, monsieur. Nous souhaiterions avoir une autorisation supplémentaire, s'il vous plaît.

Cromwell soupira. Il consulta l'écran de son ordinateur et enfonça plusieurs touches du clavier.

– Mlle Lange a demandé des autorisations pour vous, Mlles Clarke et Simmons, et elle-même. N'êtes-vous pas assez de quatre ? Vous faut-il quelqu'un pour porter vos sacs ?

Il me regarda enfin, un sourire ironique flottant sur ses lèvres pincées.

–Non, monsieur. Mais nous aimerions que Sabine DuLac nous accompagne.

–Et pourquoi devrais-je autoriser Mlle DuLac à quitter le campus ?

–Parce qu'elle...

« Parce qu'elle veut voir New York » n'était pas un argument massue. Il fallait que je trouve une autre raison, et vite ! Cromwell haussa les sourcils en me voyant hésiter. Je remarquai l'énorme globe terrestre derrière son bureau, et improvisai :

–Sabine va nous amener de nombreuses donations de l'étranger. Ses parents ont des amis et des relations dans le monde entier. Sa présence dans l'équipe de préparation est un atout certain.

Je croisai mes mains moites dans mon dos et priai pour que mon mensonge soit convaincant. L'argent restait le meilleur des arguments.

–Entendu, dit finalement Cromwell. Cinq autorisations, donc. Vous pourrez passer les chercher vendredi après-midi.

« Yes ! »

–Merci, monsieur. Vous ne le regretterez pas, lui assurai-je.

–J'espère que votre projet sera couronné de succès, dit-il avec une hypocrisie non dissimulée.

– Nous apprécions infiniment votre soutien, répondis-je sur le même ton.

Sur ces mots, je pris congé avant que mon insolence ne le fasse changer d'avis.

Bonnes résolutions

J'étais toujours sidérée de voir par quels détours Noëlle était capable de passer pour arriver à ses fins. Je savais qu'elle n'aimait pas Sabine, mais la haïssait-elle vraiment au point de ne pas pouvoir la supporter un week-end ? Ce qu'elle avait fait me semblait tellement mesquin, et indigne d'elle. Pourquoi fallait-il toujours qu'elle me contredise, qu'elle ait le dernier mot ?

Eh bien, Noëlle n'avait pas mesuré à qui elle avait affaire. Je l'adorais, mais elle allait devoir comprendre que ce n'était plus elle qui prenait les décisions concernant Billings. Elle avait été absente tout le printemps et une partie de l'automne. Pensait-elle vraiment que rien n'avait changé pendant tout ce temps ?

J'avais déjà un adversaire à Easton, quelqu'un qui prenait plaisir à me déstabiliser. Je n'avais pas besoin que ma meilleure amie me mette elle aussi des bâtons dans les roues.

Je sortis de Hull Hall et descendis en courant les marches du perron. Le vent froid m'éclaircit les idées. Il était grand temps que j'aie une conversation sérieuse avec Noëlle, afin de mettre les points sur les i. Pas question de la laisser agir dans mon dos, prendre des décisions à ma place et me mettre devant le fait accompli.

La nuit tombait sur le campus. Je fonçai vers le dortoir, tellement perdue dans mes pensées que je faillis dépasser Marc sans le voir. Il était assis sur un banc dans la cour carrée.

– Salut, Reed ! dit-il en levant les yeux de son livre.

– Salut !

Le vent projetait mes cheveux dans mes yeux. Je les ramenai en arrière en souriant. Je n'avais pas revu Marc depuis que j'avais pris la décision de le faire passer en première position sur ma liste de « princes charmants ». À croire que le destin l'avait placé exprès sur mon chemin, au moment où j'avais un besoin pressant de me changer les idées.

– Je révise pour un devoir de français, me confia-t-il.

– C'est bien.

Marc se leva. Il était plus petit que moi de quelques centimètres, mais vraiment mignon avec ses cheveux bruns et ses yeux clairs. Il portait un duffle-coat gris sur un pull bordeaux et un jean. Contrairement aux mecs de

Ketlar, il n'était pas trop obsédé par son look pour s'habiller chaudement.

– Tu as repensé à l'interview ? me demanda-t-il. J'aimerais vraiment connaître ton avis sur…

– Ouais. C'est d'accord. Prenons rendez-vous maintenant, si tu veux.

Je remontai la bandoulière de mon sac sur mon épaule et glissai les mains au chaud sous mes aisselles.

– Qu'est-ce que tu dirais de mercredi après-midi ? On n'a plus d'entraînements de foot, alors je suis libre.

Marc sortit son Blackberry pour vérifier son emploi du temps. Son air sérieux et ses sourcils froncés me firent sourire.

– Mercredi, ça devrait aller. Qu'est-ce qu'on…

– Rendez-vous au Coffee-Carma à quatre heures, fis-je, très *executive woman*.

– Quatre heures, ça marche.

– Très bien.

Marc rougit et sourit. C'était un chouette sourire. Sincère et sans un gramme de suffisance.

– Très bien, répéta-t-il.

– À plus, alors !

Je fis demi-tour et m'éloignai vers Billings d'un pas décidé. J'avais négocié avec Cromwell notre escapade à New York et tendu une perche à un éventuel « prince charmant ». Pour l'instant tout allait bien. Je prenais ma vie en main. Pourtant, en approchant du dortoir, je sentis mon estomac se nouer et fus prise d'un léger vertige. J'appréhendais de regagner ma chambre.

Et si mon persécuteur avait encore frappé ? Plusieurs jours s'étaient écoulés depuis que j'avais découvert les vêtements de Cheyenne dans ma penderie. Plus le temps passait, plus je devenais parano.

Le stress que m'avait causé la traîtrise de Noëlle commençait à se dissiper, mais l'anxiété me coupait les jambes. J'avais peur de rentrer à Billings de crainte de découvrir ce qui m'y attendait. Ma chambre, mon seul vrai refuge depuis un an et demi, m'était devenue étrangère parce qu'un de mes camarades s'amusait à mes dépens. Qui m'en voulait à ce point ? Qu'avais-je fait pour m'attirer un tel ennemi ?

Je m'arrêtai dans l'entrée et m'appuyai contre la porte. Et si ma persécutrice était une fille Billings ? Une… ou plusieurs. Et si toutes les autres étaient au courant et riaient dans mon dos ? Et si…

Stop ! Assez déliré ! Billings était ma maison. Ces filles étaient mes amies. Elles ne me feraient jamais une chose pareille. Et, quelle que soit la surprise que me réservait mon adversaire, je m'en accommoderais. J'en étais capable. Par contre, il ou elle allait bientôt se mordre les doigts de m'avoir prise pour cible.

Sur ces bonnes résolutions, je fis volte-face, insérai ma carte dans la fente et poussai résolument la porte.

Nouvel affront

Au léger brouhaha qui filtrait dans le couloir, je devinai que mes camarades s'étaient rassemblées dans le petit salon. Je caressai un instant l'idée de faire irruption dans la pièce pour leur demander si l'une d'elles avait placé les billes noires et les vêtements de Cheyenne dans mes affaires. À moins qu'elle n'ait juste prêté main-forte à quelqu'un de l'extérieur pour me harceler...

Après tout, le meilleur moyen de le savoir était de poser la question.

Je me ravisai. Ce serait une erreur de confier mes déboires à mes amies. Cela me mettrait en position de faiblesse. Les filles se demanderaient pourquoi j'étais la seule visée. Je devrais leur parler du mail de Cheyenne. De la culpabilité qui me rongeait. Pas question !

Non, je devais élucider ce mystère moi-même. Quand cette histoire de collecte de fonds serait derrière nous, quand la vie à Billings aurait repris son cours normal, je pourrais enfin régler son compte à mon persécuteur.

Cette décision prise, je m'encadrai sur le seuil. Le spectacle que je découvris me mit le sang en ébullition. Debout devant la cheminée, Noëlle s'adressait à nos amies, qui buvaient ses paroles. C'était une réunion officielle, et elle la présidait.

– Donc, disait-elle, si vos parents veulent acheminer quelqu'un depuis la côte Ouest, prévenez-moi d'ici vendredi. Papa va mettre son jet à notre disposition.

Tandis que les filles prenaient des notes, Noëlle jeta un coup d'œil sur son ordre du jour. Elle avait rédigé un ordre du jour !

– Bon, et maintenant…

– Qu'est-ce que vous fabriquez ? lançai-je d'une voix forte, afin d'annoncer ma présence.

Tous les regards convergèrent sur moi. Mon irritation devait se lire sur ma figure, car les filles prirent des mines coupables.

– Ah, Reed ! Te voilà ! On passe en revue les détails de la collecte de fonds, dit Noëlle, imperturbable. Je suis allée voir Cromwell pour lui demander les autorisations de sortie. Il a refusé de nous en donner plus de quatre. Alors, on revient au plan initial.

Elle regarda Sabine en haussant les épaules.

– Désolée, Frenchie. Tu restes ici.

Sabine se décomposa et je fus prise d'une envie de hurler. Ou de frapper sur quelque chose. Noëlle ferait l'affaire.

– Je viens de voir Cromwell et j'ai obtenu une cinquième autorisation, répliquai-je sèchement. Donc, Sabine, c'est bon, tu peux venir.

Les filles nous regardèrent tour à tour, Noëlle et moi. On aurait dit qu'elles assistaient à un match de volley. Noëlle esquissa un sourire, ou plutôt un rictus.

– Bravo. Tu as fait des progrès en négociation.

– Ouais, c'est sûrement ça.

Silence.

J'avais coupé le sifflet à Noëlle Lange. Ça alors ! J'entrai dans la pièce, lâchai mon sac et mon manteau sur le sofa et allai me poster à côté d'elle.

– Alors, quelqu'un a eu des idées pour le thème ?

Pas de réponse. L'ambiance était tendue.

– Reed, je peux te dire deux mots en privé ? me demanda Noëlle entre ses dents.

– Bien sûr ! Les filles, je vous propose de faire un brainstorming pendant ce temps. Constance, tu prends des notes ?

En remontant le couloir flanquée de Noëlle, je pressentis que notre conversation n'aurait guère de rapport avec la collecte de fonds. Le sujet du jour, c'était elle et moi, et j'étais curieuse de savoir qui de nous deux dégainerait la première.

Mise au point

Je précédai Noëlle dans ma chambre et pivotai au moment où elle refermait la porte. J'étais tellement remontée que j'avais réussi à reléguer mes appréhensions au fond de mon esprit. Je lançai aussitôt les hostilités :

– C'est quoi, ce délire ? Tu organises des réunions dans mon dos, maintenant ?

C'était trop bon de crier. J'avais l'impression d'évacuer tout mon stress.

– Oublie deux secondes cette histoire de collecte de fonds, tu veux ! riposta Noëlle. Parlons plutôt de Cheyenne…

Mon ego, gonflé comme un ballon de baudruche, se vida brusquement. Ma détermination et ma colère s'envolèrent comme par enchantement. Je fixai la porte, le temps de me refaire une contenance.

– Quoi, Cheyenne ? demandai-je d'une voix calme.

– Je ne te poserai la question qu'une fois, Reed, dit Noëlle en croisant les bras. Est-ce que tu as quelque chose à voir avec la mort de Cheyenne ?

La surprise me scia les jambes.

– Quoi ? soufflai-je.

– J'ai besoin de connaître la vérité. Je n'ai pas l'intention de revivre ce que j'ai vécu l'an dernier, continua mon amie, glaciale.

Je me détournai pour échapper à ses yeux accusateurs. Mon esprit moulinait à toute vitesse, mais je n'arrivais pas à me concentrer. Ma chambre tourbillonnait autour de moi. La fenêtre, le bureau, la photo de Scott et moi dans son cadre, mon couvre-lit, ma lampe de chevet, la fenêtre, le bureau…

– Tu ne penses quand même pas que… que j'aurais pu faire une chose pareille.

– Ce n'est pas une réponse, Reed. Je sais que la police t'a interrogée. Inutile de le nier. Si tu me disais ce qu'ils te voulaient…

– Rien, mentis-je.

Je lui tournai le dos et entrepris de vider mon sac pour éviter de la regarder.

– C'est juste que… Les flics ne m'ont jamais interrogée après la mort de Cheyenne. Pendant que j'étais à New York avec Josh, ils ont convoqué toutes les autres filles du dortoir. Ils voulaient juste recueillir mon témoignage pour compléter leur dossier.

– C'est tout ? murmura Noëlle, dubitative. Ils n'ont pas parlé du fait que Cheyenne aurait pu être assassinée ? Ils ne t'ont pas demandé si tu avais quelque chose à voir avec sa mort ?

Son ton méfiant me révolta. Je me redressai :

– Comment tu as pu penser…

– Permets-moi de citer un mail que tu as envoyé à un ami commun, répondit-elle, immobile comme la pierre. « Cheyenne a pété les plombs. Il faut qu'on trouve un moyen de se débarrasser d'elle. J'ai besoin de ton aide. » Ça voulait dire quoi, ça ?

Mon sang se glaça. Noëlle venait de me réciter mot pour mot le message que j'avais adressé à Dash lorsque j'envisageais d'intriguer pour faire renvoyer Cheyenne. Et voilà ! Le moment que je redoutais était arrivé. Je me laissai tomber sur le bord de mon lit et me pliai en deux. La tête entre les genoux, je tentai de reprendre mon souffle. Les derniers mois de ma vie défilèrent devant mes yeux. Les mails que j'avais échangés avec Dash. Nos conversations téléphoniques. Son désespoir, le soir du dîner au Driscoll. Le désir qui consumait ses yeux lorsqu'il m'avait attirée à lui à l'Héritage. Tout me revint. Tout cela n'était-il qu'une succession de mensonges ?

Un jeu malsain ? Dash avait-il tout raconté à Noëlle ? M'avait-il trahie sans un remords ? Je levai la tête :

– Comment tu as... ?

L'expression de Noëlle était l'image du dégoût. Je fermai les yeux, étourdie par un violent afflux de sang dans la tête.

– Tu sais que... Tu sais que j'ai envoyé des mails à Dash ?

Oubliés, les abus de pouvoir de Noëlle ! La seule chose qui m'intéressait désormais, c'était de me faire pardonner. Je devais lui expliquer. Tout faire pour l'empêcher de me condamner sans autre forme de procès.

Noëlle pouffa et fixa le plafond.

– Reed, essaie de te rappeler à qui tu parles. J'ai lu vos mails du premier jusqu'au dernier. Dash et moi n'avons aucun secret l'un pour l'autre. Même quand on est séparés, je suis au courant de ses moindres faits et gestes. Entre nous, ce n'est pas une simple amourette de lycée. On est faits pour être ensemble, et ce n'est pas une petite rupture qui va y changer quelque chose. Quant à toi...

Elle eut un rire moqueur :

– Quant à toi, Lèche-vitres, tu es tout sauf une menace.

– Mais... quoi ? Dash te les a montrés ? demandai-je, un soupçon d'indignation perçant sous ma confusion.

Une question m'obsédait. Noëlle savait-elle aussi ce que nous avions fait à l'Héritage ?

– Je t'en prie ! s'esclaffa-t-elle. Je connais le mot de passe de sa messagerie depuis qu'on est en troisième. Cet idiot ne le change jamais. Ça me permet de l'avoir à l'œil quand on est séparés.

Waow ! Noëlle aimait contrôler son monde, c'était un fait. Mais lire les mails de son ex, ça frisait la paranoïa… Même si, en l'occurrence, elle avait de bonnes raisons de se méfier.

– Donc, oui, je suis au courant de votre petit flirt, me confia-t-elle avec morgue. Je ne comprends pas, Reed. Tu devrais pourtant savoir qu'on ne peut rien me cacher.

Je me levai d'un bond :

– Noëlle, c'était totalement insignifiant ! C'était ridicule et…

Elle éclata d'un rire joyeux.

– Rassure-toi : votre petite idylle par ordinateurs interposés ne m'a pas empêchée de dormir. C'était tellement pathétique…

Mon visage me brûla comme si elle m'avait giflée.

– Je lui manquais et tu lui as servi de distraction, point barre. De toute façon, ni lui ni toi n'auriez le cran d'aller plus loin. Vous n'êtes pas idiots à ce point.

Sous-entendu : si nous étions passés à l'acte, elle nous l'aurait déjà fait payer. Preuve qu'elle n'était pas au courant de tout. Je recommençai à respirer. Mon soulagement n'avait d'égale que mon humiliation. Je mourais d'envie de lui raconter ce qui s'était passé entre Dash et moi le soir de l'Héritage, rien que pour le plaisir de voir s'effacer son rictus méprisant. Heureusement, mon instinct de conservation l'emporta.

– Revenons à nos moutons, ordonna Noëlle en s'approchant de mon bureau.

Elle prit ma boîte de trombones et se mit à jouer avec, l'inclinant d'un côté et de l'autre comme un bâton de pluie.

– Tu voulais te débarrasser de Cheyenne. Dis-moi comment tu t'y es prise.

– Je voulais la faire renvoyer, pas la tuer ! protestai-je. Elle était devenue totalement incontrôlable, elle traitait les nouvelles comme de la merde, elle essayait de les faire renvoyer… En fait, j'échangeais des mails avec Dash dans l'espoir d'entrer en contact avec toi. Je voulais te demander de l'aide. Tu sais, comme tu…

Je m'interrompis, hésitant à évoquer des souvenirs désagréables. Mais Noëlle m'avait comprise à demi-mot.

– Comme j'avais fait renvoyer Leanne l'an dernier, acheva-t-elle en posant les trombones. En fait, c'était une idée d'Ariana.

– Je sais, mais…

Je la dévisageai, au bord des larmes.

– Noëlle, tu as vraiment pensé que je serais capable de tuer quelqu'un ? Je veux dire… tu me connais.

Elle me regarda du coin de l'œil.

– Je connaissais Ariana aussi. Du moins, je le croyais. Je ne suis pas prête à commettre deux fois la même erreur. La confiance aveugle, c'est fini !

Elle avait raison, mais je trouvais injuste que Noëlle se méfie de moi à cause de la folie d'Ariana. Je n'avais rien fait de mal. En tout cas, rien qui puisse me valoir d'être traduite en justice.

– Cheyenne et moi étions en guerre ouverte à la fin, tout le monde le sait. Mais je n'ai rien à voir avec sa mort. Regarde les choses avec logique : elle s'était fait renvoyer. Elle allait partir. Quelle raison aurais-je pu avoir de la tuer ?

Noëlle me dévisagea longuement. J'étais stupéfaite qu'elle doute encore de moi. Moi, sa meilleure amie.

– Noëlle, s'il te plaît, il faut que tu me croies ! la suppliai-je. Je ne peux pas te perdre, toi aussi.

Finalement, elle roula les yeux et me fit un grand sourire.

– Ah, Lèche-vitres, tu es vraiment trop nunuche, parfois !

– Tu peux arrêter de m'appeler « Lèche-vitres ? » répliquai-je, profitant de l'accalmie.

– Non ! Tu as flirté avec mon mec. Je t'appellerai comme j'en aurai envie pendant aussi longtemps que je voudrai.

OK. C'était de bonne guerre.

– Mais on est quittes ? demandai-je, hésitante.

– On est quittes. Viens, redescendons avant que les filles décident d'organiser une soirée pyjama.

– Je te rejoins.

Après le départ de Noëlle, je restai seule dans ma chambre, le temps de reprendre mes esprits. Mon cœur battait à cent à l'heure et j'étais lessivée. De nouvelles questions me trottaient dans la tête : combien de temps Noëlle et moi serions-nous quittes ? Combien de temps une fille aussi perspicace que Noëlle Lange continuerait-elle à ignorer ce qui s'était passé à l'Héritage ? Et combien de temps survivrais-je si jamais elle l'apprenait ?

Respect !

Je devais absolument me focaliser sur l'organisation de la collecte de fonds. Sans quoi, je risquais de devenir folle.

Le lundi midi, à la cafétéria, Sabine m'aida à passer en revue la liste des thèmes que nous avions dressée à la réunion de la veille. D'ici le soir, il faudrait que nous ayons tranché. Munies de sandwiches et de bouteilles d'eau, nous nous étions installées à table bien avant nos camarades de Billings. La salle était tellement silencieuse qu'on se serait cru à la bibliothèque. Seuls quelques profs étaient présents, ainsi qu'une poignée d'élèves étrangers qui se distinguaient en arrivant toujours en avance partout. Ils parlaient à voix basse.

– « Péché mignon » est un thème génial ! chuchota Sabine. L'idée de London de ne servir que des sucreries et du champagne, d'offrir des couvertures en cachemire et de proposer des massages aux invités, c'est divin…

– J'aime bien aussi, mais ça risque d'être trop cher à organiser, soulignai-je. Ça dépend si les villes jumelles peuvent nous obtenir tout ça gratuitement, ou si on doit le payer.

J'ouvris mon cahier pour consulter la liste.

– Et le thème « vert » ? L'environnement est à la mode en ce moment. On…

– Les filles, j'ai trouvé !

Je levai les yeux pour voir qui m'avait ainsi coupé la parole. Noëlle se précipitait vers nous en retirant ses gants, les joues rougies par le froid. Tiffany, London, Vienna, Portia et Shelby marchaient sur ses talons, surexcitées.

– Quoi ? Qu'est-ce que tu as trouvé ? lui demandai-je lorsqu'elle se campa à l'extrémité de la table.

– Le thème le plus dément qu'on ait jamais imaginé pour une collecte de fonds !

Elle balança ses cheveux derrière ses épaules.

– On va récolter tellement d'argent pour ce bahut que le Crom, en plus de nous foutre une paix royale, nous fera des courbettes jusqu'à la fin de notre scolarité.

Je lorgnai vers Sabine, mal à l'aise. L'expression de ma camarade de chambre s'était durcie. Pas étonnant. Elle flairait sûrement une nouvelle tentative de Noëlle de prendre le pouvoir à Billings. Je m'efforçai d'ignorer la petite voix dans ma tête qui me soufflait la même chose. Après la conversation de la veille au soir, je devais bien à Noëlle un minimum d'indulgence. De plus, j'avais hâte de l'entendre exposer son idée. L'expérience m'avait appris que les plans de Noëlle étaient souvent fabuleux.

– Vas-y ! l'encourageai-je. Ce suspense est insoutenable !

– Ouais. Alors, on s'en tient au dîner gastronomique pour la collecte de fonds proprement dite, et on propose en plus un « ticket platine », dit Noëlle en tirant une chaise pour s'asseoir en bout de table.

– Qu'est-ce qu'on obtient avec ce ticket platine ?

– Patience, Reed, j'y viens ! Les détentrices d'un ticket platine seront invitées dans un salon, l'après-midi, pour être maquillées par Frederica Falk, la styliste des stars.

London et Vienna battirent des mains et poussèrent des vivats. Comme si Noëlle nous avait annoncé que Brad Pitt remplacerait notre prof d'histoire de l'art cet après-midi.

– Et photographiées par Tassos, un photographe de mode de renommée mondiale, ajouta Tiffany en souriant de toutes ses dents.

– Waow ! C'est génial ! m'extasiai-je.

Je ne connaissais pas Frederica Falk, mais mes amies semblaient transportées à la seule évocation de son nom. Et j'avais assez souvent entendu les filles Billings parler de Tassos, le père de Tiffany, pour savoir que les riches et célèbres étaient prêts à remuer ciel et terre pour se faire tirer le portrait par notre homme. On allait faire un malheur !

– En plus, papa a proposé de donner tout un tas de ses vieilles photos, de ses anciens appareils et équipements pour qu'on puisse les vendre aux enchères pendant le dîner, ajouta Tiffany en se laissant tomber sur la chaise à côté de la mienne.

Elle ôta son écharpe et ouvrit son manteau.

– Il est ravi. Il dit que ça fait longtemps que les studios ont besoin d'un coup de balai.

– Tu es sûre que ça ne le dérange pas ? m'assurai-je. Je sais qu'il n'a pas une minute à lui.

– Ouais, mais il sait ce que Billings représente pour moi, alors il va libérer son week-end, dit Tiffany en haussant ses frêles épaules. Il a même promis d'offrir la pellicule et les tirages. Comme ça, sa participation ne nous coûtera pas un centime.

– Waow ! C'est fabuleux, m'exclamai-je.

Je voyais des dollars flotter dans ma tête.

– Frederica aussi travaillera bénévolement, ajouta Noëlle. Kiran avait des potins tellement compromettants sur elle qu'on n'a eu aucun mal à la convaincre.

– Kiran ? Tu lui as parlé ? demandai-je, sidérée.

Kiran Hayes était l'une de mes meilleures amies l'an passé, avant que le scandale éclate autour de la mort de

Thomas. J'étais sans nouvelles d'elle depuis cette époque. Soudain, la curiosité me dévorait.

– Comment va-t-elle ?

– Elle va bien. Égale à elle-même, dit Noëlle avec un geste blasé. Elle habite Rive Gauche, avec je ne sais quel top model de sexe masculin. Et elle organise une fiesta d'anniversaire délirante à Amsterdam. Comme d'habitude, quoi.

Mes amies gloussèrent d'un air entendu. Je ne voulais pas croire que je devrais me contenter de ces bribes d'informations. Kiran avait quasiment disparu de la face de la Terre, hormis des apparitions occasionnelles dans une pub de parfum ou en couverture d'un magazine. Avait-elle passé son diplôme ? Est-ce que ça l'intéressait seulement ? Buvait-elle toujours autant, ou s'était-elle assagie ? Des infos, SVP !

– Federica a promis d'engager quatre assistantes pour que tout fonctionne comme sur des roulettes, enchaîna Noëlle. Et, comme elle possède sa propre ligne de cosmétiques, elle nous offre les fournitures. Ça va être LE gala de la saison.

– De l'année, corrigea Portia.

– Je ne sais pas quoi dire, les filles, fis-je, émerveillée. Ça va être incroyable !

J'étais impressionnée par leur imagination, leurs relations, tout…

– Remercie Noëlle, dit Shelby en sortant son iPhone. C'est son idée.

Je coulai un nouveau regard vers Sabine. Le feu qui couvait dans ses yeux aurait pu incendier la cafétéria.

– Bon, je suis affamée ! déclara Portia en piquant une chips sur mon assiette. On bouge ?

Noëlle, Tiffany, Portia, Shelby et les villes jumelles se dépêchèrent d'aller chercher leurs repas et je me retrouvai en tête à tête avec Sabine. Ça m'enchantait moyennement. Devinant que j'allais avoir droit à un nouveau sermon, je pris les devants.

– Pitié, ne me dis pas que Noëlle essaie encore de m'évincer, commençai-je en mordant dans mon sandwich. N'importe qui aurait pu avoir cette idée.

– Peut-être, sauf que c'est elle qui l'a eue, protesta Sabine. Et elle aurait pu te consulter avant d'en parler à tout le monde.

– Il fallait au moins qu'elle en parle à Tiffany, pour que Tiff demande son accord à son père, répliquai-je. Et d'ailleurs, quelle importance ?

– C'est une question de respect, insista Sabine. Noëlle ne te respecte pas.

Je bus une longue gorgée d'eau au goulot de ma bouteille. La remarque acerbe de Sabine m'avait blessée. Noëlle avait toujours été mon amie, mais elle ne m'avait jamais témoigné aucun respect. Sauf peut-être le soir où elle m'avait sauvé la vie.

– Tiens, madame la présidente a l'air déconfit, observa Ivy Slade, qui passait près de notre table avec son plateau. Tu as du mal à trouver des gens pour t'aider à sauver l'antre du Démon ?

J'aurais adoré lui balancer une réponse bien sentie, mais aucune répartie ne me vint à l'esprit. Ivy se délecta de mon hésitation, puis me rit au nez avant d'aller rejoindre Josh. Je la regardai s'éloigner les yeux mi-clos, regrettant de ne pas posséder un pouvoir kinesthésique. J'aurais adoré l'envoyer valser en plein milieu de la salle, les quatre fers en l'air. Apparemment, Hauer ne l'avait pas encore convoquée pour l'interroger, sans quoi elle aurait été moins arrogante.

Ou peut-être que si. Qui sait ? Cette fille était une énigme pour moi. Noëlle ne m'avait guère aidée à cerner le personnage, et j'étais prête à parier que mes autres amies ne m'en diraient pas davantage. Quand une fille Billings jugeait une information trop énorme pour être divulguée, ses camarades partageaient généralement son avis. Enfin, avec un peu de chance, quelqu'un d'autre à Easton connaissait le secret d'Ivy Slade. Quelqu'un qui serait d'accord pour me parler.

Partie remise

–J'ai fait pas mal de recherches sur le sujet. Les pensionnaires de Billings ont souvent poussé le bouchon assez loin par le passé, et l'Administration a toujours fermé les yeux. À ton avis, pourquoi sont-ils aussi sévères avec vous aujourd'hui ?

Je regardai le dictaphone numérique que Marc tenait devant moi et regrettai de ne pas avoir réfléchi un minimum aux questions qu'il allait me poser. Mais comment me concentrer sur ce genre de choses, alors que ma vie était sens dessus dessous ?

–Reed ? insista Marc.

–Euh… Parce que notre nouveau directeur est un crétin refoulé qui ne s'est pas éclaté une seule seconde de toute sa minable existence, suggérai-je.

Marc me regarda, scié, avant d'exploser de rire. Il se plia en deux et je sentis une bulle enfler au fond de ma gorge. L'instant d'après, nous étions tous les deux secoués d'un fou rire incontrôlable, en plein milieu de la cour carrée.

– Tu m'autorises à te citer ? me demanda-t-il, les yeux brillants de larmes.

– Je ne suis pas sûre que ce soit une bonne idée.

Pour m'assurer d'être bien comprise, je pris son dictaphone et l'éteignis.

Il nous fallut quelques minutes pour reprendre notre souffle. C'était si bon de rire ! J'aurais volontiers continué tout l'après-midi, si je n'avais soudain aperçu une silhouette tristement familière. L'inspecteur Hauer traversait la cour d'un pas pressé. Je regardai devant lui, me demandant où il fonçait ainsi. Et je vis Josh marcher tranquillement vers Ketlar, ignorant qu'un missile à tête chercheuse déboulait sur lui. Je blêmis.

– Reed ? Ça va ? s'inquiéta Marc.

Je ne lui répondis pas. J'étais incapable de proférer un son.

Hauer attira l'attention de Josh. Ce dernier regarda plusieurs fois à droite et à gauche, comme s'il n'arrivait pas à croire que l'inspecteur s'adressait à lui. Lorsqu'il comprit enfin, il parut terrifié. Je luttai contre une envie irrésistible d'aller m'interposer entre eux pour le protéger.

Marc se tourna et devina ce qui m'avait distraite. Nous vîmes Hauer escorter Josh jusqu'à Hell Hall et disparaître avec lui dans le bâtiment.

– Que se passe-t-il ? Pourquoi les flics en ont-ils après Josh ? demandai-je d'une voix enrouée.

– Ça me paraît logique, dit Marc, pragmatique. Juste avant sa mort, Cheyenne l'a drogué pour abuser de lui. Ils pensent peut-être qu'il lui en voulait, ou quelque chose comme ça.

– Tu es au courant de cette histoire ? m'étranglai-je.

Marc hésita, embarrassé. Je fronçai les sourcils. Avait-il fait des recherches sur moi et sur mon passé à Billings ?

– Tout le monde est au courant, non ? lâcha-t-il enfin.

C'était bien possible. Les nouvelles circulaient vite, à Easton. Surtout les nouvelles croustillantes. Je décidai de lui accorder le bénéfice du doute. D'autant que j'avais des questions plus urgentes.

– Alors, tu crois que Josh est suspect ? demandai-je, le cœur battant la chamade.

– Moi, non. Mais eux, peut-être, précisa Marc.

– C'est dingue ! Je n'en reviens pas qu'ils lui refassent le coup. Cheyenne s'est suicidée. Josh n'a absolument rien fait. Il n'aurait jamais. Il…

– Reed, ce n'est rien, me coupa Marc. Tu ne sais pas ce qu'ils lui veulent. Je suis désolé de t'avoir inquiétée.

Il s'assit à califourchon sur le banc.

–Ne tire pas de conclusions hâtives, d'accord ? Je suis sûr que Josh ne risque rien.

Malgré ces paroles rassurantes, j'étais sous le choc. À quoi cela rimait-il ? J'avais conseillé à Hauer d'interroger Ivy. Ivy, pas Josh.

–Reed, si tu préfères qu'on fasse cette interview un autre jour, je comprendrai, ajouta Marc.

J'allais lui répondre quand j'entendis fuser un rire familier sur ma gauche. Le rire inimitable de Gage. Il flânait non loin avec ses camarades de Ketlar. Gage était sorti avec Ivy l'an dernier et il s'affichait encore avec elle deux semaines plus tôt. Si quelqu'un à Easton pouvait me renseigner sur son compte, c'était lui. Je récupérai mon sac et me levai précipitamment.

–Je suis vraiment désolée, Marc, mais je dois partir. Ce n'est que partie remise, d'accord ?

–Bien sûr ! Tu veux que je t'accompagne jusqu'à ton…

Je m'éloignai sans le laisser achever sa phrase. Parvenue à la hauteur de Gage, je tirai sur la manche de son pull et l'entraînai à l'écart de ses amis.

–Brennan de Pétaouchnok ! Pourquoi cette attaque furtive ? demanda-t-il en récupérant son bras.

Son premier mouvement trahissait son agacement. Mais bientôt ses yeux s'allumèrent.

–Ah, je sais ! Je suis ta nouvelle conquête !

Il se frotta les mains et me déshabilla ostensiblement du regard.

– Classe !

– Beurk, non !

Gage ne sembla absolument pas désarçonné par ma réaction. Je l'obligeai à s'asseoir près de moi sur un banc.

– J'ai une question à te poser sur Ivy.

– La garce glaciale ?

Gage crispa la mâchoire et détourna le regard. Tiens, tiens… Il y avait du contentieux dans l'air ! Intéressant. J'ignorais que Gage était capable d'éprouver des sentiments. S'était-il fait greffer un cœur récemment ?

– Qu'est-ce que tu veux savoir ?

– Ce qui lui est arrivé l'an dernier. Pourquoi n'est-elle pas revenue faire sa première à Easton ?

– La jalousie te va mal, Reed ! répliqua Gage, moqueur. Si tu veux te venger de Hollis, inutile d'aller renifler sa nouvelle nana. Il faut le rendre jaloux. Et pour ça je peux t'aider…

Il lorgna vers mes jambes et je secouai la tête, consternée. Sans déconner ! Quelle mouche avait piqué les mecs de ce bahut ?

– Tu n'as pas entendu mon « Beurk, non ! » de tout à l'heure ? demandai-je. Allez, accouche !

Gage roula les yeux et soupira :

– Bon, tant pis pour toi. Tu ne sais pas ce que tu pers… La grand-mère d'Ivy est tombée malade à la fin de la seconde. Ivy l'aimait beaucoup, alors elle a décidé d'aller au lycée à Boston pour s'occuper d'elle. Puis, cet été, la mamie a cassé sa pipe, et voilà… La garce prodigue revient à Easton répandre le malheur sur nos têtes.

Il leva les paumes vers le ciel et ajouta avec un sourire ironique :

– Alors, heureuse ?

Pas vraiment, non. Cette histoire de petite-fille attentionnée qui abandonne son lycée pour aller s'occuper de sa grand-mère, ça ne collait pas à l'image que j'avais d'Ivy. La fille qui avait toujours un commentaire désagréable aux lèvres. Celle qui avait tenté d'exclure Easton de l'Héritage. Qui avait cambriolé la maison de sa grand-mère. Qui avait largué un mec amoureux d'elle pour me piquer mon ex le lendemain de notre rupture.

– Une dernière question…

– OK, mais vite ! Il faut que j'aille pisser avant ma réunion, dit Gage, toujours aussi classe.

– Ivy et Josh… Tu crois que c'est sérieux ?

Gage me regarda longuement. Avais-je rêvé ? Je crus voir de la compassion dans ses yeux.

– Tu plaisantes ! Pour Ivy, rien n'est jamais sérieux. Avec personne.

Puis il se tourna vers moi, les bras écartés.

– En plus, cette fille n'est pas folle. Elle sait ce qui est bon. Elle ne va pas tarder à venir en redemander.

Quel prétentieux ! Si seulement il avait pu avoir raison…

Évident

– Est-ce que vous avez toutes votre liste ? demandai-je à mes camarades ce soir-là.

La veille, j'avais envoyé un mail aux filles Billings pour leur demander de recenser les gens qu'elles voulaient inviter à la collecte de fonds : amis, parents, et autres personnes fortunées. Le temps nous était compté, et j'espérais qu'elles avaient trouvé un moment pour y réfléchir entre les cours.

– Je l'ai ! annonça Portia en brandissant son organiseur orné de strass.

Les autres se contentèrent de hocher la tête. Constance se mordit la lèvre inférieure :

– La mienne est écrite à la main. C'est un problème ?

– Peu importe le format, du moment que vous l'avez, répondis-je. Maintenant, j'ai besoin d'une volontaire pour les compiler et supprimer les doublons. Qui est partant ?

– Moi, je veux bien, offrit Kiki, la bouche pleine d'éclair au chocolat.

Vienna avait commandé plusieurs dizaines de petits fours à la pâtisserie française en ville. Les friandises circulaient entre nous, sur des plateaux d'argent.

– Génial ! Les filles, pensez à donner vos listes à Kiki d'ici la fin de la soirée. On invitera aussi tous les anciens élèves d'Easton âgés de moins de soixante-cinq ans. Mme Lewis m'a envoyé leurs coordonnées par mail aujourd'hui. Je te les ferai suivre, Kiki.

– Ça marche. Qu'est-ce que je fais une fois que j'ai terminé ?

– Eh bien, j'espérais qu'Astrid et toi, vous pourriez nous pondre une invitation géniale qu'on enverrait par mail, répondis-je. On peut commencer dès maintenant à appâter les gens, puis leur préciser l'adresse dans un second temps, quand on aura choisi le lieu.

– C'est d'accord pour moi, annonça Astrid.

– Je viens d'installer un nouveau logiciel de graphisme que m'a filé mon père. Il est encore au stade de prototype, mais il est dément ! nous assura Kiki.

Noëlle se pencha en avant et s'éclaircit la gorge.

– Un mail ? Vraiment ? Ce n'est pas un peu maladroit ?

Elle me regarda comme si j'avais suggéré de réaliser les invitations à la peinture au doigt. Je serrai les poings. J'avais accepté son idée de thème ; elle pouvait quand même me laisser prendre une décision. Le fait que j'avais flirté avec son mec ne lui donnait pas le droit de m'humilier en public ! D'ailleurs, l'an dernier, elle avait participé au kidnapping de mon petit ami et l'avait laissé pour mort dans la campagne. Nous étions quittes, me semblait-il... Du moins, tant qu'elle ignorait que j'avais failli coucher avec Dash.

– C'est le moyen le plus rapide et le moins cher d'atteindre tout le monde, expliquai-je patiemment. Si on doit faire imprimer des invitations, les affranchir et les poster, les invités les recevront la veille du gala.

– C'est vrai, reconnut Noëlle.

Je me détendis. J'avais réagi trop violemment. Noëlle n'essayait pas de tout contrôler ; elle se contentait d'exprimer un point de vue.

– Bien, je pense que c'est **tout** pour ce soir, dis-je. Si vous avez des suggestions avant notre départ pour New York samedi, passez me voir dans ma chambre.

La séance levée, les filles s'éparpillèrent dans le petit salon, comparant leurs listes et piochant de nouvelles friandises sur les plateaux. J'étais trop épuisée pour bouger. Jouer les leaders et faire bonne figure alors que j'avais l'esprit occupé par Josh, Hauer et un million d'autres trucs angoissants me pompait toute mon énergie.

Noëlle se leva, choisit une tartelette et l'enveloppa dans une serviette de lin pour l'emporter à l'étage. Je lui emboîtai le pas, pressée de me retrouver en tête à tête avec elle.

–Avec la quantité de sucreries qu'on consomme pendant ces réunions, on va toutes finir obèses, plaisanta-t-elle.

J'essuyai mes mains moites sur ma jupe en lainage et me jetai à l'eau :

–Noëlle ? Tu es au courant que l'inspecteur Hauer a interrogé Josh cet après-midi ?

Elle me sourit avec sympathie.

–Tu te fais du mouron pour le mec qui t'a jetée ? C'est trop mignon !

Le mec qui m'avait jetée ? Je n'avais dit à personne que Josh avait pris l'initiative de notre rupture. Noëlle le savait-elle, ou se contentait-elle de le supposer ? En savait-elle plus sur cette soirée qu'elle ne voulait l'avouer ?

–Je n'ai pas…

–Je te taquine, dit Noëlle. J'ai entendu dire que c'était juste un interrogatoire de routine. Il semblerait que Cheyenne ait utilisé les mêmes cachets pour se tuer que pour le droguer. Il y a un lien évident.

Évident ? L'évidence, c'était que Cheyenne était folle et capable de tout. Pourquoi les flics refusaient-ils d'admettre qu'elle s'était suicidée et de classer l'affaire ?

–D'ailleurs, tu m'as dit toi-même que vous aviez quitté le campus avant que la police ait pu vous interroger, souligna Noëlle en arquant les sourcils. Je suppose qu'ils se rattrapent avec Hollis comme ils l'ont fait avec toi. En admettant que ce soit la véritable raison de ta visite au poste, l'autre soir.

Je rougis violemment. Parfois, j'avais l'impression que Noëlle lisait dans mon cerveau comme dans un livre ouvert.

– Ouaip, ça se tient.

Noëlle eut un petit sourire suffisant, mais reprit aussitôt son sérieux.

– Ne t'inquiète pas, tout ira bien, me dit-elle gentiment. Josh est un grand garçon. Il est capable de prendre soin de lui.

– Je sais.

« Sans quoi, Ivy prendra soin de lui », songeai-je avec un pincement au cœur.

– Viens, j'ai besoin d'aide pour mon devoir d'espagnol, ajouta-t-elle en glissant un bras sous le mien.

– Ça marche !

Je montai l'escalier derrière mon amie, perdue dans mes réflexions. J'espérais que Noëlle avait raison, que Josh s'en sortirait parfaitement bien sans moi. Mais, en même temps, cette idée me faisait mal au ventre. J'avais beau essayer de passer à autre chose et lui en vouloir à mort de sortir avec Ivy, ne pas savoir ce qui lui arrivait m'était intolérable.

Interviews croisées

Je n'étais encore jamais entrée dans une salle commune de Gleck. C'était sympa. Chaleureux. Un feu brûlait dans la cheminée de pierre, de gros fauteuils en cuir meublaient la pièce, dont les murs étaient recouverts de lambris foncé. On se serait cru dans un chalet à la montagne... enfin, selon l'idée que je m'en faisais, car je n'avais jamais mis les pieds à la montagne. Rien à voir avec les foyers de Ketlar. Ici, pas de télé à écran géant, pas de mecs surexcités s'acharnant autour d'une console de jeux. Les quelques garçons présents dans la salle révisaient ou s'absorbaient dans des discussions à voix basse. C'était un repaire d'élèves studieux.

– Alors, au fait : d'où tu viens ? demandai-je à Marc.

Je me penchai au-dessus du Tupperware qui trônait sur la table et choisis un des biscuits confectionnés par sa mère, avant de me renfoncer dans mon confortable fauteuil en cuir.

– C'est moi qui suis censé t'interviewer, me rappela Marc.

– J'en ai assez de moi, protestai-je. Si on parlait un peu de toi ?

Marc sourit et éteignit le dictaphone posé à côté du Tupperware.

– D'accord. Mais, avant, j'ai une dernière question. Entre nous.

– Bien sûr, répondis-je en léchant le sucre glace sur ma lèvre supérieure – ces biscuits étaient un vrai régal.

– C'est une interview, ou un plan drague ?

Je faillis m'étrangler de surprise.

– Qu'est-ce qui te fait penser que c'est un plan drague ?

Marc baissa les yeux et se frotta les mains avec embarras.

– Constance m'a parlé d'une liste..., avoua-t-il enfin.

Je ris et terminai mon gâteau.

– Quelle pipelette, celle-là ! OK, mettons que ce soit un plan drague... Ça te pose un problème ?

Ce fut au tour de Marc d'être surpris.

– Euh... Non, absolument pas !

Je me sentis vaguement coupable. À quoi bon lui donner de faux espoirs ? J'appréciais sa compagnie, mais je n'avais aucune envie de sortir avec lui. Je me dépêchai de changer de sujet :

– Bon, alors, tu viens d'où ?

– De Miami.

J'écarquillai les yeux. Miami m'évoquait des enseignes au néon, des costumes en Lycra rose et des flots de musique binaire. Marc était aux antipodes de tout cela. Un pur produit de la Nouvelle-Angleterre.

– Sans blague ? Tu es tellement...

– BCBG ? Ambitieux ? Sérieux ? proposa-t-il.

– Normal, achevai-je.

– Je ne m'y suis jamais vraiment senti à ma place, me confia-t-il.

Il se cala dans son siège et posa les bras sur les accoudoirs, où il battit une mesure imaginaire.

– Mon frère aîné, Carlos, était comme un poisson dans l'eau là-bas. Mes copains le vénéraient parce qu'il conduisait à fond, connaissait tous les videurs et emballait une fille différente chaque soir. Le boulot, il ne connaissait pas. Pour eux, c'était le summum du cool. Moi, je trouvais juste ça triste. J'étais trop pressé de partir.

– Waow !

– Ça fait beaucoup d'informations d'un coup ?

– Non. Pas du tout. Ça me paraît juste hyper familier.

– Tu as un grand frère *drag queen* ? plaisanta Marc.

Je m'esclaffai et soulevai ma tasse de café.

– Non. Pas ça. Juste cette envie pressante de partir.

– Tu ne te sentais pas à ta place en Pennsylvanie ?

Ma paranoïa se réveilla aussitôt.

– Comment tu sais d'où je viens ?

– Reed, je suis journaliste et je fais un article sur toi ! se défendit-il en levant les paumes au ciel.

– Je croyais que l'article concernait Billings.

– Ouais. Et tu es sa présidente. La fille qui essaie de sauver son dortoir contre vents et marées, dit Marc. Tu es un peu le pilier de l'article.

– Ah, d'accord ! m'esclaffai-je.

Je notai au passage que je riais peu ces temps-ci, et seulement avec Marc. Je le regardai, il me rendit mon regard, et je ne ressentis aucune émotion. Pas un frisson, pas un picotement, rien. Ce mec ne m'attirait pas. Pourtant, je passais de bons moments avec lui. J'oubliais mes soucis. Qui sait, on deviendrait peut-être amis…

– Alors, à combien s'élève ta bourse ? me demanda-t-il avec un sourire ironique.

– Comme si j'allais répondre…

– Je finirai bien par te le faire avouer, dit-il en prenant un biscuit. Personne ne me résiste !

Nous passâmes l'heure suivante à échanger nos impressions d'élèves boursiers. Comme moi, Marc trouvait parfois totalement surréaliste d'étudier à Easton en ayant des parents fauchés. Lui aussi espérait intégrer une fac de l'Ivy League. Nous évoquâmes à tour de rôle les cadeaux d'anniversaire délirants que nos parents nous avaient bricolés les années de vaches maigres. C'était la soirée la plus agréable que j'avais passée depuis longtemps. Et, fin du fin, Marc n'essaya même pas de m'embrasser en me quittant !

En regagnant Billings, je me sentais plus légère. J'étais convaincue que ma rupture avec Josh n'avait pas sonné le glas de ma vie sentimentale. Un jour, bientôt, je serais capable de rebondir. Et, si Marc n'était pas l'élu, il m'aurait au moins aidée à sortir du tunnel.

Psychose

Le vendredi soir, à Billings, c'était soirée cinéma. Du moins, pour celles qui n'avaient pas prévu de sortie avec leur mec ou leurs parents. En approchant du dortoir, j'aperçus la lueur de l'écran plasma par la fenêtre du petit salon. Je devinai que mes amies étaient à l'intérieur, suspendues aux lèvres de Cameron Diaz ou de Reese Witherspoon. Je franchis la première porte et m'arrêtai dans le sas. La seconde était entrebâillée, coincée par le cale-porte en bronze que nous utilisions les jours de rentrée ou avant les départs en vacances pour passer librement avec nos malles et nos valises. Au-dessus de la serrure électronique, une petite lumière rouge clignotait en émettant un léger bip. Pourquoi cette porte était-elle restée ouverte ?

J'entrai et ôtai la cale avant de refermer doucement le battant. En passant devant le salon, j'aperçus Sabine,

Constance et Kiki, assises dans le canapé, les cheveux étalés par dessus le dossier. Tout semblait paisible. J'envisageai un instant d'entrer pour les interroger au sujet de la porte, puis je me ravisai. Constance chercherait sûrement à me soutirer des informations sur ma soirée avec Marc. Je préférai monter discrètement à l'étage.

Grossière erreur ! Lorsque j'ouvris la porte de ma chambre, mon sang se figea dans mes veines. Un froid glacial régnait dans la pièce et une forme se déplaçait dans l'obscurité. Terrorisée, je claquai la porte et allai m'adosser contre le mur du couloir. Il y avait quelqu'un à l'intérieur.

Les jambes flageolantes, je me forçai à réfléchir. Pourquoi quelqu'un se serait-il enfermé dans ma chambre, dans le noir ? Pour me laisser une nouvelle surprise, ou dans un autre but, encore plus sinistre ? En tout cas, maintenant, l'intrus savait que j'étais dans le couloir. La guerre des nerfs avait commencé. À un moment, il faudrait bien qu'il ou elle sorte. Ou que j'entre. Qui craquerait en premier ?

Je m'approchai lentement et collai l'oreille contre le battant pour épier le moindre son. Je retins ma respiration. Rien. Mon persécuteur était-il dans la même position que moi de l'autre côté de la porte, en train de m'écouter ?

Une porte s'ouvrit soudain au fond du couloir ; des voix et des rires fusèrent. Lorna et Missy sortirent de la chambre des villes jumelles, les bras chargés de couvertures. Elles s'immobilisèrent en me voyant, l'oreille et les mains collées contre la porte de ma chambre, toujours emmitouflée dans mon manteau.

– Qu'est-ce que tu fabriques ? me lança Missy avec son mépris habituel.

« Je flippe et je perds la boule. »

– Il y a quelqu'un dans ma chambre, chuchotai-je.

– Sabine ? devina Lorna.

– Non. Sabine est en bas, expliquai-je d'une voix étranglée. C'est quelqu'un d'autre.

– Qui ça ? demanda Missy. Tout le monde est dans le salon.

Je pinçai les lèvres. Pourquoi fallait-il que, de toutes les pensionnaires de Billings, ce soit Missy qui assiste à cette scène ? Enfin, c'était toujours mieux que rien.

– Je ne sais pas. Peut-être quelqu'un de l'extérieur.

Je repensai à la porte entrebâillée, en bas.

– Vous voulez bien entrer avec moi ?

Lorna parut effrayée, mais hocha résolument la tête :

– Ouais, bien sûr !

– Merci.

Je fis lentement volte-face et, sans un bruit, je tournai la poignée.

– Un... deux... trois ! soufflai-je.

J'ouvris la porte en grand et me préparai à une éventuelle attaque. Je ne m'étais pas aperçue que j'avais fermé les yeux, jusqu'à ce que Missy me pousse sur le côté pour actionner l'interrupteur. Je sursautai et promenai un regard dans la chambre.

– Il n'y a personne, constata-t-elle.

Elle avait raison. La pièce était vide.

– Par contre, ça pèle ! ajouta Lorna.

Elle posa ses couvertures sur mon lit et alla fermer la fenêtre, restée grande ouverte. Le vent faisait voler les rideaux.

Les rideaux. C'était sûrement eux que j'avais vus bouger.

Je rougis de honte. J'étais en train de devenir totalement parano et Missy Thurber assistait à ma déconfiture.

– Il n'y a personne ici non plus, annonça Lorna en revenant de la salle de bains.

J'allai inspecter les deux penderies, espérant presque y trouver un psychopathe. Tout pour paraître moins cruche aux yeux de mes camarades. Mais les meubles étaient vides.

– Notre présidente est vraiment prête à tout pour se faire remarquer, commenta Missy, acerbe. Maintenant, elle s'invente des persécuteurs… Pauvre Reed ! Tu es une victime née.

– Tu es encore plus hideuse à l'intérieur qu'à l'extérieur, rétorquai-je.

Missy en resta bouche bée. Pendant une fraction de seconde, je crus qu'elle allait se mettre à pleurer. J'étais de marbre, trop à cran pour éprouver une quelconque empathie. Pourquoi Missy était-elle aussi peste, d'abord ? Elle m'avait surprise en pleine crise de panique et elle avait quand même trouvé le moyen de me balancer une vacherie. Cette fille n'avait qu'un plaisir dans la vie : me voir souffrir.

– Tu es une garce ! siffla-t-elle entre ses dents. Tu as peut-être réussi à tromper ton monde à Billings, mais moi, je te connais. Ton petit numéro de fille sympa n'est qu'une façade. Tôt ou tard, tu montreras ton vrai visage et tu auras ce que tu mérites.

Sur ces mots, elle quitta ma chambre avec ses couvertures dans les bras, abandonnant Lorna dans son sillage. Je tentai de faire le point. Missy venait-elle de me menacer ? Pourquoi avait-elle employé le terme « persécuteur ». Je n'avais pas prononcé ce mot-là. J'avais juste dit qu'il y avait quelqu'un dans ma chambre. L'avait-elle mentionné parce que c'était elle-même qui me persécutait ? Faute de réponse, je sentis pointer une migraine.

– Ça va ? me demanda Lorna.

– Ouais, ça va. Je crois que je vais me mettre au lit.

– OK, je te laisse, alors.

Elle récupéra ses couvertures et partit rejoindre Missy. Je fermai la porte et regardai une nouvelle fois partout, par acquit de conscience. Dans la salle de bains, dans les penderies, sous les lits… Je ne découvris rien de suspect. Après avoir suspendu mon manteau à la patère derrière la porte, je m'approchai de ma commode pour prendre un pyjama. Au moment d'ouvrir le tiroir, je me pétrifiai. Non. Je ne pouvais pas regarder là-dedans.

Même si la raison me disait que j'avais seulement vu les rideaux bouger, j'étais prise d'une peur irrationnelle. Je retirai mon pull et fixai ma penderie. Non. Là non plus.

Je pliai mon pull et le posai sur mon ordinateur portable. J'étais vannée. Je n'avais pas envie de me démaquiller, de me brosser les dents ni de consulter mes mails. En fait, je n'avais envie de rien. Mon sac pour le lendemain était prêt au pied de mon lit. Si je me couchais, je pouvais me réveiller et partir directement pour New York. Quitter Billings et ne pas remettre les pieds dans cette chambre pendant deux jours. Deux jours entiers en territoire neutre. Deux jours dans une ville où le souvenir de Cheyenne ne viendrait pas me hanter. Deux jours loin de mon persécuteur. À New York. Ce nom sonnait comme une promesse. J'étais sûre que, là-bas, je me sentirais moins détraquée.

Je me faufilai sous mes draps tout habillée et m'endormis avec la lumière allumée.

Glamour

Avec son dallage en échiquier, ses chandeliers sculptés et ses murs de pierre sombre ornés d'œuvres d'art abstrait, le hall d'entrée du très sélect hôtel Gramercy Park semblait tout droit sorti d'*Alice au Pays des Merveilles*, version Tim Burton. Pourtant, c'était un lieu assez cosy. Accueillant. Rassurant.

En d'autres termes, tout le contraire de Billings.

Aussitôt franchi le seuil, je sentis ma poitrine se libérer d'un poids. Un couple patientait devant la réception, entouré de valises en cuir. Je souris en voyant le museau d'un chien minuscule sortir du sac à main de la femme. Des hommes en costume-cravate nous dépassèrent. Ils étaient absorbés dans une conversation animée, mais se turent le temps de nous dévisager. L'un d'eux poussa l'indiscrétion jusqu'à nous photographier avec son téléphone. London et Vienna prirent instantanément la pose.

Je songeai, amusée, que ce n'était pas le genre de clientèle qui fréquentait l'hôtel Super 8 de Croton. Cet endroit était ultra glamour.

Je fantasmais déjà sur notre suite et sur le lit moelleux dans lequel je pourrais m'enfoncer pour dormir pendant des heures et des heures d'affilée d'un sommeil sans rêves. Je secouai la tête, consternée. J'allais passer deux jours dans la ville la plus excitante du monde, et je rêvais de me coucher. N'importe quoi !

– Mademoiselle Simmons, mademoiselle Clarke ! Quel plaisir de vous revoir, s'écria le groom, trop mignon pour l'emploi.

Il chargea nos bagages sur un chariot et nous offrit ses services :

– Je vous accompagne à votre suite ? Désirez-vous autre chose ?

– On déjeune dehors ou on se fait servir dans la chambre ? nous consulta London.

– Déjeuner ? Il est dix heures du matin, rappelai-je. Et on a des rendez-vous.

– Alors, on brunche ! trancha Vienna en se laissant tomber dans un fauteuil en velours rouge.

Elle retira ses chaussures à talons et soupira :

– Ah, c'est bon d'être chez soi !

– Chez toi ? Mais tu ne vis pas ici, observa Sabine en promenant un regard circonspect autour d'elle.

London et Vienna éclatèrent de rire. Le réceptionniste les imita.

– Si, quasiment, dirent-ils à l'unisson.

– Vous pouvez monter nos affaires, lança Noëlle au groom.

Elle sortit plusieurs billets craquants de son portefeuille Vuitton et les lui tendit.

– On vous dira plus tard si on a besoin d'autre chose.

Après que le garçon se fut retiré discrètement, Noëlle se laissa tomber sur un fauteuil près de Vienna et retira son manteau.

– Je propose qu'on aille bruncher chez Sarabeth's avant d'aller chez Bloomingdale's, puis chez Dylan's. Je vais avoir besoin de chocolats d'ici ce soir.

– Fantastique ! glapit London en se perchant sur le bord d'un sofa. En ce moment, Sarabeth sert du pain perdu avec les…

– Non, les filles, on ne va pas bruncher maintenant ! déclarai-je.

J'étais restée debout près de Sabine, tandis que les trois autres avaient pris leurs aises.

– On a rendez-vous au Regent dans une demi-heure, puis au Studio à onze heures et quart. J'ai prévu qu'on déjeunerait à midi et demi.

– Qu'est-ce qui t'arrive ? Tu auditionnes pour devenir capitaine de croisière ? ironisa Vienna.

Elle lorgna vers un couple à lunettes noires pour voir s'ils valaient la peine qu'elle s'y intéresse.

– Détends-toi, Reed, on est en vacances ! enchaîna Noëlle. En plus, je suis allée à un mariage au Regent l'an dernier. Ils ont essayé de nous fourguer un caviar du Maine en faisant passer ça pour un truc hyper décadent. Les invités ont craché dans leurs serviettes toute la soirée.

London et Vienna ricanèrent, ce qui contribua à me mettre en boule. À voir l'attitude guindée de Sabine, elle partageait mon agacement. Je bombai le torse. J'étais décidée à empêcher Noëlle de tirer la couverture à elle ce week-end. J'avais besoin de son aide, mais je ne me laisserais pas mener par le bout du nez.

– Justement, non. On n'est pas en vacances, répliquai-je. On est venue préparer la collecte de fonds pour sauver Billings. Et je me fiche de cette histoire de caviar, parce qu'on n'a pas prévu d'en servir. Alors, bougez vos fesses. On a des rendez-vous.

Vienna et London échangèrent des regards contrits. Vienna roula les yeux, se leva et enfila son manteau de cachemire noir en ronchonnant :

– J'ai l'impression d'entendre ma mère.

London haussa les épaules :

– Du moment qu'on passe chez Dylan's dans la journée,

ça me va. Maintenant que tu en as parlé, je pense sans arrêt à leur divine glace au cappuccino.

Tandis que les villes jumelles boutonnaient leurs manteaux et lissaient leurs cheveux, Noëlle me fixa longuement. Elle n'en revenait visiblement pas d'avoir été mouchée. Je savourai mon triomphe. C'était moi qui commandais, maintenant. Elle allait devoir s'y habituer.

Elle soupira bruyamment, se leva et prit son manteau.

– Entendu, allons-y ! Mais c'est une perte de temps.

– On va appeler la limousine ! annonça London.

Elle prit Vienna par le bras et l'entraîna vers la réception. Noëlle noua lentement la ceinture de son manteau sans cesser de me regarder, les yeux plissés :

– Ça te plaît de commander, hein, Lèche-vitres ?

– Je fais mon boulot, répondis-je avec un sourire forcé.

Elle haussa les épaules avant d'aller rejoindre les villes jumelles. Je restai seule avec Sabine, qui ajustait son chapeau cloche blanc, l'air interrogateur :

– Pourquoi elle t'appelle « Lèche-vitres ? »

Asorbée par le souvenir de ma première conversation avec Noëlle, je ne répondis pas immédiatement. Même si mon amie s'amusait encore à me surnommer ainsi, nos relations avaient radicalement changé depuis le début, au point que ce sobriquet, autrefois insultant, en était devenu presque affectueux.

– C'est une longue histoire.

Je glissai un bras sous celui de Sabine, un geste emprunté à London et Vienna, avant de conclure :

– Une longue histoire idiote.

Déjà-vu

–Sans déconner, Vienna ! J'ai cru qu'Étienne allait faire une crise cardiaque quand il s'est aperçu que tu avais laissé quelqu'un d'autre s'occuper de ta frange ! claironna London en descendant de la limousine que les Lange avaient mise à notre disposition.

Je sortis à mon tour de l'habitacle et une bourrasque faillit m'emporter. Deux étudiants nous regardèrent passer avec intérêt.

–Je crois même qu'il a pleuré, renchéris-je. Je jurerais avoir vu une larme.

–Bien fait pour lui ! Il n'avait qu'à accepter de se déplacer à Easton une fois par semaine pour me faire mon brushing, dit Vienna sans une once de remords. Je lui avais même proposé de payer le trajet.

Nous rîmes en chœur, dopées par nos succès du matin. *Primo*, le propriétaire du studio de Tassos s'était quasiment prosterné devant nous lorsque nous avions prononcé le nom du photographe, et, *secundo*, Vienna avait tellement fait culpabiliser son coiffeur qu'il avait annulé tous ses rendez-vous pour le samedi suivant et accepté de nous louer son salon. Après quoi, nous étions passées à la confiserie Dylan's pour faire des provisions de gourmandises. J'avais déjà englouti une demi-livre d'oursons en guimauve et une barre chocolatée. Je n'avais pensé ni à Josh, ni à Cheyenne, ni à Ivy depuis le matin. Pour l'instant, j'étais sur un petit nuage.

– Ce type n'a pas un gramme de jugeote, renifla Noëlle en scrutant les enseignes pour tenter de se repérer. Avec ta sœur, vous êtes ses plus fidèles clientes depuis que vous avez des cheveux.

– J'avais oublié que tu avais une sœur, dit Sabine à Vienna en se frottant les bras pour se réchauffer. Est-ce qu'on va la rencontrer à la collecte de fonds ?

– Évidemment ! s'écria Vienna. Elle a failli se faire pipi dessus quand je lui ai parlé de Fredecica Falk et de la prise de vues. Elle m'a déjà envoyé une donation.

– Et toi, Sabine, tu as invité ta sœur ? demandai-je.

– Elle est à l'étranger en ce moment. Mais elle aimerait beaucoup venir. Je pense qu'elle…

– Mais enfin, c'est où, ce truc ? s'exclama Noëlle, interrompant Sabine avec grossièreté. Impossible de me rappeler quelle porte…

Comme en réponse à son mouvement d'humeur, une porte noire s'ouvrit soudain devant nous, et nous vîmes apparaître le spécimen le plus parfait d'être humain de sexe masculin que j'avais jamais contemplé. Grand, blond, avec une barbe dorée de plusieurs jours, des pommettes joliment dessinées et des yeux bleu acier. Il portait un élégant costume noir et plusieurs boutons de sa chemise blanche étaient ouverts, laissant entrevoir un torse bronzé. À couper le souffle !

– Reed Brennan ? demanda-t-il avec un sourire.

London fut obligée de me pousser dans le dos.

– Oui, c'est moi.

Le sourire de l'Apollon s'élargit. Il me serra chaleureusement la main.

– Bienvenue à la Suite 13 ! Je suis Lucas, l'assistant du directeur, dit-il en nous invitant à le suivre dans un couloir éclairé par des appliques en verre rouge.

– Même si on ne loue pas la salle, on engage ce mec comme portier, glissai-je à mes amies avant de lui emboîter le pas.

– Tu m'étonnes ! gloussa Vienna.

– La Suite se targue d'être un des lieux les plus polyvalents de Manhattan. Grâce à notre hauteur sous plafond, à notre surface et à nos cloisons mobiles, nous pouvons transformer notre salle à volonté pour répondre à vos moindres désirs.

Il nous fit sortir sur un balcon, d'où partaient deux escaliers en colimaçon menant à une vaste salle en contrebas. Sur le pourtour d'une piste de danse noire étaient disposés d'immenses bars et des cloisons en arc de cercle, tapissées de cuir sombre. J'imaginai les lieux décorés de fleurs et de rubans, les flashes crépitant et le champagne coulant à flots. Je m'y voyais déjà.

– Oh, non ! lâcha soudain Noëlle à mi-voix.

– Ouais, je sais, répondit Vienna. Ça craint.

– Que se passe-t-il ? demandai-je.

– Y a-t-il un problème ? s'enquit Lucas.

– Non, pas du tout, répondit doucement Noëlle. Je dois juste m'entretenir un instant avec mes amies.

– Prenez votre temps.

Lucas s'éloigna de quelques mètres et sortit son téléphone de sa poche. Noëlle me prit par le bras pour m'entraîner dans une petite alcôve, près des toilettes.

– On ne peut pas faire ça ici, chuchota-t-elle.

– Pourquoi pas ? protestai-je. Ça me plaît.

Noëlle jeta un coup d'œil par-dessus son épaule.

– Dash a fêté ses dix-sept ans ici. Je l'avais oublié, jusqu'à ce que je voie la salle.

Les muscles de mes épaules se contractèrent à la seule évocation de Dash. Une fois de plus, je me rappelai que Noëlle et lui, comme la plupart de mes camarades d'Easton, avaient eu des vies bien remplies avant que nos chemins se croisent. Ces deux-là avaient une longue histoire en commun. Une histoire dont je ne ferais jamais partie.

Je savais que céder aux avances de Dash était une grosse bêtise. Mais j'avais beau être prévenue, j'étais encore vexée de voir à quelle vitesse il m'avait oubliée. Pas un coup de fil, pas une explication…

Je chassai cette pensée pénible, me rappelant soudain que mes amies attendaient un commentaire.

– Et alors ? C'était il y a presque deux ans.

– C'est vrai, renchérit Sabine, prenant comme toujours mon parti. Et vous avez entendu Lucas : cette salle est modulable. À nous de la transformer.

Noëlle eut un sourire narquois et regarda Vienna, qui dissimula un rire derrière sa main. London pouffa ostensiblement. Visiblement, notre naïveté les amusait beaucoup. La moutarde me monta au nez.

– Mister Univers peut raconter ce qu'il veut, les gens sauront que c'est le même endroit, répondit Noëlle d'un ton catégorique. On est censées organiser LE gala de la saison. Tu ne voudrais pas donner une impression de déjà-vu ?

– Certainement pas ! insista Vienna en frissonnant.

– C'est clair ! ajouta London.

Sabine semblait aussi perplexe que moi. Ces filles étaient des expertes et nous avions encore quatre salles à visiter. L'une d'elles ferait forcément l'affaire. Je ne voulais pas m'incliner devant Noëlle, mais je n'avais guère le choix.

– Entendu, lâchai-je entre mes dents. Allons-y.

Après avoir remercié et salué Lucas, qui ne comprenait pas les raisons de ce soudain revirement, je réalisai que, même à des kilomètres d'Easton, je n'étais pas libérée de mes démons. Avant que Noëlle l'évoque, j'avais oublié que Dash serait en ville ce week-end. Qu'ils avaient prévu de dîner ensemble. Passerait-il la chercher à l'hôtel ? Est-ce qu'en plus de tout le reste, je devrais subir cette épreuve ? Revoir Dash McCafferty pour la première fois depuis l'Héritage. Rien que d'y penser, j'avais les jambes en coton.

Échappatoire

Noëlle ne se lassait pas d'admirer son postérieur. De retour à l'hôtel, elle avait foncé dans la salle de bains, dont elle était ressortie une demi-heure plus tard en tenue de vamp. Sa robe noire au col montant paraissait classique et guindée vue de devant, mais son dos était tellement échancré qu'il laissait deviner la raie de ses fesses. Depuis un quart d'heure, elle était plantée de profil devant le miroir et se contorsionnait pour étudier l'effet produit.

–Dash est un mec à fesses, nous confia-t-elle. On pourrait croire que les seins l'intéressent, mais, en fait, absolument pas.

Elle se tourna pour se brosser les cheveux. Assise au bord de mon lit, je réfrénais une envie féroce de saisir une poignée de ses mèches châtaines et de tirer dessus de toutes mes forces. Depuis plus d'une heure, Noëlle nous bassinait avec Dash, qui leur avait réservé une chambre dans le même hôtel afin qu'ils puissent passer la nuit ensemble. J'en étais tellement malade que ça me rendait agressive. Entendons-nous bien : c'était Josh qui me manquait, pas Dash. N'empêche, j'étais écœurée d'entendre Noëlle faire étalage de leur intimité retrouvée.

– Pourquoi devrait-on penser qu'il est branché seins ? se renseigna London.

Elle lorgna vers sa poitrine plantureuse, comme pour évaluer si elle était de taille à faire fantasmer Dash.

Vienna était pendue au téléphone dans un coin de la pièce. Elle tentait de soutirer du champagne gratuit au fournisseur qui s'était occupé du troisième mariage de sa mère.

– À cause de son père, répliqua Noëlle. M. McCafferty a beau jouer les hommes vertueux, il a toujours eu des maîtresses, et toutes au minimum bonnet D.

Je me surpris moi aussi à regarder ma poitrine plate. Le fait que Dash ait ressenti de l'attirance pour moi prouvait que Noëlle avait raison : il s'intéressait davantage aux fesses. Mais, bien sûr, je ne faisais pas le poids.

– Donc, tu penses que les préférences sexuelles sont héréditaires ? résuma Sabine. Ce serait une question de génétique…

Elle plaqua une robe devant elle et se regarda dans le plus petit des deux miroirs.

Noëlle roula les yeux.

– Décoince-toi, Frenchie ! Je ne soutenais pas une thèse scientifique. C'était juste une façon de parler.

Sabine piqua un fard et fila se changer dans la salle de bains. Une fois de plus, Noëlle l'avait rembarrée gratuitement.

– Je suis convaincue qu'il faut organiser le gala au Loft Blanc, reprit Noëlle.

Elle sélectionna un gloss à lèvres et se pencha vers le miroir.

– C'est le nouveau lieu chic en ville. Les gens seront impressionnés de voir ce nom sur l'invitation.

Le Loft Blanc, situé dans le quartier de Meatpacking, était effectivement un espace fabuleux avec ses hauts plafonds, ses immenses fenêtres donnant sur l'Hudson et ses murs ornés d'une impressionnante collection d'œuvres d'art contemporain. Il possédait aussi une terrasse, mais, étant donné mes expériences malheureuses sur les toits depuis quelque temps, ce n'était pas franchement un argument de vente pour moi. D'ailleurs, on était en novembre. Qui voudrait faire la fête dehors à New York en cette saison ?

J'allai récupérer ma robe bleu marine dans la penderie.

– On en a déjà parlé, répondis-je. On ne peut pas louer le Loft Blanc, point final.

Noëlle s'immobilisa, le gloss suspendu au-dessus des lèvres. Elle me décocha un regard noir dans la glace, referma lentement le tube, le posa et pivota vers moi.

– Reed, ça suffit ! dit-elle sèchement.

Elle croisa les bras et sa robe ondula, laissant apercevoir sa raie des fesses dans le miroir. Si la mère de Dash était aussi coincée qu'on le prétendait, elle allait adorer cette tenue.

– C'est quoi, ton problème, aujourd'hui ?

– Je n'ai pas de problème, grommelai-je en ôtant mon pull. C'est toi qui es à côté de la plaque. On est censées gagner de l'argent avec ce gala, rappelle-toi. Cinq millions de dollars ! On ne peut pas dépenser cinq millions si on veut récolter cinq millions.

Je retirai mon jean, enfilai ma robe et remontai la fermeture éclair sur le côté. Puis j'allai me camper devant le grand miroir, délogeant Noëlle d'un coup de hanche. Après quoi, hyper énervée, j'entrepris de me brosser les cheveux comme une forcenée. Sabine sortit de la salle de bains, vêtue d'un élégant fourreau gris foncé.

– Tout va bien ? me demanda-t-elle.

– Très bien, dis-je entre mes dents.

– Reed, je croyais que j'étais censée t'aider à prendre la bonne décision, insista Noëlle. Il me semble que je suis mieux placée que toi pour maîtriser le sujet.

Elle alla choisir une paire de boucles d'oreilles en diamants dans son sac.

– Tu n'es pas obligée de l'insulter, s'insurgea Sabine.

– Je ne l'insultais pas. Je lui rappelais simplement une évidence, se défendit Noëlle.

Sabine bomba le torse.

– Pour moi, ça sonnait comme une insulte.

Pour moi aussi, à vrai dire. Mais je me gardai de relever. London s'éclipsa en silence, tandis que Vienna continuait à négocier au téléphone, indifférente à la tension ambiante.

– Reed, tu dois pourtant connaître le vieil adage : « Il faut dépenser de l'argent pour en gagner », fit Noëlle, ignorant royalement Sabine. À moins qu'il y ait si peu d'argent là d'où tu viens, que cette phrase n'ait aucun sens...

– Tu vois ! Encore une insulte ! s'indigna Sabine.

Les joues me cuisaient, mais j'étais habituée à cette sensation. J'étais vaccinée contre les piques de Noëlle, car je savais qu'elles ne signifiaient pas grand-chose. Toutefois, le fait qu'elles choquent Sabine les rendait plus blessantes qu'à l'accoutumée.

– On n'a pas un centime de trop à dépenser, Noëlle, dis-je en posant bruyamment ma brosse sur la coiffeuse. Voilà pourquoi j'ai décidé de louer le Saint-Sebastian. C'est un lieu superbe et beaucoup plus traditionnel. Les anciens élèves vont adorer.

Le Saint-Sebastian était une église reconvertie en salle de réception, avec un plafond voûté et de magnifiques vitraux. Le propriétaire nous avait montré des photos des multiples façons dont ils avaient transformé l'espace pour y accueillir mariages, lancements d'albums ou galas-bénéfices, et j'avais été conquise. En plus, il en demandait un prix raisonnable. Du moins, pour New York. Noëlle, bien sûr, trouvait ça « déjà vu ».

– OK, on fait comme tu l'entends, se rendit-elle.

Elle vaporisa un nuage de parfum dans l'air avant de s'y engouffrer.

– Mais on va dépenser plus d'argent à décorer cette salle qu'en louant le Loft Blanc.

Soudain, on sonna à la porte et je faillis mourir d'une crise cardiaque.

– J'y vais ! annonça London depuis sa chambre, située de l'autre côté du salon.

– C'est Dash, devina Noëlle.

Elle prit son sac à main et choisit un cardigan argenté dans sa valise.

– On en reparle demain, me lança-t-elle au passage.

Dash était là. Derrière **la** porte. Au secours !

Au moment où Noëlle sortait de la chambre, je vérifiai ma coiffure, me poudrai les joues et appliquai un soupçon de brillant à lèvres.

– Je vais enfin rencontrer le fabuleux Dash McCafferty, ironisa Sabine. Est-ce qu'il est aussi odieux que sa copine ?

Je roulai les yeux, enfilai mes escarpins et gagnai le salon en claudiquant. Chez moi, le stress et les talons hauts ne font pas bon ménage. Noëlle était au milieu de la pièce, et London devant la porte, prête à l'ouvrir. Vienna déboula de leur chambre en courant et vint se poster aux côtés de London, tout sourire.

Ces deux-là mijotaient visiblement un sale coup, mais je n'avais pas le temps de m'attarder sur la question. J'étais trop occupée à ressasser une pensée terrifiante. Dash McCafferty était derrière cette porte. Comment réagirait-il en me voyant ? Et moi ? Noëlle risquait-elle de deviner ce qui s'était passé entre nous ?

London ouvrit la porte d'un geste ample et je me figeai. Le mec qui s'encadrait sur le seuil n'était pas Dash McCafferty. En fait, c'était presque son exact opposé, physiquement parlant. Il était grand, bien sûr. Mais mince, avec la peau mate et les cheveux bruns mi-longs.

Dominic Infante. Dominic, qui tenait une orchidée dans un pot en céramique blanc.

Il nous considéra à tour de rôle et arrêta son regard sur moi.

– Reed, tu es sublime ! susurra-t-il en m'offrant la fleur.

« Hein ? Quoi ? »

–Regarde qui on a fait venir rien que pour toi ! gazouilla London.

Vienna et elle se tenaient chacune d'un côté de la porte, telles deux pin-up de jeu télévisé exhibant le gros lot. Noëlle me regarda par-dessus son épaule, amusée.

– C'est la soirée des rendez-vous galants, observa-t-elle.

Comprenant que c'était à mon tour de m'exprimer, je m'avançai de quelques pas.

– Tu es venu d'Easton exprès ? demandai-je à Dominic, incrédule.

Avant de répondre, il me détailla de bas en haut, ses yeux s'attardant sur mes jambes, mes hanches, ma poitrine, puis mon visage.

– Tu n'en aurais pas fait autant ?

Cette répartie me donna des palpitations.

– Bonne réponse ! commenta Noëlle derrière moi.

Dominic me tendit l'orchidée, que London me prit aussitôt des mains. Puis il s'effaça pour m'inviter à franchir la porte :

– On y va ?

Je regardai London et Vienna, avec leurs sourires de chats du Cheshire, et je compris que je ne pourrais décliner cette invitation sous aucun prétexte. En tout cas, pas sans déclencher de dispute. D'ailleurs, je n'en avais aucune envie. Mes amies m'offraient la plus belle des échappatoires. Elles m'épargnaient la torture de voir Noëlle et Dash ensemble. Et je n'étais pas contre l'idée d'arpenter New York au bras d'un superbe « prince » italien. Pour moi, ce week-end était censé rimer avec évasion. J'avais beau réfléchir, je ne voyais pas de meilleur moyen de m'évader. Je souris et pris mon manteau.

– Allons-y !

Probabilités

–J'adore cet endroit ! dis-je à Dominic en reposant mon menu sur la table.

Quand nous étions arrivés devant le minuscule restaurant, blotti dans un recoin du West Village, celui-ci m'avait fait assez piètre impression. Une vulgaire cave, dans un immeuble de grès brun… J'avais changé radicalement d'avis après avoir traversé la petite salle cosy pour rejoindre un adorable patio, où une dizaine de tables seulement étaient dressées. La cour était parsemée d'arbres, qui poussaient comme par enchantement entre les dalles de terre cuite. Des parasols chauffants étaient disposés sur le pourtour afin d'atténuer la fraîcheur de l'air automnal, et des lampions blancs accrochés aux branches diffusaient une douce lumière. Je n'en revenais pas qu'un tel lieu puisse exister en plein Manhattan.

– Je transmettrai le compliment à mon cousin, m'assura Dominic.

– Ton cousin ?

– Mon cousin Anthony est propriétaire de ce restaurant, précisa-t-il avec son accent irrésistible. C'est quasiment impossible d'y réserver une table, mais, quand je lui ai parlé de ta beauté exceptionnelle, il s'est débrouillé pour nous en trouver une.

Je rougis. Dominic me couvrait d'éloges depuis que nous avions quitté l'hôtel. Il en faisait même un peu trop pour être sincère, mais qu'importe. Il regonflait mon ego, c'était l'essentiel.

– J'ai pensé qu'après, je pourrais t'emmener dans les clubs où je vais d'habitude, me dit-il.

– Les clubs ?

– Les boîtes. Ça te dirait ?

– Euh, je ne sais pas... Je me lève tôt demain.

– Tu n'auras qu'à veiller toute la nuit, proposa Dominic avec un sourire coquin. C'est ce que je fais, en général.

– On verra, répondis-je, pressée de changer de sujet.

Je préférais ne pas savoir ce qu'il comptait faire en ma compagnie jusqu'au petit matin.

– Et, donc, ton cousin est là ? Ça me ferait plaisir de le rencontrer.

– Il a promis de nous apporter le dessert.

Dominic but une gorgée de vin blanc et sourit.

– S'il nous reste de la place après les quatre premiers plats. Ici, le service est typiquement italien. Autrement dit, excessif.

Comme pour illustrer ses dires, un serveur passa près de notre table avec un plat aussi copieux qu'appétissant. Mon estomac gronda.

– Tant mieux ! commentai-je. Je suis affamée !

Dominic sourit de plus belle.

– Une fille qui a de l'appétit ! Tu es sûre que tu étudies à Easton ?

Je ris. Je commençais à me détendre. Si London et Vienna avaient été là, je les aurais embrassées pour les remercier de m'avoir fait une aussi bonne surprise. Avec mes amies, les conversations autour du dîner auraient probablement porté sur la collecte de fonds, ou sur Cheyenne. Et qui sait, les filles se seraient peut-être enhardies jusqu'à m'interroger sur ma rupture avec Josh. Au lieu de cela, je me prélassais sous une avalanche de compliments et d'attentions. Une façon beaucoup plus agréable de passer la soirée.

– Ha, ha ! Tu serais surpris de voir ce que les filles Billings s'enfilent, le détrompai-je. Il y a encore deux jours, on a…

Ma petite anecdote mourut dans ma gorge lorsque j'entendis des voix familières de l'autre côté de la porte. J'eus à peine une seconde pour me préparer mentalement avant de voir Noëlle entrer dans le patio au bras de Dash. Ce fut comme si la terre s'ouvrait sous ma chaise pour m'engloutir. L'illusion était si frappante que j'agrippai machinalement les accoudoirs.

Dash. Les lèvres de Dash. Les mains de Dash. Les yeux de Dash. Soudain, un flot de souvenirs de l'Héritage déferla sur moi. Dominic et moi occupions une table dans le coin droit et Noëlle ne nous avait pas encore aperçus dans la pénombre. Dash, oui. Il avait plongé ses yeux dans les miens à la seconde où il était entré, comme s'il s'était attendu à me voir. Puis il avait trébuché et s'était retenu à un tronc d'arbre. Tout compte fait, il n'avait peut-être pas totalement occulté nos souvenirs communs. Ma gorge se serra à cette pensée.

– Ça va, Dash ? lui demanda sa mère.

Ce ne pouvait être qu'elle. Grande. Blonde. Parfaitement coiffée et maquillée. Derrière elle venait son époux : le portrait craché de Dash avec des cheveux poivre et sel.

– Il y a encore deux jours, quoi ? répéta Dominic, qui n'avait pas remarqué mon trouble.

Noëlle suivit le regard de Dash et nous aperçut enfin. Je grimaçai un sourire. Elle chuchota quelque chose aux McCafferty seniors, qui nous regardèrent à leur tour. Dash s'éclaircit la gorge quatre ou cinq fois, puis rajusta sa cravate. Finalement, encouragé par sa mère, il bomba le torse et vint vers nous. J'avais envie de disparaître sous terre.

– Qu'est-ce qu'il y a, Reed ? s'enquit Dominic.

– Dash, murmurai-je entre mes dents.

– Quoi ?

– Dash McCafferty est là.

Dominic leva les yeux au moment où ce dernier s'arrêtait devant notre table.

– Reed ! Dom ! Comment ça va ? nous demanda-t-il d'un ton cérémonieux.

– McCafferty !

Dominic se leva pour étreindre son ancien camarade dc dortoir.

– Et toi, comment tu vas ? Comment ça se passe à la fac ?

Par chance, Dominic le connaissait. Si j'avais été obligée de parler la première, j'aurais sûrement fait un malaise. Pendant qu'ils échangeaient des nouvelles, je fixai le menton de Dash en ressassant un millier de questions : « Pourquoi tu ne m'as pas appelée ? Que s'est-il passé ce soir-là ? Pourquoi es-tu retourné avec Noëlle ? Et quand ?

Et pourquoi faut-il que tu sois aussi… incroyablement beau ? »

Bien sûr, ce n'était pas le genre de questions que je pouvais formuler à voix haute, devant Dominic et avec Noëlle dans les parages. Et, quand bien même je me serais retrouvée en tête-à-tête avec Dash, j'aurais été incapable de les lui poser sans mourir de honte.

– Et toi, Reed ? fit enfin Dash.

Je levai les yeux vers lui. Mes questions devaient se lire sur mon visage, car je vis sa mâchoire se contracter.

– Je... Tu es... Je veux dire... Ça fait longtemps...

– Pas si longtemps que ça, m'entendis-je répondre.

Une expression indéfinissable se peignit sur ses traits. Était-ce du regret ? De la contrariété ? Impossible à dire. Puis Noëlle fondit sur nous. Elle avait retiré son manteau, mais le cardigan à grosses mailles qu'elle portait sur sa robe camouflait ses fesses. Elle attendait sûrement d'être seule avec Dash pour lui dévoiler le grand jeu.

– Il y a des centaines de restaurants à Manhattan, et on tombe sur vous ! dit-elle gaiement en prenant Dash par la main. Les probabilités devaient pourtant être infimes...

– Vous avez bien fait de venir ici, répondit poliment Dominic. Vous allez vous régaler !

– Dans ce cas, à table ! lança Noëlle. Amusez-vous bien, tous les deux !

Elle entraîna Dash, qui nous lança par-dessus son épaule :

– À bientôt, au gala !

Et ce fut tout. Noëlle et Dash rejoignirent les parents McCafferty à leur table, dans l'angle opposé. Par chance, ils nous tournaient le dos, sans quoi je crois que je n'aurais pas survécu à ce repas. Quelques coups d'œil furtifs m'apprirent que Noëlle était très à l'aise avec les parents de Dash. Elle touchait le bras de M. McCafferty, plaisantait avec madame. Comme si elle faisait déjà partie de la famille.

En voyant Noëlle et Dash ensemble, je ne pus m'empêcher d'imaginer les différents scénarios pour la fin de la soirée. Dans le meilleur des cas, Noëlle rentrerait seule à l'hôtel et nous raconterait par le menu son dîner avec les McCafferty. Au pire ? Demain, au petit déjeuner, notre amie détaillerait minute par minute les moments passés avec Dash dans leur suite, à assouvir leur passion mutuelle pour son postérieur.

Au secours !

– Tu sais quoi, Dominic ? Je suis partante ! annonçai-je.

Il parut déconcerté :

– Partante pour quoi ?

Je levai mon verre de vin :

– Pour les clubs. J'adorerais faire la tournée de tes boîtes préférées.

Vin mauvais

Dominic dansait, une main autour de ma taille, une bouteille de champagne dans l'autre. Depuis que nous étions au Platinum, il n'avait pas lâché sa bouteille. Était-ce la première ou la seconde ? Difficile à dire. À moins que ce ne soit la troisième… Une chose était sûre : il avait le regard trouble et son haleine empestait l'alcool.

– Tu t'amuses bien ? me demanda-t-il en collant sa bouche contre mon oreille.

Même d'aussi près, j'avais du mal à l'entendre tant le volume de la musique était assourdissant.

– Ouais !

C'était vrai : le DJ était génial et danser me faisait un bien fou. Du moins, tant que Dominic ne me soufflait pas dans la figure. Autour de moi, je ne cessais d'apercevoir des visages vaguement familiers : mannequins, chanteurs de rap, rock stars, et people en tous genres. Le champagne coulait à flots, les diamants étincelaient, les filles poussaient des cris perçants et prenaient la pose devant les photographes. Je me demandai combien de ces moments seraient immortalisés dans les tabloïds le lendemain matin.

– Reed ! J'adore cet endroit ! cria Sabine en me sautant au cou. Merci de nous avoir invitées !

Elle obligea Dominic à s'écarter légèrement et je recommençai à respirer.

– De rien ! criai-je.

En sortant du restaurant, j'avais appelé mes amies, prévoyant que leur présence égayerait cette fin de soirée et me donnerait une excuse pour ne pas finir la nuit avec Dominic. La façon dont il m'avait regardée ce soir ne me laissait aucun doute sur ses intentions. Par chance, le Platinum était une destination approuvée par les villes jumelles.

Je pivotai pour danser avec Sabine. Dominic revint se coller dans mon dos. Je réprimai un sursaut de dégoût.

– Où sont London et Vienna ? demandai-je.

– Elles ont retrouvé des mecs qu'elles connaissaient. Elles les ramènent, cria Sabine.

Elle regarda Dominic par-dessus mon épaule et fit une grimace. C'est vrai qu'il avait perdu de son charme.

– J'accompagne Reed aux toilettes ! lui hurla-t-elle.

Elle me prit par le bras et m'entraîna. J'avais envie de l'embrasser.

– Je t'attends là ! me fit Dominic.

Sabine s'arrêta dans une zone moins encombrée de la piste de danse.

– Ça va ?

– Ouais. Merci pour le sauvetage ! Ce mec était parfait jusqu'à ce qu'il se mette à boire comme un trou.

– Ah, vous voilà, les filles ! s'écria Vienna.

London et elle nous firent de grands gestes. Elles tenaient chacune un verre de martini à la main et le liquide jaillissait par-dessus bord. Les mecs qui les accompagnaient avaient des dégaines de mannequins Abercrombie : l'un à la peau sombre, vêtu d'une chemise blanche, l'autre à la peau claire et en T-shirt noir. Tous les deux étaient assez craquants.

– Viens danser ! dit Vienna en me passant un bras sur les épaules.

Je scrutai la foule derrière moi sans distinguer Dominic. Tant pis. Je n'étais pas fâchée d'être hors de portée de ses mains baladeuses. En plus, cette boîte était pleine à craquer. Avec un peu de chance, il ne nous retrouverait jamais. Ce n'était pas une façon très polie de terminer notre soirée, mais ce serait l'option la plus facile. Et, ce soir, je ne boudais pas la facilité.

–Ne t'en fais pas pour lui, me dit Sabine en suivant mon regard. Je suis sûre qu'il est déjà en train de tripoter une autre fille.

J'éclatai de rire et décidai de profiter au maximum du présent. Je me laissai emporter par la musique et dansai avec mes amies, oubliant tout le reste. Mes déboires sentimentaux, la possible fermeture de Billings, les étranges événements liés à Cheyenne... Je lâchai prise. À un moment, le mec à la chemise blanche délaissa Vienna pour venir se planter devant moi et je dansai avec lui pendant une bonne demi-heure. Contrairement à Dominic, il n'abusait pas des contacts physiques. Il avait le rythme dans la peau et un sourire à tomber.

Hmmm. Qui sait ? Le prochain petit ami de la présidente de Billings serait peut-être un outsider. Étranger à Easton...

Il ne me restait plus qu'à découvrir son identité.

–Comment tu t'appelles ? lui criai-je.

–Bien ! répondit-il en souriant.

OK. La communication n'était pas facile au Platinum. Je décidai de laisser tomber. Je m'étais remise à danser lorsque je sentis une main se poser sur mon épaule. Je fis volte-face et écartai de mes yeux mes cheveux trempés de sueur. Dominic était planté devant moi, le visage luisant, son éternelle bouteille de champagne à la main.

–Tu n'es jamais revenue des toilettes.

– Je n'ai pas réussi à te retrouver, mentis-je.

– Alors, j'ai bien fait de partir à ta recherche.

Il but une gorgée au goulot, puis me tendit la bouteille :

– Tu en veux ?

Il m'avait posé cette question un million de fois depuis le début de la soirée.

– Non, merci.

Je plissai le nez. J'avais bu un verre de vin au restaurant et je ne voulais surtout pas être saoule. J'avais retenu la leçon de l'Héritage. Tout sauf une nouvelle gueule de bois !

– Tu n'as rien bu depuis qu'on est arrivés ici ! insista-t-il d'un ton de reproche.

– Et alors ?

– Alors, tu devrais te détendre. Regarde autour de toi. C'est la fête !

Il écarta les bras et faillit assommer au passage une starlette hollywoodienne.

– Hé, attention ! glapit la fille.

Dominic partit d'un éclat de rire.

– Je sais que c'est la fête, et je m'amuse, lui criai-je.

Je regardai à la dérobée le mec à la chemise blanche. Il se trémoussait devant une fille affublée d'une perruque rose. Malédiction !

– Je n'ai pas besoin de boire pour m'amuser ! précisai-je.

Dominic étrangla un rire, tituba légèrement et but une nouvelle gorgée à la bouteille.

– Cheyenne avait raison sur ton compte, dit-il.

Mon sang se figea dans mes veines. Sabine et les villes jumelles avaient dû entendre comme moi, car elles s'étaient arrêtées de danser.

– Pardon ?

– Elle disait que tu avais un balai dans le cul…

– Ta gueule, Infante ! aboya Vienna en se campant devant lui. Ce n'est pas parce que tu es un pseudo-prince que tu peux insulter ma copine !

London et Sabine s'approchèrent à leur tour. Dominic pouffa et but une autre gorgée.

– Attends ! m'écriai-je, le cœur battant à tout rompre. Tu as parlé de moi avec Cheyenne ? Quand ? Pourquoi ?

– Cheyenne était une vieille amie, répondit Dominic.

Puis, d'un ton plein de sous-entendus :

– Une amie très proche. Et elle aimait bien parler, *après*…

Vienna et moi échangeâmes un regard écœuré.

– Tu as couché avec Cheyenne ? Quand ? voulut savoir Vienna.

– Tout le temps, répliqua Dominic en bombant le torse. Cheyenne s'est envoyé tout Ketlar, et Hollis était sa dernière conquête. Et maintenant, Brennan, je comprends pourquoi il t'a larguée pour elle. Cheyenne était une bombe, alors que toi…

Il me toisa avec dédain.

– Toi, tu n'es rien qu'une allumeuse, pas vrai ?

Je suffoquai, comme si mes poumons s'étaient vidés d'un coup et ratatinés. J'aurais voulu le gifler, mais London s'en chargea avant moi. Dominic était tellement saoul qu'il s'effondra comme un château de cartes au milieu de la piste.

– Aïe, ça m'a fait mal ! gémit London en secouant la main.

– Waow, merci, London !

Sabine me prit par les épaules :

– Viens, on y va.

– Je ne comprends pas, dis-je en fendant la foule des badauds qui entouraient Dominic. Il était si gentil, au début...

– Il a le vin mauvais, diagnostiqua Vienna. Je suis sûre qu'il ne pensait pas un mot de ce qu'il t'a dit.

– Ouais, sans doute pas...

Vienna avait raison. Je savais d'expérience que les gens peuvent se changer en monstres sous l'effet de l'alcool. Thomas, par exemple, ou ma mère. Et même moi. Est-ce que j'aurais été aussi loin avec Dash, le soir de l'Héritage, si je n'avais pas ingurgité toutes ces boissons alcoolisées ? J'espérais que non.

– Bon, j'imagine qu'on barre Dominic de la liste, conclut Vienna en posant nos jetons sur le comptoir du vestiaire. À moins que tu ne parviennes à le convaincre de rester sobre.

– C'est peu probable…

En plus, je n'étais pas sûre d'oublier un jour les vacheries qu'il m'avait balancées, saoul ou pas. Dominic était peut-être le play-boy parfait pour une présidente de Billings, mais pas pour moi. En plus, je ne voulais pas des rebuts de Cheyenne Martin. Il semblait donc que tout Ketlar soit hors course…

À croire que tous ces mecs avaient un objectif commun : me convaincre que Josh était la perle rare !

Shopping attitude

Le lendemain midi, les villes jumelles foncèrent ventre à terre aussitôt passé les portes de Barneys, tels deux limiers lâchés dans une réserve de chasse. Je regardai Sabine et Noëlle en riant :

– Bon… Nous voilà entre nous.

« Et maintenant, les filles, soyez sympa : évitez de vous entretuer. »

Dans la matinée, après avoir savouré un copieux petit déjeuner, nous avions appelé le propriétaire du Saint-Sebastian afin de réserver la salle. Noëlle n'était pas enchantée, mais elle avait fini par s'incliner. J'avais ensuite téléphoné à Kiki et Astrid pour leur donner l'info et leur demander d'envoyer les invitations le plus tôt possible. Maintenant que tout était réglé, il était temps de s'amuser un peu. Et l'activité favorite des filles Billings, c'était de loin le shopping.

Nous longeâmes les vastes allées bordées de comptoirs de verre scintillants du rez-de-chaussée pour rejoindre l'escalator menant au sous-sol. En suivant Noëlle, qui zigzaguait entre les comptoirs du rayon beauté, je traversai une brume de parfum. Je m'arrêtai devant la vendeuse : une jeune femme à la silhouette d'anorexique vêtue d'un tailleur noir moulant, qui offrait des échantillons d'une nouvelle fragrance. L'argent des anciennes pensionnaires de Billings était toujours dans mon sac Chloé, et je ne m'étais encore jamais acheté de parfum. Je n'avais pas pu me résoudre à claquer du fric d'une manière aussi décadente. Mais, après tout, pourquoi pas ? C'était aujourd'hui ou jamais...

– Je vais me choisir un parfum, dis-je à Sabine.

– Je t'accompagne !

Comme si j'avais imaginé une seule seconde qu'elle allait rejoindre Noëlle.

Après avoir reniflé une dizaine de senteurs trop sucrées, trop capiteuses ou trop musquées, j'optai pour une eau de toilette fraîche et vivifiante, nommée « Free ». Je faillis me trouver mal en découvrant le prix hallucinant du minuscule flacon, mais je tendis stoïquement les billets à la caissière. Alors que je prenais possession de mon trésor, mon iPhone sonna. Le portrait de Vienna s'afficha à l'écran.

– Qu'est-ce qui vous arrive ? plaisantai-je. Vous avez déjà cramé votre carte bleue ?

– Où vous êtes passées ? On choisit des robes. Ramenez-vous !

– Les filles nous attendent là-haut pour essayer des robes. Ça vous dit ? demandai-je à Sabine et Noëlle.

Cette dernière, qui venait juste de nous rejoindre avec un petit sac La Mer, approuva vigoureusement.

– Je n'en reviens pas d'être chez Barneys ! souffla Sabine en promenant un regard émerveillé autour d'elle, tandis qu'on montait l'escalator.

Je surveillai Noëlle du coin de l'œil, devinant qu'elle avait un commentaire acerbe au bout de la langue. Elle surprit mon regard et se détourna. Étonnant. Était-elle déjà lassée de chambrer Sabine ? À moins que sa nuit avec Dash ne l'ait rendue plus clémente. Comme prévu, elle n'avait regagné notre suite qu'au petit matin…

Je serrai les dents et m'efforçai de penser à autre chose.

Nous retrouvâmes London et Vienna dans la spacieuse cabine d'essayage du rayon haute couture, au cinquième étage. Deux vendeuses zélées les assistaient, et, à voir l'état de la cabine, les filles avaient déjà essayé une quantité phénoménale de robes. Celles-ci étaient triées sur des portants « oui » et « non ».

– Qu'est-ce que vous avez acheté ? nous demanda London, remarquant que Noëlle et moi portions chacune un sac en papier.

– Du parfum.

Je lui tendis le flacon. Vienna l'intercepta et en vaporisa une bouffée avant de délivrer son verdict :

– Sympa. Effronté. Tout à fait toi.

– Merci ! dis-je, ravie.

Les villes jumelles semblèrent moins intéressées par la crème de jour de Noëlle.

– Et vous, vous avez trouvé quelque chose ? m'informai-je.

– Quelque chose pour toi ! claironna London en me présentant une minirobe dorée. Il faut absolument que tu l'essaies ! Avec des jambes et des fesses comme les tiennes, les mecs vont tomber raides.

Cette allusion à mes fesses me mit mal à l'aise. Je surpris Noëlle en train de les regarder dans le miroir. Pensait-elle à Dash ? Se demandait-elle s'il les avait remarquées, lui aussi ? Si elle n'avait pas péché par naïveté en pensant que notre flirt avait été innocent ?

– London a raison. Tu serais très sexy là-dedans, admit-elle enfin.

Elle ôta son manteau et héla une employée qui passait par là :

– Apportez-moi quelque chose de noir et de sophistiqué. Seulement du noir !

– Tout de suite, mademoiselle Lange, répondit la fille. Nous avons de nouvelles pièces fabuleuses. Vous allez les adorer.

Noëlle se laissa tomber dans un fauteuil en velours :

– J'en suis sûre.

Apparemment, la vendeuse ne se trompait pas, car Noëlle repartit avec cinq robes. Après avoir essayé quasiment tous les articles en magasin, London et Vienna en choisirent deux chacune. Je m'offris la dorée, qui me donnait l'air d'un top model – sans vouloir me vanter. Ma liasse de billets diminuait à vue d'œil, mais ça valait le coup. Noëlle m'avait suggéré de piocher dans le fonds des anciens élèves, puisque la robe était destinée au gala-bénéfice, mais j'avais refusé. À mon sens, ça n'aurait pas été correct. Quant à Sabine, elle opta pour une robe Marc Jacobs en solde. Elle avait beau venir d'une famille aussi aisée que la plupart des filles Billings, ses parents lui avaient enseigné la frugalité. Étonnant, non ?

Nous fîmes ensuite une véritable razzia au rayon prêt-à-porter du dernier étage. Les villes jumelles achetèrent plus de jeans qu'elles ne pourraient en porter leur vie durant et je craquai sur un pull qui coûtait l'équivalent du salaire hebdomadaire de ma mère chez Target. En payant, je songeai que je m'habituerais volontiers à dépenser de l'argent, même si mes réserves fondaient comme neige au soleil. Qui sait, je recevrais peut-être une autre liasse pour Noël. On peut toujours rêver…

Nous sortîmes de Barneys tellement chargées que nos sacs ne rentraient pas tous dans le coffre de la limousine.

Il nous fallut en caser plusieurs sur les sièges, entre nous. Je me laissai tomber sur la banquette de cuir frais en soupirant, fatiguée, mais heureuse.

– C'était un week-end productif, observa Noëlle tandis que le chauffeur refermait les portières.

– Surtout pour American Express ! ironisa Vienna.

– Bon ! Retour à Easton ? demandai-je avec entrain.

J'avais hâte de rentrer. Ce week-end m'avait fait un bien fou. Je me sentais d'humeur joyeuse et détendue. Confiante en l'avenir. Décidément, la thérapie par l'achat faisait des miracles.

– Retour à Easton ! confirma Noëlle.

Puis, à l'intention de son chauffeur :

– Drew ! On est prêtes !

– Noëlle, sors-nous tes bottes Prada qu'on bave dessus ! commanda London, tandis que Drew engageait le véhicule dans la circulation.

– Si tu insistes…

Noëlle lui tendit la boîte avec un rictus. London souleva délicatement le papier de soie. Elle prit une des bottes de cuir noir et la serra contre son cœur.

– Wouah ! Je veux les épouser.

– Pourquoi tu n'en as pas acheté une paire ? s'informa Noëlle.

London rangea la botte en grimaçant :

– Je les ai essayées, mais elles me pinçaient les orteils.

– Évidemment, Berthe ! Il faut vraiment que tu prennes rendez-vous pour te faire raboter les doigts de pied, s'écria Vienna.

– Argh, Vienna ! protestai-je, révoltée.

– Quoi ? Cette fille a des pattes de yéti. Tu n'as jamais remarqué ? Attends, je vais te montrer !

Elle souleva la jambe de son amie pour la poser sur ses genoux. Puis elle défit les lacets de sa bottine et tenta de la déchausser.

– Laisse mes pieds tranquilles ! gloussa London en se tortillant pour se dégager.

– Pas question. Le monde entier doit être au courant de ta difformité ! claironna Vienna.

On riait encore à gorge déployée quand Drew bifurqua sur la FDR Drive. Soudain, nos cinq téléphones sonnèrent à l'unisson. Vienna fut la première à extraire le sien de sa poche. Le mien était planqué au fond de mon sac.

– Non ! s'écrièrent les villes jumelles d'une seule voix.

Elles fixaient l'écran du portable de Vienna, livides. La jambe de London reposait toujours sur les genoux de son amie.

– Quoi ? demandai-je. Que se passe-t-il ?

– Les flics sont venus chercher Ivy pour l'interroger ! dit London, les yeux exorbités.

Mon cœur se mit à battre la chamade. Ainsi, ils s'étaient enfin décidés. Pas trop tôt !

– Tu crois que c'est à cause de Cheyenne ? me demanda Sabine, visiblement inquiète.

Vienna déglutit et hocha gravement la tête :

– Ils ont dû trouver de nouvelles preuves. Ils viennent d'ouvrir une enquête pour homicide.

Un silence atterré s'installa dans l'habitacle. Un meurtre avait peut-être été commis à Easton. Encore un ! Un meurtrier rôdait peut-être sur le campus. Encore un ! Grâce aux confidences de Hauer, je savais que c'était juste une hypothèse. Je n'en étais pas moins sonnée. Comme si j'avais occulté le problème jusque-là, et qu'il revenait me frapper en pleine face.

Prise de sueurs froides, je levai les yeux vers Noëlle. Elle me rendit mon regard, l'air sombre. Je devinais ce qu'elle pensait. Le cauchemar recommençait.

Altercation

Plus tard ce soir-là, je m'aventurai dans le solarium avec Constance, Rose et Tiffany. Je n'avais pas vu la salle aussi silencieuse depuis des mois. En tout cas, pas depuis l'ouverture du Coffee-Carma. On se serait cru dans un musée. Les gens chuchotaient, regardaient autour d'eux avec méfiance, totalement stressés.

Cette ambiance me rappelait de mauvais souvenirs. La mort de Cheyenne était un événement assez tragique en soi. Imaginer qu'elle avait été assassinée était carrément effroyable. J'aurais voulu pouvoir confier à mes amies ce que je savais. Leur révéler que les parents de Cheyenne, inconsolables, avaient demandé un complément d'enquête, et que la police se chargeait de ce travail sans conviction. Mais j'étais obligée de me taire. En parlant, je me serais démasquée. J'aurais admis être la mystérieuse personne convoquée au poste la semaine dernière.

Josh était assis seul à une table, devant un livre ouvert. Il se détourna lorsque je croisai son regard.

– Je n'arrive pas à croire que ça recommence ! avoua Constance à voix basse, les mains rentrées dans les manches de son pull.

Tous les regards convergeaient vers notre petit groupe. Une fois de plus, les filles Billings étaient au cœur d'une enquête criminelle.

– Comment pourrait-elle avoir été assassinée ? souffla Tiffany. On était toutes là. On l'a vue. Elle a pris des cachets. Il n'y avait aucune trace de violence. Elle a écrit un mot d'adieu. Je ne comprends pas...

Je me retins de lui préciser que Cheyenne avait écrit *deux* mots d'adieu.

– La police doit être sur une piste, dit Rose. Sans quoi, ils n'interrogeraient pas tous ces gens.

Son teint de rousse, d'ordinaire si lumineux, était cireux.

– C'est vrai que c'est difficile à imaginer, continua-t-elle. Cheyenne a dû avoir affreusement peur. Pourquoi n'a-t-elle pas appelé au secours ? Pourquoi n'a-t-elle pas...

La voix de Rose se brisa. Elle cacha son visage dans ses mains. Tiffany l'enlaça et me prévint :

– On va s'asseoir à une table.

En suivant Constance au comptoir pour passer commande, je sentis mes entrailles se nouer. J'avais envie de prendre mon ventre à deux mains pour chasser cette sensation désagréable, mais je savais que ça ne servirait à rien. Mon malaise ne se dissiperait pas de sitôt.

Constance croisa les bras sur sa poitrine comme pour se protéger.

– Je déteste cette ambiance, soupira-t-elle.

Elle s'abandonna contre moi pendant que l'employée allumait la machine à mousse.

– Tu te rends compte que l'assassin est peut-être dans cette salle, avec nous ! Qu'il est peut-être entré à Billings pendant notre sommeil pour tuer Cheyenne ? Rien que d'y penser…

J'allais lui répondre, quand un silence total s'abattit sur la salle. Intriguée, je pivotai et découvris Ivy, debout sur le seuil, l'air aussi avenant qu'un pitbull enragé.

Personne ne broncha. « Les flics l'ont relâchée » fut la première pensée qui me traversa l'esprit.

Ses yeux glacés parcoururent la foule avant de s'immobiliser sur moi.

– Toi ! rugit-elle, pointant un doigt accusateur dans ma direction.

Elle traversa la salle comme un ouragan et les regards se reportèrent sur moi, guettant ma réaction. Je me sentais comme un cerf piégé dans les phares d'une voiture.

– Ivy !

Josh se leva pour l'intercepter, mais elle se dégagea. Deux secondes plus tard, elle posait la main sur mon bras, l'emprisonnant dans un étau. Elle m'arracha à l'étreinte de Constance, qui poussa un petit cri étranglé.

– Qu'est-ce que tu..., commença mon amie.

– Bas les pattes ! riposta Ivy.

Elle m'entraîna dans un coin, près de la sortie de secours. Un arbuste en pot nous dissimulait à la vue de nos camarades. Comme je ne voyais personne, je supposai que c'était réciproque. Pourtant, un concert de murmures s'éleva dans la salle. « Quelle mouche a donc piqué Ivy Slade pour qu'elle ose malmener la présidente de Billings ? » se demandaient probablement nos camarades. Cette pensée m'arracha à ma stupeur et je dégageai vivement mon bras. J'étais quasiment certaine que la main d'Ivy y avait laissé un bleu.

– Qu'est-ce qui te prend, espèce de...

– Je sais que tu es entrée dans ma chambre le soir de l'Héritage, me coupa-t-elle.

Elle se planta devant moi. Son nez frôlait le mien et ses mèches brunes tombaient comme des rideaux devant ses yeux. Je reculai instinctivement : un mouvement que je regrettai aussitôt.

– Tu as trouvé mes albums de photos. Tu les as laissés traîner par terre. Alors, je sais que tu sais.

– Que je sais quoi ? demandai-je pour gagner du temps.

– Ne fais pas l'idiote ! C'est indigne de toi, siffla Ivy.

Ça alors... un compliment.

– C'est toi qui as dit à la police que j'étais amie avec Cheyenne, s'indigna-t-elle.

Je levai le menton et la regardai dans les yeux.

– Oui, c'est moi ! Avoue que c'est un rien suspect. Cheyenne et toi, vous êtes les meilleures amies du monde jusqu'en seconde et, du jour au lendemain, vous vous détestez sans qu'on sache pourquoi. Si on ajoute à ça une lamentable histoire de cambriolage chez ta grand-mère, ça fait de toi le suspect numéro un...

– Tais-toi ! gronda Ivy, venimeuse. Ne parle pas de choses que tu ne pourras jamais comprendre.

Apprendre que j'étais au courant de ses erreurs de jeunesse ne l'avait visiblement pas déstabilisée.

– Explique-toi si tu veux que je comprenne. Que s'est-il passé entre vous ?

– Je n'ai pas à m'expliquer, ricana Ivy. Et encore moins vis-à-vis de toi.

Son intonation méprisante me mit en fureur, mais elle ne me laissa pas le temps de répliquer.

– Vous autres, à Billings, vous vous croyez supérieures avec vos petits rituels, votre prétendue solidarité, vos cérémonies ridicules et vos billes noires, pas vrai ? reprit-elle en plissant les yeux. Eh bien, tu sais quoi, Reed ? C'est à votre tour, maintenant. À vous de découvrir ce que ça fait d'être exclues. On va voir si ça vous plaît.

Je la regardai, le souffle court, comme hypnotisée. Des billes noires tournoyaient devant mes yeux. Les billes que j'avais trouvées dans le tiroir de mon bureau. C'était Ivy qui m'avait joué ce mauvais tour. Autrement, pourquoi me tiendrait-elle ce discours ? C'était elle qui me persécutait depuis le début. Elle s'était procuré une clé de Billings, en volant celle de Kiki ou en se servant dans le bureau de Mlle Lewis, qu'importe. C'était elle, la coupable. Il n'y avait pas d'autre explication.

– Je ne t'ai jamais rien fait ! lâchai-je en tremblant des pieds à la tête. Je te connais à peine. Pourquoi tu t'en prends à moi ?

Ivy eut un sourire mauvais.

– Je n'ai encore rien fait. Enfin, tu ne perds rien pour attendre...

Alors qu'elle se tournait pour partir, je lui agrippai machinalement le bras.

– Arrête de mentir, tarée !

Elle considéra ma main avec des yeux ronds :

– Espèce de...

– Ivy !

Josh arriva derrière elle et lui toucha l'épaule au moment où elle allait passer à l'offensive. M'aurait-elle frappée ? Poussée ? Griffée ? Aucune idée. La main apaisante de Josh suffit à l'arrêter.

– Viens, lui glissa-t-il à l'oreille.

Il lui effleura la joue de ses lèvres et je faillis me trouver mal.

– Viens, partons d'ici, insista-t-il, de cette voix apaisante que je connaissais si bien.

Un frisson de regret courut le long de mon échine.

– Ça ne sert à rien. Viens.

Ivy baissa la tête et s'abandonna contre son épaule. Josh lui posa une main au creux des reins et l'entraîna sans m'accorder un seul regard. Avant de partir, elle se retourna et me lança d'un ton plein de menace, assez fort pour que tout le solarium l'entende :

– Tu viens de sceller le destin de Billings, Reed. Ton cher dortoir va bientôt disparaître, et je te promets que vous tomberez toutes avec lui, jusqu'à la dernière.

Sorcière

C'était Ivy. J'en étais sûre à présent. Ivy avait une dent contre Billings. Elle me détestait. Et qui sait : peut-être avait-elle fait un serment tordu à Cheyenne, lui promettant de la venger au nom de leur amitié passée. C'était elle qui me persécutait. Qui d'autre ?

Alors que je regagnais Billings avec mes amies, les mains dans les poches et l'esprit ragaillardi par l'air frais, cela m'apparut soudain comme une évidence. C'était Cheyenne qui avait mis un terme à leur amitié. Si, comme le prétendait Noëlle, Ivy avait décliné l'invitation de Billings, Cheyenne l'avait sûrement très mal pris. Pour elle, rien ne comptait plus que ce dortoir. Dans ces circonstances, il était probable qu'elle ait voulu couper les ponts avec Ivy. Cette dernière aurait alors rendu Billings responsable de la fin de leur amitié et, ensuite, de la mort de son amie. Billings était devenu l'ennemi numéro un. Avec Reed Brennan dans le rôle de bouc émissaire.

– Reed, coucou ! Reviens parmi nous ! chantonna Tiffany.

Mon amie se pencha pour entrer dans ma ligne de mire à l'instant où l'on arrivait devant la porte d'entrée.

– Ah, pardon. Je réfléchissais.

Curieusement, je me sentais rassérénée. J'avais échafaudé une théorie plausible. Une théorie qui disculpait mes amies. Dire que je les avais soupçonnées ! Astrid, Shelby, et même Missy. J'en voulais à mort à Ivy de m'avoir rendue parano à ce point, et en même temps j'étais soulagée de savoir que je ne risquais rien en leur compagnie. Tout allait s'arranger.

– Ne perds pas ton temps à décrypter les menaces d'Ivy Slade, me conseilla Tiffany en roulant les yeux. Cette fille est complètement siphonnée.

Elle tira vigoureusement sur la première porte, pénétra dans le sas et glissa sa clé électronique dans la fente pour déverrouiller la seconde.

– On va faire un tour au salon ? proposa Rose en nous voyant retirer nos manteaux dans le couloir.

– Euh, bof ! Je crois que je vais juste consulter mes mails et me mettre au lit, répondis-je. Le week-end a été long.

Je montai pesamment l'escalier pour rejoindre ma chambre. Constance et Sabine m'emboîtèrent le pas en discutant d'Ivy et de son éventuelle culpabilité. J'essayai de rester sourde à leurs bavardages, mais elles parlaient trop fort.

– Je n'ai jamais pu sentir cette fille. Elle se pavane devant toi comme si elle dirigeait Easton, disait Sabine.

– En plus, ajouta Constance, on dirait une sorcière avec son visage pointu, ses cheveux et ses fringues noires... Tu sais quoi ? On se croirait dans *Le Magicien d'Oz*. Cheyenne était la gentille sorcière blonde tout en rose et Ivy, c'est la psychopathe en noir.

Sabine réfléchit quelques secondes :

– Ouais, sauf que, dans *Le Magicien d'Oz*, c'est la gentille sorcière qui survit et la méchante qui fond.

– On devrait l'arroser pour voir ce qui se passe, suggéra Constance en nous suivant dans notre chambre.

Pendant qu'elles continuaient de papoter du côté de Sabine, j'ouvris mon ordinateur et lançai ma messagerie. Mon cœur tressaillit lorsque je découvris un mail de Dash dans ma boîte aux lettres. Il était intitulé «Très en retard» et son expéditeur l'avait envoyé depuis une nouvelle adresse. Dash s'était-il aperçu qu'il était sous haute surveillance ?

Enfin ! Enfin une réponse. L'animal avait pris son temps ! Je regardai par-dessus mon épaule pour vérifier si les filles étaient occupées avant de m'asseoir. Je n'avais pas posé une fesse sur la chaise que le sol s'ouvrit pour m'engloutir.

Juste au-dessous du mail de Dash, il y en avait un de Cheyenne. Puis un autre, un autre, et un autre encore… et ainsi de suite, jusqu'au bas de l'écran. Je pris la souris avec des doigts tremblants et déroulai la page. Le même message y était répété à l'infini. Idem sur les suivantes. Plus je cliquais, plus mes yeux me brûlaient. Les larmes finirent par m'aveugler.

En bloquant l'adresse de Cheyenne et en changeant la mienne, j'avais réussi à mettre fin à ce harcèlement. Comment ces nouveaux messages m'étaient-ils parvenus ? Était-ce Ivy la coupable ? Avait-elle des talents de hacker ? Essayait-elle de me prouver qu'elle pouvait m'atteindre où que je sois ?

Avant que je puisse l'arrêter, un son étranglé s'échappa de ma gorge. Je plaquai une main devant ma bouche, fermai la messagerie et éteignis rapidement l'ordinateur. Trop tard. Constance et Sabine s'étaient tues.

– Reed ? Ça va ?

– O-oui, j'ai juste envie de vomir, bredouillai-je.

C'était vrai. À la seconde où je prononçais ces mots, je sentis mon dîner remonter dans ma gorge. Je me précipitai dans la salle de bains, claquai la porte derrière moi et tombai à genoux devant les toilettes. Après avoir vomi pendant une éternité, je tirai la chasse d'eau et je m'assis par terre, le dos contre le mur. Je restai longuement dans cette position, à me demander si je retrouverais un jour un semblant de sérénité.

VIP

Le matin, je me sentais toujours mieux. Mes démons se terraient dans des recoins obscurs, comme s'ils craignaient la lumière du jour, et le souvenir de mes cauchemars s'estompait progressivement. Je me gardai toutefois d'ouvrir mon ordinateur, de crainte de balayer cette illusion de sérénité. J'étais curieuse de découvrir ce que m'avait écrit Dash, mais la perspective de revoir les mails de Cheyenne me glaçait.

À la table du petit déjeuner, toutes les conversations tournaient autour du gala-bénéfice. Les filles Billings se demandaient qui les accompagnerait, quelle tenue elles porteraient, où elles dormiraient en ville ce soir-là… Soudain, Portia arriva en virevoltant avec un exemplaire du *New York Post*. Elle ouvrit le journal de façon théâtrale et le plaqua sur la table.

– Regardez ça !

En page six, au cœur de la fameuse rubrique people, figurait une grande photo en couleur de Kiran Hayes. Celle-ci, vêtue d'une robe rose sexy, posait au bras d'un Adonis et adressait un sourire charmeur à l'objectif. Elle s'était laissé pousser les cheveux, qui dégringolaient en cascades sur ses épaules bronzées. Elle était aussi sublime que dans mon souvenir.

– Qu'est-ce que c'est ? demandai-je en tirant l'article vers moi.

Noëlle, Tiffany et Astrid se levèrent pour mieux voir.

– Lisez le titre ! nous conseilla Portia en pointant un ongle sur l'article qui accompagnait la photo.

– « Le top model international Kiran Hayes fête son dix-huitième anniversaire avec style au Ritz d'Amsterdam », lus-je à voix haute. « Mais pas de panique, les amis. La rumeur dit que Kiran organisera une autre fête de ce côté-ci de l'Atlantique le mois prochain. Vous croyez être un VIP ? Vous aurez bientôt l'occasion de le vérifier... si vous recevez une invitation. »

– Génial ! dit Tiffany en se rasseyant. J'adore les anniversaires de Kiran !

– Elle ne l'a pas fêté l'an dernier, observai-je.

– À cause de tous les... ennuis, expliqua Noëlle avec une grimace.

– Vous saviez qu'elle prévoyait de faire une fête ici ? demanda Vienna, assise à l'autre extrémité de la table.

– Non, répondis-je.

– Évidemment ! lâcha Noëlle.

Elle porta une cuillerée de yaourt à sa bouche et me décocha un petit sourire triomphant. Bien entendu, elle le savait et pas moi ! Mais cela ne voulait pas dire que je ne serais pas invitée. J'étais peut-être une VIP aux yeux de Kiran.

– Alors, Reed, qui va t'accompagner à la collecte de fonds ? Tu y as réfléchi ? demanda Noëlle, histoire de changer de sujet.

– Est-ce que j'ai vraiment besoin d'être accompagnée ? Je vais déjà être assez débordée comme ça, sans avoir en plus à gérer un mec…

– Tu plaisantes ? dit Portia en s'asseyant. Bien sûr que tu dois être accompagnée ! Ça aurait l'air de quoi, si l'organisatrice de la soirée venait seule ?

OK. Message reçu. J'ignorais que les gens s'attachaient à ce genre de détails. Cette pensée en appelant une autre, je coulai un regard vers la petite table où Josh et Ivy, assis en tête à tête, parlaient avec animation. Les rumeurs disant qu'ils sortaient ensemble étaient-elles fondées ? Dans un sens, j'aurais voulu en avoir le cœur net, mais j'étais consciente que mon ignorance me permettait de continuer à rêver. Tant que je n'avais aucune certitude, je pouvais caresser l'idée que Josh m'aimait encore. J'avais du mal à imaginer qu'il ait pu passer aussi vite à autre chose. Surtout avec une fille comme Ivy. En tout cas, je ne le voyais pas l'embrasser en public, comme l'avait rapporté Missy. Josh était un gentleman. Un garçon réfléchi, attentionné, sensible. Non, c'était carrément impossible !

Alors que je les regardais, Josh pencha la tête au point de frôler celle d'Ivy, et je vis rouge. Était-il vraiment obligé de se donner en spectacle ainsi ? De me coller leur bonheur sous le nez ? Parfait ! Puisqu'il voulait jouer à ce petit jeu, je ne serais pas en reste. J'allais me trouver un mec qui ferait passer mon ex pour un loser. Et, tant qu'à faire, je me débrouillerais aussi pour prouver qu'Ivy me harcelait. Josh ne pourrait jamais rester avec elle s'il l'apprenait.

Mon téléphone sonna, m'arrachant à ma rêverie. Je me dépêchai de l'attraper dans mon sac et consultai l'écran. L'appel venait de la propriétaire du Saint-Sebastian.

– C'est Cheryl Wallace, soufflai-je à Noëlle.

Elle fronça les sourcils et j'eus un mauvais pressentiment.

– Allô ?

– Allô, mademoiselle Brennan ? Ici Cheryl Wallace, du Saint-Sebastian, fit une agréable voix féminine. Comment allez-vous ?

– Bien, merci, et vous ? demandai-je, désorientée.

– Eh bien, je suis désolée, mais j'ai une mauvaise nouvelle à vous annoncer…

Je tournai machinalement le dos à mes amies et répétai à voix basse :

– Une mauvaise nouvelle ?

– Oui. Je crains qu'il n'y ait eu un bug dans notre planning de réservations, enchaîna Cheryl. En fait, la salle était déjà réservée depuis des semaines à la date que vous nous avez indiquée.

– Quoi ? m'exclamai-je. Non, ce n'est pas possible !

Le silence se fit aux deux tables de Billings et se communiqua à la moitié de la cafétéria. J'appliquai une main sur mon front et mon cœur se mit à tambouriner.

– Je suis navrée, mademoiselle Brennan, mais je ne peux rien faire.

– Non. Attendez ! Il doit y avoir une solution. Notre gala-bénéfice est dans moins d'une semaine, dis-je, au désespoir.

Je fermai les yeux pour me soustraire aux regards des curieux, avant d'ajouter :

– On a signé un contrat. On a versé des arrhes.

– Ils vous seront remboursés en totalité, bien sûr ! m'assura poliment la jeune femme.

– Vous ne comprenez pas, protestai-je, d'une voix si tendue que j'avais du mal à la reconnaître. Les invitations ont déjà été envoyées. Vous ne pouvez pas…

– Encore une fois, mademoiselle Brennan, je suis désolée, mais…

– Ne me dites pas que vous ne pouvez rien faire ! criai-je. Qui a réservé la salle ? Je peux peut-être le convaincre de…

– Je regrette, je ne peux pas divulguer cette information, dit Cheryl.

– Mais si ! Il doit y avoir un moyen de…

– Je vous prie d'accepter mes excuses, mademoiselle Brennan. Je poste votre chèque dès aujourd'hui.

Sur ces mots, elle raccrocha. Je me tournai lentement, posai mon téléphone sur la table, les coudes des deux côtés de l'appareil, et fixai l'écran, comme hébétée, espérant qu'il allait se remettre à sonner. Que Cheryl allait me rappeler pour me dire que c'était une plaisanterie. Un malentendu. Hélas, il resta désespérément silencieux.

– Reed, que se passe-t-il ? m'interrogea Tiffany.

– Elle a dit… Elle a dit que la salle était déjà réservée. Ils se sont emmêlé les pinceaux… Elle ne peut rien faire.

Les filles Billings, catastrophées, ouvrirent des yeux ronds.

– Adieu, la collecte de fonds ! dit Missy.

– Et adieu, Billings ! ajouta Rose, écœurée.

J'en avais les larmes aux yeux. Qu'allait-on devenir ? Mes amies comptaient sur moi pour sauver notre dortoir et je les avais conduites dans une impasse. J'avais échoué. J'allais rester dans l'histoire comme la présidente qui avait causé la perte de Billings.

– OK, stop ! Tout le monde se calme ! dit Noëlle d'une voix forte. J'ai un plan B.

– C'est vrai ? demanda Vienna.

– C'est vrai ? répétai-je en écho, sentant l'espoir renaître.

Noëlle posa les avant-bras sur la table.

– J'ai réservé le Loft Blanc, annonça-t-elle. Au cas où...

– Quoi ? m'étranglai-je.

En une fraction de seconde, mon soulagement s'était changé en colère.

– Pourquoi tu as...

– Juste au cas où, répéta-t-elle. Quand on organise une soirée dans des délais aussi courts, c'est toujours bien d'avoir une solution de repli.

Un mélange de fureur et d'indignation me cuisait la peau. Ainsi, toute la journée de dimanche, Noëlle avait fait semblant de se ranger à mon point de vue. Et, pendant ce temps-là, cette hypocrite avait réservé la salle qu'elle préférait. Elle avait espéré qu'un tel événement se produirait. Je le voyais dans ses yeux.

– Noëlle, tu es géniale ! s'écria London en se levant pour la serrer dans ses bras.

– Qu'est-ce qu'on ferait sans toi ? ajouta Vienna.

En un éclair, toutes mes amies avaient jailli de leur siège pour féliciter Noëlle. Plusieurs l'applaudirent. Je restai assise, consternée, à contempler ce spectacle. À regarder Noëlle s'enorgueillir de m'avoir sauvé la mise.

Finalement, quoi que je fasse, quelle que soit l'énergie que j'y consacre, c'était toujours Noëlle qui remportait les lauriers.

Méfiance

– Quelle chance que Noëlle ait eu un plan de secours, soupira Constance au début du cours de maths, cet après-midi-là.

Elle se laissa tomber sur la chaise voisine avant d'en remettre une couche :

– Je te jure, quand tu nous as dit que la salle était déjà réservée, j'ai vu ma vie défiler devant mes yeux. Être admise à Billings et voir le dortoir fermer presque aussitôt, ce serait vraiment trop injuste !

– Ouais. On a de la chance d'avoir Noëlle, grommelai-je en sortant mon livre de calcul intégral.

Sabine et Missy prirent place près de nous et se regardèrent en pouffant. Intéressant ! C'était bien la première fois que je voyais ces deux-là s'accorder sur quelque chose.

– Quoi ? leur demandai-je, méfiante.

La classe se remplissait peu à peu, mais M. Crandle n'était pas encore arrivé.

– Tu as forcément compris que c'est Noëlle qui a réservé le Saint-Sebastian, dit Sabine. Qui d'autre aurait assez d'argent pour payer la salle et soudoyer les propriétaires afin qu'ils te mentent ?

Mon cœur se mit à tambouriner.

– Qu'est-ce que tu racontes ? Comment ça, qu'ils me mentent ?

Missy s'esclaffa et plongea le nez dans son cahier. Je me fis violence pour ne pas lui balancer un coup de coude dans la figure.

– On était là, Reed. On a vu leur planning. La salle n'était pas réservée ce samedi-là, dit Sabine d'un ton calme, comme si elle annonçait à un patient gravement malade qu'il va bientôt mourir. La seule explication, c'est que quelqu'un a téléphoné après qu'on a réservé et leur a proposé plus d'argent.

Je secouai la tête, indignée :

– Non. Noëlle ne ferait jamais une chose pareille.

J'étais certes agacée de voir qu'une fois de plus, Noëlle avait tiré son épingle du jeu, mais je refusais de croire qu'elle avait comploté contre moi.

– Ouais, c'est impossible, admit Constance.

– Ouvrez les yeux ! s'écria Missy. Vous étiez à Easton l'an dernier. Dites-moi ce que Noëlle ne ferait pas pour arriver à ses fins.

– Rien, répondit Sabine. Reed, elle n'a pas supporté de te voir prendre toutes les décisions ce week-end, alors elle a créé un problème qui n'existait pas pour pouvoir le régler. Et maintenant elle passe pour une héroïne.

– C'est parfait ! commenta Missy, tandis que M. Crandle entrait dans la classe et lâchait son cartable sur le bureau. Diabolique, mais parfait !

– Non. Je ne peux pas croire qu'elle soit aussi calculatrice, protestai-je. J'ai juste...

– Tu es aveuglée par votre amitié, me coupa Sabine. Mais moi, je la vois exactement comme elle est. Et fais-moi confiance, cette fille ne se soucie que d'elle-même.

Avant que j'aie pu répondre, elle fit résolument face au tableau pour me signifier que le sujet était clos.

Je regardai Constance, qui se contenta de hausser les épaules.

– Soyez aimables d'ouvrir vos livres à la page cent quinze, annonça M. Crandle en notant une équation au tableau. J'espère que vous êtes concentrés, car cette journée va être intense.

J'obéis en soupirant, essayant de chasser de mon esprit Noëlle et la collecte de fonds, mais c'était impossible. Les dernières paroles de Sabine tournaient en boucle dans ma tête et je commençais à me convaincre qu'elle avait raison : Noëlle ne se souciait que d'elle-même.

Éclaircie

Après les cours, je traversai lentement la cour carrée, guère pressée de regagner Billings. J'avais bien pensé à m'arrêter au solarium pour prendre un café, mais je craignais qu'un excitant ne me rende encore plus fébrile. J'avais envisagé aussi d'aller à la bibliothèque, avant d'y renoncer : j'aurais été incapable de me concentrer sur mon travail. D'ailleurs, mes amies m'attendaient pour préparer la collecte de fonds. Inutile de tourner autour du pot : je devais rentrer au bercail.

Enfin, je pouvais tout de même m'arrêter à la poste et lire tranquillement mon courrier devant la boîte. Feuilleter les catalogues… histoire de différer un peu mon calvaire.

Bien que notre dortoir soit au cœur d'une enquête pour homicide, il était en pleine effervescence. Mes amies, décidées à positiver coûte que coûte, s'étaient lancées à corps perdu dans les préparatifs de la collecte de fonds. J'aurais dû me réjouir de les voir s'affairer pour rédiger des cartons de placement, programmer les séances de maquillage, etc. De les voir soutenir mon projet. Pourtant, j'en étais incapable. J'étais trop déprimée.

Ce projet ne m'appartenait plus. Noëlle m'en avait dépossédée. Et cette soirée, où je ne pourrais même pas être accompagnée du mec que j'aimais, ne m'intéressait pas. J'étais sûre qu'Ivy et Josh n'y assisteraient pas. Ces deux-là étaient de fervents détracteurs de Billings : je les voyais mal donner un centime pour contribuer à sa sauvegarde. Le côté positif, c'était que je ne les verrais pas se bécoter sous mon nez. Ils resteraient ensemble à Easton et pourraient se bécoter à leur aise dans le campus vide. Et plus si affinités... Argh !

Et voilà ! J'étais encore plus déprimée.

Au fond de moi, j'avais presque hâte de rentrer à Croton pour Thanksgiving la semaine prochaine. C'est dire !

Je poussai la porte du bureau de poste et me dirigeai tranquillement vers ma boîte aux lettres. J'y trouvai une grande enveloppe rouge et carrée, où mon nom et mon adresse étaient inscrits en lettres dorées. Intriguée, je la déchirai sans ménagement. La doublure de l'enveloppe était violette et l'invitation qu'elle contenait, ronde et noire.

Une invitation à fêter les dix-huit ans de Kiran Hayes !

Mon cœur bondit comme si je venais d'apprendre que j'étais acceptée à Harvard. Ainsi, Kiran ne m'avait pas oubliée !

J'allais ranger l'invitation dans l'enveloppe, quand je remarquai un bristol blanc à l'intérieur. Les initiales KH y étaient imprimées. Dessous, un mot manuscrit :

Reed,

Ça fait trooop longtemps ! S'il te plaît, viens. Il faut qu'on se raconte tout ce qui nous est arrivé...

Bisous !

Kiran

Bon. L'avenir n'était peut-être pas aussi sombre, finalement ! Je gagnais la sortie en souriant d'une oreille jusqu'à l'autre lorsque j'aperçus Marc, debout devant le comptoir. Il prenait livraison d'un paquet énorme. Son visage s'illumina lorsqu'il me vit, ce qui acheva de me mettre de bonne humeur.

– Salut ! dit-il en soulevant le colis. Quoi de neuf ?

– Rien de spécial. Je venais juste récupérer mon courrier. C'est quoi, ce truc monstrueux ?

– Un paquet de ma grand-mère. Elle a peur que je meure de froid, alors elle m'envoie des pulls tricotés main. Elle a même pris des cours de tricot pour qu'ils aient l'air plus professionnels.

Je souris. Un garçon normal, gentil, attaché à sa grand-mère… Voilà le cavalier qu'il me fallait pour la collecte de fonds ! Puisque je ne pouvais pas m'y faire accompagner par Josh, c'était avec lui que je voulais y aller. Un mec qui ne passerait pas la soirée à se faire mousser, à mater mon décolleté, ou à boire comme un trou et à me coller la honte.

Je m'empressai de le mettre au courant :

– Marc, est-ce que tu voudrais m'accompagner à la collecte de fonds ?

Ses sourcils montèrent en flèche. Il faillit lâcher son carton.

– Tu es sérieuse ?

– Très sérieuse.

– J'en serais honoré, répondit-il avec un grand sourire. Je me ferai un immense plaisir d'escorter la star du moment !

J'éclatai de rire.

– Merci. Je vais… Je te donnerai les infos demain.

Je les lui aurais volontiers envoyées par mail, si je n'avais pas eu un petit souci avec mon ordinateur.

– Ça marche, répondit Marc. Merci pour l'invitation !

Il me dépassa en jonglant maladroitement avec le carton et son lourd sac à dos, qui avait glissé de son épaule et pendait sur son bras.

– Merci d'avoir accepté.

Je regardai Marc s'éloigner en titubant et poussai un soupir d'aise. J'étais invitée à la fête de Kiran et j'avais un cavalier pour le gala-bénéfice. Un mec avec qui j'avais envie de parler, c'était déjà ça. Je devinais que les filles Billings n'approuveraient pas mon choix : elles auraient préféré Hunter Braden, tout crétin qu'il était. Mais leur avis m'était complètement égal. Il était grand temps que la présidente de Billings commence à agir comme elle l'entendait.

Trop, c'est trop !

Lorsque je regagnai enfin Billings, Noëlle était debout près de la cheminée, dans le grand salon. Tiffany et les villes jumelles l'entouraient, tandis que Sabine, Constance, Kiki et Astrid consultaient une liste des invités de leur côté. Noëlle fit demi-tour et aperçut l'invitation dans mes mains.

–Ah, tu en as reçu une. Parfait ! J'ai cru que j'allais devoir envoyer un texto à Kiran pour lui rappeler de t'inviter.

Un brusque afflux de sang dans ma tête me fit bourdonner les tempes. Encore un affront. Celui-ci était de trop ! Pour qui Noëlle se prenait-elle ? Croyait-elle que j'avais besoin de son aide pour obtenir une invitation ?

–Donc, Reed, enchaîna-t-elle comme si de rien n'était, vu que notre soirée est placée sous le signe du glamour, on parlait d'engager des top models, qu'on ferait circuler parmi les invités. Qu'est-ce que tu penses de...

Sans un mot, je pivotai sur mes talons et fonçai vers l'escalier, que je montai quatre à quatre. J'avais conscience de la grossièreté de mon geste, mais cela m'était égal. J'en avais tellement marre de l'attitude méprisante de Noëlle ! Marre qu'elle me rabaisse en permanence. Je l'avais toléré l'an dernier, mais ce temps-là était révolu.

La porte s'ouvrit dans mon dos. Je pivotai, sûre de découvrir Noëlle, entrée dans la chambre sans frapper comme d'habitude. Mais ce n'était que Sabine, l'air penaud.

– Qu'est-ce qui t'a pris ? murmura-t-elle. Ça va ?

– Non, ça ne va pas ! grognai-je en jetant mon manteau sur mon lit. Je commence à croire que tu as raison au sujet de Noëlle. J'ai toujours pensé que ses piques faisaient partie de sa personnalité, et elles coulaient sur moi comme de l'eau. Mais, à force, je me demande si j'ai vraiment besoin d'une amie qui me traite comme une merde !

Je m'interrompis, sonnée. Je n'avais pas soupçonné que j'avais autant de venin à cracher. Je pris une grande inspiration et fixai le sol avant de reprendre :

– Tu as sans doute raison. Peut-être qu'elle ne s'intéresse qu'à elle, en définitive.

– Est-ce que tu l'as déjà vue être gentille avec une seule de ses amies ? me demanda Sabine.

Je repensai à l'année dernière. Aux vacheries que Noëlle balançait régulièrement à Taylor, à la tyrannie qu'elle avait exercée sur Kiran pour qu'elle quitte son mec de Glauque. Une chose était sûre, elle n'avait jamais traité personne avec respect. Sauf...

– Oui : avec Ariana, dis-je amèrement. C'est la seule de ses amies que Noëlle ne dénigrait jamais.

Sabine me fixa. Bien sûr, ce prénom ne signifiait pas la même chose pour elle que pour moi, mais elle connaissait l'histoire. Elle en savait assez pour comprendre que les choix de Noëlle étaient pour le moins curieux.

– Si une de tes amies te rend parano au point que tu te demandes sans arrêt quand elle va te poignarder dans le dos, ce n'est pas vraiment une amie, finit-elle par lâcher en se mordant la lèvre.

Elle avait raison, bien sûr. L'an dernier, j'avais eu besoin de Noëlle et des autres filles Billings. J'avais voulu gagner leur amitié à tout prix. Elles m'avaient aidée à quitter mon ancienne condition et à devenir celle que je voulais être à Easton. Mais, aujourd'hui, j'avais réussi. J'étais la présidente de Billings. Et toutes ces filles étaient parties. Toutes, sauf Noëlle. Je n'avais pas besoin qu'elle me rappelle sans cesse quelle chance j'avais de l'avoir rencontrée.

Je ruminais encore cette pensée quand la porte s'ouvrit. Noëlle passa une tête dans la chambre :

– Reed, il faut qu'on parle.

Je les regardai tour à tour, Sabine et elle. Que dire ? Comment gérer cette crise ?

– Tu permets ? lança Noëlle à Sabine.

– Elle peut rester ! fis-je d'un ton cassant. C'est sa chambre, pas la tienne. Ce dortoir ne t'appartient pas. Si je l'ai pensé un jour, je me trompais. Et on n'a pas d'ordres à recevoir de toi.

Noëlle prit une profonde inspiration. Elle croisa les bras et me regarda attentivement.

– OK. Tu es furieuse. Si tu me disais pourquoi ?

Je me tournai lentement vers elle. J'avais l'impression de me préparer au combat. Comme Russell Crowe dans ce film de gladiateurs que mon frère adore : debout à l'entrée de l'arène, écoutant les huées de la foule assoiffée de sang.

– J'ai un paquet de raisons, répliquai-je.

– Tu penses toujours que j'essaie de prendre le pouvoir ? devina Noëlle.

Sabine s'éloigna discrètement et alla s'asseoir sur sa chaise de bureau, nous observant à la dérobée.

– Dis-moi que c'est faux !

Noëlle roula les yeux et balança la tête en arrière.

– Reed, on a toutes les deux le même but en ce moment. On essaie de sauver Billings ! Et si je le fais, c'est plus pour toi que pour moi. Tu seras encore ici l'an prochain. Tu as envie de passer ton année de terminale à Pemberly ?

– Ce n'est pas la question. La question, c'est que tu fais tout pour me saborder, répondis-je, croisant les bras à mon tour.

– Te saborder ?

Noëlle écarquilla les yeux, visiblement surprise :

– Qu'est-ce que tu as fumé ?

– Est-ce que tu as, oui ou non, rappelé Cheryl après notre départ pour la convaincre de me dire que la salle était réservée ? demandai-je, rougissant de mon audace.

– Quoi ?

Noëlle paraissait choquée. Mais l'était-elle vraiment ?

– Je crois que tu l'as fait, enchaînai-je. Tu savais depuis le début que le Saint-Sebastian nous rappellerait pour annuler, et c'est pour ça que tu as réservé le Loft Blanc. C'est un classique, chez toi. En plus d'obtenir ce que tu veux, tu nous sauves du naufrage et tu passes pour une héroïne aux yeux de tous.

– Tu es toquée ! répliqua sèchement Noëlle. Je ne ferais jamais un truc pareil.

– Sans blague ?

Elle passa les mains dans ses cheveux et soupira :

– Bon, je l'avoue : je suis parfois capable de faire des trucs pas très catholiques pour parvenir à mes fins. Mais ça ? Tu n'imagines pas le gâchis énorme que ça représenterait. Mes parents ont du fric, mais pas au point de le jeter par les fenêtres.

– Ouais. Si tu le dis…

– Écoute, j'ai réservé le Loft Blanc parce que j'ai déjà eu ce genre d'expérience. Il y a deux ans, le mariage de ma cousine a été annulé la semaine avant la cérémonie parce que la salle qu'ils avaient louée leur est passée sous le nez. Le cauchemar intégral ! Depuis, ma mère réserve systématiquement deux salles chaque fois qu'on organise un truc un peu important. Et tu sais comme moi que ce gala est d'une importance capitale.

Je la dévisageai. Pour une fois, l'expression de mon amie était complètement dénuée de fourberie. Elle semblait presque désespérée, et je ne l'avais jamais entendue s'expliquer avec une telle véhémence.

– Jure-moi que tu n'as pas réservé le Saint-Sebastian !

Sabine se tortilla sur sa chaise. Je devinai qu'elle était mécontente de me voir céder et décidai de l'ignorer.

– Je te le jure ! dit Noëlle.

Je penchai la tête en avant et me couvris le visage de mes mains. Je la croyais. En un sens, j'aurais préféré avoir raison et surfer sur mon indignation. Mais je la croyais.

– Alors, on est réconciliées ? demanda Noëlle.

– Non. Ce n'est pas tout.

Elle plissa le front en me voyant me redresser, l'air farouche.

– Pourquoi ?

– Il faut que tu arrêtes, Noëlle ! Il faut que tu arrêtes de me traiter comme une pauvre fille demeurée. Je ne suis plus Lèche-vitres. Je suis la présidente de ce dortoir. Et je suis censée être ton amie. Tu ne peux pas continuer à m'humilier en permanence.

Je m'attendais à la voir esquisser un rictus moqueur, à l'entendre me dire avec condescendance que j'étais trop mignonne, ou je ne sais quoi... Mais elle parut simplement interdite.

– Je ne le supporterai plus, ajoutai-je. Soit on est des amies, à égalité, soit on ne l'est pas. C'est toi qui choisis.

Noëlle soupira de nouveau et me contourna pour aller s'asseoir sur le bord de mon lit. Elle était confuse et troublée. Et pour cause : personne n'avait jamais dû lui reprocher son comportement.

– Noëlle ?

– On est amies, dit-elle. À égalité.

– Tu en es sûre ?

– Reed, toi et moi, on a... on a traversé tant de choses ensemble. Thomas et Ariana, et toutes ces conneries autour de l'Héritage, l'an dernier, et cette histoire avec Dash...

Je vis Sabine me regarder avec curiosité. C'était la première fois qu'elle entendait évoquer une « histoire » avec Dash.

– Franchement, Reed, n'importe quelle fille aurait fait la moitié de ce que tu m'as fait, je l'aurais anéantie. Mais toi, je t'ai pardonné sans une hésitation. Penses-y ! Comment tu as pu douter une seconde de notre amitié ?

Mon cœur se gonfla brusquement, prenant toute la place dans ma cage thoracique. Je n'avais jamais entendu Noëlle faire preuve d'une telle sincérité, se montrer aussi vulnérable. Je commençais à regretter d'avoir laissé Sabine assister à nos explications. Après coup, Noëlle détesterait se rappeler que quelqu'un d'autre l'avait vue ainsi.

– Alors, pourquoi tu me traites comme ça ? Pourquoi ces commentaires méprisants, ces critiques permanentes ?

Noëlle se leva et croisa les bras comme pour se réchauffer.

– Je ne sais pas… Peut-être parce que tu es la petite sœur que je n'ai jamais eue. L'aîné est censé taquiner sa petite sœur, non ? plaisanta-t-elle.

– Exact ! dis-je en pensant à Scott. Dans ma famille, il la torture, lui pique ses pièces de la petite souris et l'accuse de tout.

Noëlle gloussa.

– Il faut vraiment que je rencontre ton frère, un de ces jours !

« Ça pourrait être amusant, en effet. »

– Enfin, bref, reprit-elle, j'arrête si tu veux. Du moins, je vais essayer. Je ne peux pas te promettre une complète métamorphose.

– Merci.

Nous restâmes un instant plantées l'une en face de l'autre, les bras ballants, mal à l'aise. Je me sentais vidée. Ma colère m'avait quittée si soudainement que j'en avais le vertige.

– Alors, on s'embrasse ? proposa enfin Noëlle.

– Euh, oui.

Je joignis le geste à la parole. Et, pour la première fois depuis longtemps, je me sentis en sécurité. Noëlle était encore de mon côté. Je n'avais pas réalisé combien j'aurais été fragilisée si j'avais décidé de m'affranchir totalement d'elle. S'il y avait une personne dont j'avais besoin à Easton, c'était elle. La fille qui m'avait prise sous son aile. La fille qui m'avait sauvé la vie et qui m'avait convaincue de revenir à Easton lorsque j'avais décidé de laisser tomber. À l'avenir, je devrais être attentive à ne pas l'oublier.

Toast

La fin de la semaine s'écoula en un éclair. Nos téléphones sonnaient en continu, et nous orchestrâmes de notre mieux la valse des préparatifs avec les fleuristes, les traiteurs, les chauffeurs et les anciens élèves. Je crus devenir folle quand j'appris que London et Vienna, chargées de recruter les top models, avaient engagé chacune vingt garçons (et pas une seule fille). Heureusement, elles les avaient convaincus de travailler gratuitement en leur faisant miroiter la perspective de nouer des contacts. La bourde fut réparée à temps. Au milieu de ce tourbillon, je me débrouillai pour rédiger un devoir d'espagnol et décrocher un 20 à un test d'histoire. Preuve que j'étais parfaitement multitâche.

La bonne nouvelle, c'était que mon persécuteur avait cessé de me harceler. Ivy avait dû se lasser, ou elle était occupée, ou elle avait pris peur après sa visite au poste de police. Quelles que fussent les raisons de cette trêve, ces quelques jours se déroulèrent sans nouvel incident. Le mercredi, j'allai dans les bureaux de l'administration pour changer une nouvelle fois mon adresse mail, en me promettant de ne la donner qu'aux professeurs et à ma famille. Mes amies pourraient m'envoyer des textos si elles le souhaitaient. Je voulais m'assurer de ne plus jamais voir le nom de Cheyenne dans ma boîte de réception.

Quant au mail de Dash, j'avais décidé de ne pas le lire. À quoi bon ? Il était retourné avec Noëlle, et mon amie était prête à faire des efforts pour ménager ma susceptibilité. En retour, je me devais bien d'ignorer son mec. C'était un minimum.

Le samedi matin, nous sortîmes nos bagages et nos trousses à maquillage devant le dortoir pour que les chauffeurs les chargent dans les voitures. J'étais en grande forme et confiante dans l'avenir de Billings. Je réunis toutes les filles dans le hall, grimpai sur la troisième marche de l'escalier et sollicitai leur attention. Elles firent aussitôt le silence et dardèrent sur moi quinze paires d'yeux fascinés.

– Je voulais vous remercier d'avoir travaillé aussi dur ces deux dernières semaines…, commençai-je.

Je brandis mon dossier bleu, qui contenait la liste des invités et les tableaux recensant les donations reçues et promises.

– Et, même si mon père me répète toujours de ne pas vendre la peau de l'ours avant de l'avoir tué, je crois pouvoir affirmer dès maintenant que les sommes déjà récoltées, auxquelles s'ajouteront les bénéfices de la vente aux enchères des photos de Tassos, nous permettent d'atteindre, voire de dépasser notre objectif.

Mes amies se félicitèrent mutuellement et s'étreignirent. Je les regardai faire depuis mon perchoir, avec le sentiment du devoir accompli. J'avais sauvé Billings. Tout ça, c'était grâce à moi.

Tandis que les filles quittaient le dortoir, j'eus une pensée pour Cheyenne. Elle aurait été fière de voir ça. Cette idée me fit chaud au cœur.

– Reed ! Reed !

Rose arriva en trottinant, un énorme bouquet de roses blanches dans les bras.

– On vient de livrer ça pour toi !

Vienna, Rose, London et Noëlle se rassemblèrent autour de moi pendant que je lisais la carte.

– Ça vient de Marc, annonçai-je joyeusement. Il nous souhaite bonne chance et me dit à ce soir.

– On a sous-estimé ce boursier, déclara London, s'attirant un regard noir de Noëlle.

Mes amies persistaient à oublier que j'étais moi-même boursière. Devais-je m'en féliciter ou le déplorer ?

– Des roses blanches. Un choix judicieux, observa Vienna. Rouge serait trop osé, rose, trop gnangnan. Non, le blanc, c'est... c'est...

– Élégant, raffiné, dit Noëlle en me prenant le bouquet des mains pour aller le placer dans le vase qui trônait sur la cheminée. Ce garçon a des qualités.

Je souris, heureuse qu'elles respectent mon choix. Même si je n'avais pas l'intention de sortir pour de bon avec Marc, j'étais rassurée de voir que mes amies étaient capables d'une certaine profondeur.

– Allez ! Il faut qu'on file si on veut éviter les embouteillages, dis-je en chassant les retardataires.

Les filles sortirent dans le froid et entreprirent de traverser la cour carrée. Je m'attardais pour fermer la porte derrière nous, quand je décelai un mouvement du coin de l'œil. Je me tournai et aperçus Ivy, qui s'éloignait à grands pas de Billings. Je me raidis. Que fabriquait-elle dans les parages ? Et pourquoi était-elle aussi pressée ? Elle marchait si vite qu'elle faillit heurter de plein fouet Amberly Carmichael et ses copines, qui bavardaient au milieu du sentier.

– À ce soir, Reed ! me cria Amberly en agitant une main gantée.

Je respirai longuement et m'efforçai de chasser Ivy de mes pensées. J'avais d'autres chats à fouetter pour l'instant. Je devais rester zen jusqu'à ce soir, lorsque j'annoncerais la victoire de Billings. Ensuite, je réglerais son compte à cette peste.

– À ce soir ! répondis-je.

Je rattrapai mes amies dans la cour carrée et nous contournâmes Bradwell pour rejoindre le parking, où nous attendaient les limousines. Les filles montèrent au hasard dans les voitures, pressées de se mettre au chaud. Je m'y engouffrai à mon tour et découvris mes compagnes de voyage : Noëlle, Tiffany, London, Vienna, Rose, Portia et Shelby. Tiffany ouvrit le réfrigérateur encastré dans la portière, d'où elle sortit une bouteille de champagne.

– Je propose qu'on commence à fêter ça ! s'écria-t-elle en faisant sauter le bouchon.

Un tonnerre d'applaudissements lui répondit. La mousse jaillit du goulot et ruissela sur le sol. Nous retirâmes nos pieds avec des cris perçants. Alors que la voiture démarrait, Rose distribua des flûtes à la ronde. Lorsque nous fûmes toutes servies, Noëlle leva son verre :

– Je voudrais porter un toast. À Reed !

– À Reed ! répétèrent-elles en chœur.

– Attendez, je n'avais pas terminé ! s'exclama Noëlle, le regard malicieux.

Du champagne nous éclaboussa lorsque la limousine franchit le dos d'âne, au pied de la colline. Des rires fusèrent.

– À notre amie Reed, qui a sauvé Billings, qui s'est trouvé un mec adorable et qui en a une demi-douzaine d'autres à ses trousses ! Et c'est normal, parce qu'elle est super belle ! continua Noëlle.

Je rougis. Mes amies éclatèrent de rire.

– Ce que j'essaie de vous dire, c'est que vous avez fait preuve d'une grande sagesse en la choisissant pour présidente, dit Noëlle en me fixant dans les yeux.

Des murmures approbateurs lui répondirent. Mon cœur était près d'exploser.

– À Reed !

Je crois que c'était l'un des plus beaux moments de ma vie.

Dorlotée

J'adorais siroter du champagne dans un salon de beauté de Park Avenue, derrière une porte affublée d'un écriteau « Soirée privée ». J'adorais voir les passants ralentir et jeter un coup d'œil à l'intérieur, essayant d'apercevoir ce qu'on y faisait d'exceptionnel. J'adorais être à ma place plutôt qu'à la leur. Et je savourais mon plaisir, consciente d'avoir une chance incroyable.

Par quel miracle Reed Brennan, originaire de Croton, au fin fond de la Pennsylvanie, s'était-elle retrouvée dans ce salon luxueux, à conseiller une sénatrice sur son choix d'ombre à paupières, pendant que Frederica Falk achevait de maquiller une célèbre présentatrice de télé, et que deux richissimes héritières échangeaient des histoires de douane cauchemardesques avec ses amies, non loin de là ?

C'était totalement surréaliste.

– On dirait que tout se passe bien, commenta Noëlle en se glissant auprès de moi.

La sénatrice prit poliment congé, non sans m'avoir glissé un chèque dans la main. Je le dépliai et écarquillai les yeux en découvrant le montant. Je le tendis à Noëlle, qui sourit :

– Ce n'est rien. Si tu savais combien les deux grosses, là-bas, ont filé à Tiffany pour décrocher une prise de vues en privé avec Tassos…

Elle tourna le dos à la foule et exhiba une liasse de billets si épaisse qu'elle aurait pu servir de presse-papier. Je ris et bus une lampée de champagne :

– Cromwell va s'étrangler de rage.

– J'aimerais être là pour voir ça, si tu le permets, répondit Noëlle.

– Pas de problème.

Nous échangeâmes des sourires radieux et mon optimisme culmina. Ça allait marcher. Le gala-bénéfice, notre amitié, tout. Tout allait s'arranger.

– Voilà ! C'est parfait ! annonça Frederica en mettant une dernière touche au maquillage de la présentatrice.

Depuis le début de l'après-midi, c'était son signal pour indiquer qu'elle en avait terminé avec une cliente. Lorsque sa voix haut perchée, teintée d'un fort accent allemand, retentissait dans la salle, les convives retenaient leur souffle. Frederica, une petite femme blonde aux lunettes en écaille, semblait jouir d'une autorité naturelle, malgré sa frêle constitution.

– Et maintenant, au tour de l'organisatrice ! décréta-t-elle.

Elle s'avança vers moi et me prit par les épaules.

– Je m'occupe de vous !

– Quoi ? Moi ? Non ! protestai-je. C'est une faveur réservée aux donatrices...

– Ne soyez pas ridicule ! dit-elle. Aucune d'elles ne serait là sans vous !

Elle m'obligea à me tourner face au miroir et tapota mes joues de ses mains fraîches.

– En plus, je veux travailler sur ce visage parfait. Vous ne pouvez pas refuser.

– Elle a raison, Reed, dit Noëlle en me prenant ma flûte de champagne. Ce genre d'occasion ne se présente qu'une fois dans une vie. En plus, Frederica est une vraie magicienne !

Mes amies, leurs invités et toutes les anciennes élèves me regardaient avec envie. Plusieurs m'encouragèrent à accepter.

– Asseyez-vous ! m'ordonna Frederica en me poussant d'autorité dans le fauteuil.

– D'accord.

Je regardai dans le miroir les femmes en robe noire qui attendaient leur tour et ajoutai :

– Enfin, si ça ne dérange personne…

Pas de réponse. Dans cette salle pleine de célébrités, de débutantes et de millionnaires, j'étais probablement la seule autorisée à resquiller.

– Je vais remplir ta coupe, m'avertit Noëlle.

Elle me pressa l'épaule avant de disparaître dans la foule. Je souris et m'installai confortablement. Noëlle était à mes côtés depuis le matin, et pas une fois elle n'avait hasardé un commentaire ironique, un sourire narquois, ou même un regard condescendant. Et voilà qu'elle courait remplir mon verre ! Comme si elle ne convoitait pas ma position. Comme si elle trouvait normal de me servir.

Peut-être étions-nous vraiment amies, après tout…

Fleur

Au cours des deux dernières années, j'avais eu plusieurs fois l'occasion d'entrer dans des demeures de Manhattan. Je n'avais guère de souvenirs des deux premières : l'appartement des Pearson et le loft qui avait abrité l'Héritage en octobre dernier. J'étais assommée de chagrin lorsque j'étais allée chez les Pearson pour la veillée funèbre de Thomas, et ses parents ne nous avaient pas exactement fait faire le tour du propriétaire. Je me rappelais seulement que leur appartement m'avait paru vaste et inhospitalier, encombré de meubles. Quant au prestigieux appartement de l'Héritage, il était encore plus flou dans ma mémoire. Les lieux étaient plongés dans la pénombre, et j'étais saoule. Je l'avais trouvé immense, et j'avais admiré sa vue magnifique sur Central Park.

La troisième était la maison de grès brun des Hollis, un endroit agréable et cosy, équipé de tout le confort moderne, mais où régnait une bonne ambiance de maison familiale. Y repenser m'était pénible.

La maison des Lange était de loin la plus stupéfiante. C'était un hôtel particulier, niché au cœur d'un quartier sans prétention. De l'extérieur, on aurait pu le prendre pour un immeuble d'appartements chic, avec son grand escalier et sa porte rouge au heurtoir de bronze. Il semblait assez vaste pour être divisé en huit ou dix logements. Mais pas du tout. Ce n'était qu'une seule maison, immense, magnifique, divine !

Sabine et moi devions avoir l'air émerveillé de touristes devant le château de Versailles lorsque Noëlle nous fit traverser le hall pour rejoindre l'ascenseur. Nous tendîmes nos manteaux à l'une des trois employées qui nous suivaient en silence. Je faillis trébucher à force de jeter des coups d'œil furtifs dans les salles qui bordaient le couloir : une bibliothèque fabuleuse, une salle de musique équipée d'un piano à queue, un salon qui semblait tout droit sorti d'un roman de Jane Austen. Cet endroit était délirant. Pourtant, personne ne semblait le remarquer. Même pas Constance. C'était à se demander comment étaient les maisons de mes amies.

La chambre de Noëlle, où nous devions dormir le soir même, était au troisième étage (la maison en comptait quatre). En fait, elle occupait tout l'étage et tenait davantage de l'appartement. La vaste chambre à coucher jouxtait un salon équipé d'une télé aux dimensions d'écran de cinéma, un dressing où s'alignaient des rangées et des rangées de vêtements, et une salle de bains en marbre rose dans laquelle j'aurais pu me perdre. On y trouvait également une mini cuisine équipée d'un réfrigérateur et d'une machine à expresso dernier cri, donnant sur un patio qui surplombait le parc. Ma famille tout entière aurait pu vivre à l'aise dans la « suite » de Mlle Lange.

– Allez, faites-vous belles ! nous commanda-t-elle en jetant son sac et sa robe sur son lit à baldaquin. Prenez tout ce qu'il vous faut, sauf les trucs de mon cabinet de cosmétiques secret. D'ailleurs, comme je ne vous fais pas confiance, j'y ai fait mettre un cadenas, ajouta-t-elle pour plaisanter.

Des rires fusèrent et chacune s'empressa de déballer ses affaires. Il ne nous restait que peu de temps avant le dîner et la vente aux enchères. Nous nous habillâmes à la hâte, toutes les seize dans la même pièce. Puis ce fut la course pour rejoindre la salle de bains et le dressing, des pièces bien éclairées et équipées de miroirs. Je restai en arrière avec Noëlle. J'avais déjà été maquillée par une professionnelle.

– C'est magnifique, ici ! dis-je en me dirigeant vers la porte vitrée donnant sur le patio. Mais ce n'est pas comme je l'avais imaginé…

– Ah bon ? fit Noëlle en attachant son collier de saphirs. Pourquoi ?

– Parce que ce n'est pas en bazar, ironisai-je.

Elle s'esclaffa.

– J'ai du personnel. Crois-moi, ce n'était pas aussi bien rangé la dernière fois que je suis partie.

Elle s'approcha d'un meuble en chêne, dont elle fit coulisser les portes :

– Un peu de musique ?

Le meuble abritait une chaîne hifi aux lignes pures, entourée d'une quantité impressionnante de CD et de vieux disques vinyle. Un iPod était relié à l'ampli, ainsi qu'un lecteur de CD et une platine de disques.

– Waow ! Je ne savais pas que tu étais branchée musique, dis-je en faisant courir les doigts sur les tranches des albums.

Tous les groupes préférés de mon père étaient représentés. Les Beatles, les Doors, les Clash, U2, et des centaines d'autres.

– C'est mon obsession, avoua Noëlle.

Elle choisit un CD et l'inséra dans le lecteur.

– Les concerts sont ma drogue, ajouta-t-elle avec un sourire malicieux.

Tandis que la musique se déversait des baffles, Noëlle disparut dans son placard à chaussures. Je songeai que j'ignorais beaucoup de choses sur elle. Aimait-elle lire ?

Et si oui, quoi ? Quels films regardait-elle sur cette immense télé ? Je savais qu'elle aimait voyager, mais où ? Que faisaient-ils avec Dash, pour s'amuser ? Finalement, nous n'étions pas aussi proches que je l'imaginais. Mais je pouvais y remédier. Dès maintenant.

Tout en fouillant dans mon sac pour chercher mon nouveau parfum, je l'interrogeai :

– Quel est le dernier groupe que tu as vu en *live* ?

Je m'aspergeai de parfum au moment où Rose, Portia, Tiffany et Sabine sortaient de la salle de bains en papotant. L'odeur s'infiltra dans mes narines et je fus prise d'un violent haut-le-cœur.

Cheyenne. C'était le parfum de Cheyenne ! Son odeur était sur mes vêtements, sur mes cheveux, et flottait dans l'air tout autour de moi. L'odeur de Cheyenne ! Son parfum sucré, fleuri. Mes amies se figèrent.

– Tu viens de vaporiser « Fleur » ? demanda Rose, stupéfaite.

– Le parfum de Cheyenne, traduisit Portia. Ce n'est pas un peu bizarre, Reed ?

– Non ! Je…

J'examinai le flacon. C'était un petit vaporisateur rond, sur lequel le mot « Fleur » était imprimé de travers, en lettres nacrées. D'où venait-il ? Je n'avais pas emporté ce flacon. Je regardai le sac dont je l'avais extrait pour m'assurer que c'était bien le mien. Sans aucun doute.

Il contenait aussi mon pyjama, mon livre. Ma trousse à maquillage.

– Je n'ai jamais mis ce parfum dans mon sac, dis-je, au bord de la nausée. J'ai emporté le flacon que j'ai acheté chez Barneys le week-end dernier. Il s'appelait « Free », vous vous rappelez ?

Je regardai Sabine pour confirmation.

– Tu as peut-être pris celui-là à la place quand tu as fait tes valises, suggéra-t-elle, vaguement inquiète.

– Non. Je n'en ai pas d'autre, répondis-je sèchement.

Noëlle sortit du dressing et remarqua que tous les regards convergeaient vers moi.

– Reed ? Que se passe-t-il ?

Je reculai de quelques pas sur des jambes tremblantes et me laissai tomber sur le bord de son lit.

– Ce n'est pas à moi ! Je ne l'ai pas apporté. Je ne l'ai pas acheté. Je n'aurais jamais… Jamais je n'aurais voulu sentir comme… Quelqu'un a dû le mettre dans mon sac.

Je regardai mes amies à tour de rôle, les yeux implorants. Mon pouls cognait dans mes poignets. Elles se contentèrent de me fixer en retour, perplexes.

– Reed, pourquoi quelqu'un se serait-il amusé à mettre le parfum de Cheyenne dans ton sac ? me demanda Tiffany.

– Je ne sais pas ! gémis-je, au bord des larmes.

J'étais complètement imprégnée de son parfum. Il m'étouffait et m'empêchait de réfléchir.

– Pourquoi quelqu'un s'amuse-t-il à faire ces choses-là ? Pourquoi…

Je m'arrêtai net, comprenant que j'en avais trop dit. Toutes nos amies nous avaient rejointes à présent, et elles me regardaient comme une folle échappée de l'asile. Rose vint m'enlacer.

– Quoi ? Quelles choses ?

Je promenai un regard circulaire dans la pièce. Je ne pouvais pas lui répondre. Elles allaient me prendre pour une dingue. D'ailleurs, je l'étais peut-être. Je perdais la boule.

– Il faut que je retire cette robe, dis-je.

Je me levai et me contorsionnai pour atteindre la fermeture éclair, sur ma nuque. Mes mains étaient tellement moites que je ne parvenais pas à la saisir.

– Aidez-moi, quelqu'un ! suppliai-je.

Constance se précipita et descendit la fermeture. Je retirai aussitôt la robe dorée, la laissai tomber au sol et l'écartai du pied.

– Je ne peux pas mettre ça, déclarai-je en tremblant. Elle empeste !

Je restai debout devant mes amies dans mes dessous en dentelle, la peau couverte de chair de poule et le souffle court.

– Je ne peux pas porter ça, répétai-je. Il faut que je mette autre chose.

– Reed, calme-toi.

Noëlle traversa la rangée de spectatrices horrifiées et me prit par le bras.

– Viens. Je vais te prêter un truc à moi. Pas de panique !

– Ça va ? me demanda Sabine, tandis que Noëlle m'entraînait vers son dressing. Tu as besoin de quelque chose ?

– Débarrasse-nous de ce parfum ! Je ne veux plus le voir, dis-je d'une voix étranglée.

Je lorgnai vers le flacon, que j'avais abandonné sur le couvre-lit de Noëlle.

– Tu n'as qu'à le balancer.

Lorsque nous fûmes dans le dressing, Noëlle referma la porte et me fit asseoir sur un banc, entre des meubles à chaussures. Les larmes jaillissaient de mes yeux et roulaient sur mes joues. J'agrippai les côtés du siège et luttai en vain pour retrouver mon souffle. La photo, les billes noires, les fringues roses et les e-mails, et maintenant le parfum ! C'était trop.

– Reed, il faut que tu respires ! insista Noëlle en s'agenouillant près de moi. Tu me fais peur. S'il te plaît, respire.

J'aspirai une goulée d'air, qui resta coincée dans ma gorge. Elle refusait de descendre dans mes poumons.

– Mets la tête entre tes jambes !

Noëlle m'obligea à baisser la tête et la bouffée d'air suivante atteignit son but. Mes poumons me brûlèrent et je me mis à tousser. Toujours en larmes, je m'effondrai sur l'épais tapis à mes pieds.

– Voilà. Respire, répéta Noëlle d'une voix apaisante. Respire.

Quand je retrouvai enfin mon état normal, je m'assis et inspirai profondément. Je m'essuyai les yeux et mes mains se barbouillèrent de noir. Adieu, mon maquillage professionnel !

– Ça va mieux ? voulut savoir Noëlle.

Je hochai la tête. Elle se leva et vint s'asseoir près de moi.

– Qu'est-ce qui t'est arrivé ?

J'aurais aimé tout lui dire, mais c'était impossible. Je venais juste de gagner son respect. Je ne pouvais pas lui avouer que quelqu'un à Easton me persécutait. Ou que j'étais probablement en train de devenir folle. Je ne pouvais pas lui montrer combien j'étais vulnérable. Pas maintenant.

Soudain, une pensée me frappa comme un coup de poing.

Je me rappelai avoir vu Ivy s'éloigner à la hâte de Billings, juste avant de quitter Easton. Nos sacs étaient restés sans surveillance devant le dortoir pendant un bon quart d'heure. Ivy avait parfaitement pu fouiller dans mes affaires, et remplacer mon flacon de Free par un flacon de Fleur. Mon sac était facile à identifier, avec mes initiales brodées dessus. C'était Ivy, forcément ! Je ne voyais pas d'autre explication.

– Reed ! insista Noëlle.

Mon amie était visiblement inquiète. Je mentis pour la rassurer.

– Je ne sais pas... Vraiment pas... Je ne comprends pas comment ce flacon de parfum a atterri dans mon sac, mais, à la seconde où je l'ai vaporisé, tout m'est revenu en bloc ! Le corps inanimé de Cheyenne dans sa chambre, l'horreur de cette journée...

Noëlle glissa une mèche de cheveux derrière mon oreille et me caressa la tête.

– Tu es sûre que c'est tout ? Tu n'as rien d'autre à me dire ?

– Non, dis-je en reniflant. J'ai craqué. Je suis désolée.

Je me redressai et tentai de donner le change.

– Ça ne te dérange pas de me prêter une robe ?

Noëlle se leva à son tour et me montra une rangée de petites robes noires suspendues à des cintres.

– Fais ton choix. Si tu es sûre que ça va.

– Ça va, mentis-je encore. Je n'ai pas le choix. J'ai un gala à organiser.

Noëlle sourit fièrement.

– Bravo, ma grande… Euh, je veux dire, bravo, Reed ! rectifia-t-elle, se corrigeant d'elle-même. Je vais prévenir les filles que tu es remise. Pendant ce temps, habille-toi et débarbouille-toi.

Elle sortit une petite clé dorée d'une boîte de chaussures et me la tendit :

– Tiens, tu peux même utiliser ma réserve spéciale de cosmétiques.

– Merci !

Je souris lorsqu'elle se glissa dehors et referma la porte. À l'instant où elle fut partie, je m'assis devant la coiffeuse et me regardai dans le miroir. J'avais les joues barbouillées d'eye-liner, et le fond de teint que Frederica m'avait appliqué avec tant de soin avait disparu. J'avais l'air d'un clown triste sortant d'un orage. J'étais effrayante. Monstrueuse.

Comment allais-je surmonter cette épreuve ? Comment allais-je m'acquitter de ma tâche, alors que j'étais en train de perdre la raison ?

Je fixai mes yeux bouffis et pris une profonde inspiration. Dehors, les filles Billings bavardaient joyeusement. Ma crise de nerfs était déjà oubliée.

« Il faut que tu te reprennes, Reed ! Pour elles. Pour Billings ! me répétai-je. Tu enfileras ta camisole de force plus tard. »

Performance

Noëlle avait raison depuis le début. Le Loft Blanc était l'endroit idéal pour organiser cette soirée. Le décor était simple. Minimal. Glamour. Le champagne coulait à flots, les bavardages emplissaient la pièce, et les top models engagés par les villes jumelles déambulaient parmi les invités avec des airs placides. L'ensemble tenait de l'œuvre d'art : une performance parfaitement orchestrée.

Je voyais tout cela. Mon cerveau traitait les images. Mais j'étais incapable de l'apprécier. J'étais encore obsédée par l'épisode du parfum.

La prochaine fois que je verrais Ivy, je lui ferais tout avouer. Et après cela je lui rendrais la monnaie de sa pièce. Ça commençait à bien faire !

– Reed ! Félicitations ! Cette soirée est un succès ! me dit Susan Llewelyn en s'arrêtant pour embrasser l'air près de mes joues.

Susan était une ancienne pensionnaire de Billings. L'une des rares que je connaissais.

– Merci ! dis-je, surprise de la voir. Je peux vous poser une question ?

– Bien sûr !

Elle but une gorgée de champagne et passa une main dans ses courts cheveux blonds.

– Où étiez-vous le jour où le bureau des directeurs s'est réuni pour décider de notre sort ? lui demandai-je. On aurait bien eu besoin d'une alliée dans le camp adverse.

Susan cligna des yeux et son éternel sourire s'évanouit un instant. C'était clair que j'avais passé les bornes. Qu'importe, je voulais une réponse.

– Le bureau a estimé que ma présence constituerait un conflit d'intérêts, dit-elle d'une voix douce. Et, pour être honnête, j'ai préféré faire profil bas, vu le rôle que j'ai joué dans cette histoire.

– Je vois.

En d'autres termes, elle n'avait pas voulu endosser ses responsabilités. Pour mémoire, c'était Susan qui nous avait permis de quitter le campus le soir d'Halloween, en nous révélant l'existence du passage secret sous Gwendolyn Hall. Soudain, le respect qu'elle m'inspirait baissa d'un cran.

– Ah, j'aperçois une amie ! dit-elle gaiement. Je dois vous laisser !

En la regardant s'éloigner, je me demandai pourquoi tant de gens cultivaient la duplicité. La plupart des personnes que j'avais rencontrées à Easton avaient deux visages. Parfois davantage.

– Champagne ? fit Marc en arrivant à mes côtés.

Il pressa la flûte fraîche contre mon épaule nue et je souris. Pour un soir de novembre, il faisait plutôt doux. J'étais heureuse d'avoir choisi une tenue légère dans la garde-robe de Noëlle. C'était une petite robe noire à dos nu qui m'arrivait quelques centimètres au-dessus du genou.

– Merci !

Je souris et lui pris la flûte des mains.

– Je t'ai déjà dit que tu étais super belle, ce soir ? me demanda-t-il.

Il était assez craquant lui-même dans son smoking de location, avec sa longue cravate chocolat. Je vidai la moitié de la coupe en une gorgée avant de lui répondre :

– Tu n'es pas obligée de me faire de compliments, tu sais...

– Je sais. J'en avais envie.

– Reed ! Te voilà ! On t'a cherchée partout, s'exclama soudain Hunter Braden.

Il me prit par le coude comme si nous étions des intimes, comme si je ne l'avais jamais envoyé sur les roses. Il était en smoking, lui aussi. Sa chemise était entrouverte et une barbe blonde de plusieurs jours couvrait ses joues. Très millionnaire voyou.

– Ma mère rêve de faire ta connaissance ! Maman, je te présente Reed Brennan ! C'est elle qui a organisé ce gala.

– Enchantée, madame Braden ! dis-je, essayant d'être aimable avec la mère, même si j'avais peu de considération pour le fils. C'est toujours un plaisir de rencontrer une ancienne de Billings.

Elle écarquilla ses yeux bleus, ce qui tenait de l'exploit. À voir sa tête, elle s'était fait injecter dix flacons de Botox dans la dernière demi-heure. Son visage était un masque bouffi, étiré autour de lèvres charnues et d'yeux charbonneux.

– Bravo ! s'exclama-t-elle. Vous connaissez notre histoire sur le bout des doigts ! J'en suis ravie. C'est un plaisir de vous rencontrer enfin.

Après m'avoir serré la main, elle ouvrit son sac à main à fermoir vintage, dont elle sortit une petite enveloppe qu'elle me remit discrètement :

– Pour la cause.

– Merci !

Cromwell nous avait interdit d'accepter l'argent des anciennes pensionnaires de Billings pour les préparatifs, mais pas pour la collecte de fonds proprement dite. Heureusement.

– Je vous souhaite bonne chance pour ce soir, même si cela me paraît superflu, ajouta-t-elle.

Elle regarda derrière moi.

– Oh, mais c'est Rinnan Hearst! Je dois absolument aller la voir !

Entendre ce nom familier me fit un coup au cœur. Je suivis son regard et découvris la célèbre actrice en train de discuter avec son époux, alias le père de Cheyenne. Le beau visage de M. Martin, durement marqué par le deuil, me troubla plus que je ne l'aurais imaginé. Ma température grimpa en flèche et je fus prise de vertige.

– Waow ! Tu es vraiment la star de la soirée, dit Marc, après que plusieurs personnes se furent arrêtées pour me féliciter.

Des gens à qui je n'avais même pas pu répondre. Leurs parfums entêtants et leurs paumes moites accentuaient mon malaise. Ainsi, le père de Cheyenne était présent. L'homme qui avait insisté auprès de la police pour faire rouvrir l'enquête sur la mort de sa fille. Les souvenirs m'assaillirent. Je me rappelai son discours entrecoupé de sanglots, le jour des funérailles. Je le revis tomber à genoux quand ils avaient répandu les cendres de Cheyenne, son enfant chérie. J'imaginais quelle torture ce devait être pour lui de se retrouver dans cette salle, entouré des amies de sa fille, sachant qu'elle aurait dû être ici avec nous, occupée à bavarder, rire et flirter. Se demandait-il qui d'entre nous l'avait assassinée ?

– Il faut que je sorte prendre l'air, déclarai-je.

– Reed…

Je fis un pas vers la porte et me pétrifiai. Josh venait d'entrer. Josh, superbe dans son smoking, avec ses boucles blondes indisciplinées. Le voir me fit chaud au cœur. Mais que fabriquait-il ici ? Il détestait Billings. Était-il quand même venu pour moi ? Pour me soutenir ?

Marc avait posé une main apaisante sur mon poignet. Il me parlait, mais je ne l'entendais pas. C'est à peine si je sentais son contact. Josh occupait toutes mes pensées et, une fois de plus, je songeai que j'aurais donné n'importe quoi pour qu'il me revienne. Pour qu'il me prenne dans ses bras. Pour l'entendre me dire que tout allait bien se passer. J'éprouvais un sentiment de manque si vif que c'en était douloureux. Soudain, je compris ce qui clochait dans mon attitude. Ces derniers temps, je m'étais évertuée à lui chercher un remplaçant, ou du moins à susciter sa jalousie. C'était mesquin, idiot, revanchard. Puisque Josh était le seul garçon qui compterait jamais pour moi, j'aurais dû consacrer plutôt mon énergie à le reconquérir. Décidée à mettre cette bonne résolution en pratique sans attendre, je criai son nom.

Josh esquissa un sourire, mais je constatai rapidement que celui-ci ne m'était pas destiné. Il regardait derrière moi, sur sa gauche. Je me retournai et vis une silhouette fendre la foule. C'était Ivy Slade, tout de blanc vêtue. Elle lui rendit son sourire, s'avança jusqu'à lui et lui prit la main. Ma gorge se noua.

– Qu'est-ce qu'elle fiche ici ? demandai-je, venimeuse.

– Quoi ? De qui tu parles ?

Marc suivit mon regard et aperçut Ivy.

– Ah, oui ! C'est mauvais signe, commenta-t-il, se rappelant qu'Ivy était le chef de la brigade anti-Billings.

– Elle n'a rien à faire ici ! grondai-je.

Je fonçai vers l'intruse sans la quitter des yeux, déterminée à la jeter dehors, même si elle avait payé son entrée.

– Votre attention, s'il vous plaît ! dit Tiffany dans le micro.

Notre amie s'était perchée sur notre petit podium improvisé. Les gens se turent et se focalisèrent sur elle. Je continuai sur ma lancée.

– Je m'appelle Tiffany Goulbourne et je voudrais commencer par vous remercier toutes et tous d'être venus ici ce soir...

Dix pas. Je n'étais plus qu'à dix pas de la confrontation. De la vengeance. Mais soudain Josh attira Ivy à lui, caressa sa joue d'une main et se pencha pour l'embrasser comme s'ils étaient seuls au monde.

Je me figeai, littéralement foudroyée.

Ivy battit des paupières et ferma les yeux. Josh fit durer le baiser, caressant son épaule du bout des doigts. Ainsi, la rumeur disait vrai. Ils sortaient ensemble. J'avais tellement espéré que c'était faux...

Mon cœur se mit à cogner contre mes côtes, tel un oiseau affolé. Les mains de Josh, ses lèvres... tout cela m'appartenait. De quel droit les offrait-il à cette sorcière ?

– Je tiens à vous présenter la personne qui a organisé cette fabuleuse soirée ! continua la voix de Tiffany dans les haut-parleurs. Mesdames et messieurs, voici Reed Brennan !

Trouble-fête

Josh et Ivy se séparèrent en échangeant des regards pleins de tendresse. J'étais hypnotisée, incapable de les quitter des yeux. Ma tête tournait. Le sol tanguait sous mes pieds. J'allais bientôt m'effondrer.

– Reed ? Où es-tu, Reed ? Je sais que tu es là, quelque part ! insista Tiffany, suscitant des rires polis dans la foule.

Marc arriva derrière moi et me prit par le bras.

– Viens, Reed ! Tout le monde t'attend.

Ivy fixait le podium. Elle glissa quelques mots à l'oreille de Josh et se fraya résolument un chemin entre les serveurs, les convives et les top models. Où allait-elle ? Bah, qu'importe ! Josh était seul. Il fallait que j'en profite...

– Reed !

Les villes jumelles m'empoignèrent chacune par un bras et m'entraînèrent vers la scène, où m'attendait Tiffany. Mes genoux se dérobaient, et elles durent me soutenir pour franchir les derniers mètres. Les gens nous regardaient passer avec curiosité, imaginant sans doute que j'étais saoule. Pas du tout. J'étais juste passée en mode obsessionnel : Josh et Ivy. Josh et Ivy. Josh et Ivy.

Comment pouvait-il l'embrasser, alors qu'il était censé m'aimer. Et pendant ma soirée, en plus ! C'était vraiment dégueulasse ! Ignorait-il à quelle peste il avait affaire ? Ne savait-il pas de quoi elle était capable ? Non, il ne pouvait pas le savoir. Sans quoi, il n'aurait jamais été avec elle. Je devais lui ouvrir les yeux. Au passage, je lui dirais que j'avais besoin de lui. Je...

– Bonjour ! Je m'appelle Ivy Slade et je suis venue vous dire pourquoi on vous a fait venir ici ce soir...

Les villes jumelles s'arrêtèrent net et contemplèrent la scène bouche bée. Ivy avait, je ne sais comment, réussi à confisquer le micro à Tiffany et s'adressait à la foule médusée.

– Ceci n'est pas un gala-bénéfice au profit de l'Académie d'Easton, ajouta Ivy avec véhémence. C'est un simple exercice de relations publiques pour la maison Billings. Oui, Billings ! Ce nom vous dit quelque chose ? C'est ce grand dortoir, à la lisière du campus, où vivent les filles les plus odieuses de l'établissement.

Quelques gloussements lui répondirent. Les filles Billings, éparpillées dans la pièce, convergèrent vers le podium. Tiffany, qui fixait Ivy d'un air abasourdi, fit une tentative pour récupérer le micro. Ivy esquiva son geste et enchaîna :

– Vous connaissez ces filles qui n'ont jamais à répondre de leurs actes. Qui se tirent toujours des mauvais pas comme par enchantement. Ces filles qui profitent de leur pouvoir et de leur argent pour exercer leur domination sur toute l'école. Eh bien, devinez quoi ? Cette année, elles ont enfin été prises la main dans le sac. Mais, ô surprise ! Elles ont négocié leur rédemption. Si elles arrivent à récolter cinq millions de dollars, leur cher dortoir ne sera pas fermé, comme il devrait l'être depuis longtemps. Voyez ! Comme d'habitude, elles manipulent les gens pour arriver à leurs fins. Ce soir, elles comptent sur vous et sur votre argent durement gagné pour se racheter. Alors, permettez-moi de vous poser une question. Voulez-vous vraiment être les dindons de la farce ? Ne pensez-vous pas que les filles Billings doivent être mises hors d'état de nuire une bonne fois pour toutes ?

Je sentis mon cœur se ratatiner comme un raisin sec. Non contente de m'avoir piqué mon mec, Ivy tentait de saboter ma collecte de fonds ! Je promenai un regard affolé sur les convives et tentai de localiser Josh pour épier sa réaction. Ivy l'avait-elle informé de ses projets ? Était-il son complice ? Hélas, dans ma panique, j'étais incapable de faire le point dans cette mer de visages mécontents. Je n'entendais que de vagues murmures. Les paroles d'Ivy produisaient l'effet escompté. Son plan diabolique allait porter ses fruits.

– Reed ! Fais quelque chose ! grommela Vienna entre ses dents.

– Il faut que tu montes sur le podium. Arrête-la ! ajouta London en me lâchant le bras.

J'étais pétrifiée et mon cerveau tournait à vide.

– Je… Je ne peux pas… Je ne peux pas.

Et voilà. J'allais faire une crise de nerfs. Ivy avait gagné. Elle avait séduit Josh et détruit Billings. Elle m'avait détruite. Elle avait eu beau me prévenir, je n'avais pas su l'en empêcher.

– Pendant des années, les résidentes de Billings ont fait de nos vies un enfer, continuait-elle. Aujourd'hui, enfin, cela peut cesser. Ne leur donnez pas votre argent ! Ne soutenez pas cette hypocrisie !

– Fais-la taire, Reed ! m'implora Vienna.

Elle me poussa si fort dans le dos que je faillis m'affaler sur les marches du podium. Malgré mon air hagard, Tiffany parut soulagée de me voir. Quant à Ivy, elle m'adressa un sourire narquois.

– Oh, regardez ! voici Reed Brennan, la présidente de Billings ! ricana-t-elle. Je meurs d'envie d'entendre ce qu'elle va dire pour sa défense.

Des centaines d'yeux se tournèrent vers moi. La terreur me coupait les jambes.

– Viens, Reed ! Monte. Qu'est-ce que tu attends ? m'encouragea Ivy.

Elle descendit deux marches, me prit le bras et tira, au risque de me déboîter l'épaule. Puis elle me fourra le micro dans la main et s'éclipsa. Je fixai la foule sans la voir. Des images horribles s'affichaient en surimpression : les lèvres de Josh sur celles d'Ivy, le corps inanimé de Cheyenne sur le sol, son nom répété à l'infini dans ma boîte de réception, son mot d'adieu, les billes noires, la tache sur la manche de son pull rose, le flacon de parfum… Mon esprit les faisait défiler à une vitesse ahurissante. J'étais tellement abasourdie que je tendis la main pour me retenir à Ivy. Elle se déroba et je manquai de basculer en avant.

– Oups ! Je crois que notre hôtesse a trop bu ! s'exclama-t-elle, moqueuse.

Les rires suscités par son commentaire me transpercèrent comme des milliers d'aiguilles. Je fis un effort surhumain pour me redresser. Pourquoi étais-je là, déjà ? Pourquoi tous ces gens me regardaient-ils ? Ma place n'était pas ici. Je n'étais personne. Juste une pauvre fille de Pennsylvanie qui venait de se faire larguer, et qu'on avait rendue folle à force de la harceler.

– Je-je suis désolée, bredouillai-je. Je suis désolée, je…

Une main s'abattit sur mon épaule. Je devinai que c'était Noëlle avant de la voir. Elle me prit le micro et me contourna pour monter sur le podium.

– Merci, Ivy, pour cette petite distraction..., commença-t-elle avec un sourire ironique.

Puis, après que les rires se furent tus :

– Pour ceux qui ne me connaissaient pas, je m'appelle Noëlle Lange. Je suis élève en terminale à Easton et résidente du dortoir Billings. Je voulais juste vous préciser que tout ce qu'Ivy vient de dire est exact.

Il y eut quelques « oh » surpris, puis le silence retomba. Personne ne s'attendait à une telle défense. Je battis en retraite et considérai Noëlle avec détachement, comme si j'avais regardé un film ou assisté à une pièce de théâtre.

– Il est exact que notre dortoir risque d'être fermé à cause d'incidents déplorables intervenus au début de l'année, rappela Noëlle. Et c'est vrai aussi que nous avons demandé à M. Cromwell, notre directeur, de nous laisser une seconde chance. Il a admis que la meilleure façon de nous racheter et de prouver notre loyauté à Easton serait d'organiser un gala-bénéfice au profit du lycée. C'est pourquoi nous vous avons conviés ici aujourd'hui. À toutes fins utiles, je tiens à vous préciser que les sommes récoltées ce soir iront directement au conseil d'université de l'Académie d'Easton, qui les emploiera comme bon lui semblera. Billings n'en tirera aucun avantage.

Noëlle toisa Ivy, qui semblait furieuse mais ne broncha pas. Elle attendait sans doute une meilleure occasion. Elle pouvait toujours rêver...

– Quant aux accusations portées à l'encontre des filles Billings, là aussi, je dois avouer qu'Ivy a raison, continua Noëlle. Dans le passé, nous avons profité de notre pouvoir et de notre position pour obtenir ce que nous voulions. Mais cela vient de changer. Cette année, c'est l'administration, et non les pensionnaires elles-mêmes, qui a choisi les nouvelles résidentes. Elles ont été sélectionnées en fonction de leurs résultats scolaires, de leurs qualités morales et des services rendus à l'école.

Elle contempla nos amies rassemblées devant la scène comme une poule regarde ses poussins à peine éclos.

– Elles méritent qu'on leur laisse une chance d'améliorer Billings, enchaîna-t-elle. Elles ne sont pas responsables des méfaits de celles qui les ont précédées.

Noëlle regarda Ivy avec insistance avant de poursuivre :

– Billings veut désormais porter les valeurs de fraternité, de solidarité et de justice, afin de véhiculer la meilleure image possible d'Easton. L'argent que vous nous donnerez ce soir, en nous permettant de préserver notre dortoir, contribuera à son renouveau.

Elle s'interrompit et regarda l'assistance, comme pour délivrer son message à chacun des convives personnellement.

– Allez-vous vraiment laisser une trouble-fête aigrie vous dicter vos choix ? demanda-t-elle enfin, en pointant un doigt sur Ivy.

Les rires et les applaudissements emplirent la salle. Noëlle avait gagné. Elle rendit le micro à Tiffany, qui s'empressa de le faire disparaître. Ivy resta plantée devant la scène, les bras croisés et l'air indigné. Elle finit par se retirer. Les acclamations résonnaient encore dans ma tête lorsque Noëlle se tourna vers moi. Je ne savais comment lui exprimer ma reconnaissance.

– Noëlle, merci infiniment ! m'étranglai-je, une larme roulant sur ma joue. Je ne savais pas quoi faire. Je...

– Alors, Lèche-vitres, on dirait que j'ai sauvé une deuxième fois ton petit gala ! me coupa-t-elle en me fusillant du regard. En fait, tu avais raison depuis le début : Billings est MA maison.

Ses paroles me firent l'effet d'une gifle.

– Quoi ? lâchai-je.

Elle me regarda avec dégoût. Une crotte de chien écrasée sous sa semelle ne lui aurait pas inspiré plus de répugnance. Puis elle tourna les talons et partit comme une fusée. À quoi cela rimait-il ? Avait-elle prévu dès le départ de se conduire ainsi ? Ainsi, Sabine avait raison. Noëlle avait passé son temps à comploter dans mon dos pour saper mon autorité. Et moi, je l'avais laissée faire. J'avais cru naïvement que je comptais pour elle, que nous étions amies. Mais Noëlle ne connaissait rien à l'amitié. Elle ne s'intéressait qu'à elle-même. Je courus derrière elle et l'apostrophai :

– Comment tu as pu me faire une chose pareille ?

Noëlle s'arrêta et se tourna à demi. Elle avait son iPhone à la main et fixait l'écran en secouant la tête.

– C'est drôle, j'allais te poser la même question, cracha-t-elle.

Elle me colla le téléphone sous le nez et mon cœur s'arrêta.

Une vidéo de Dash et moi défilait sur l'écran miniature. Quelqu'un nous avait filmés le soir de l'Héritage, en train de nous embrasser, allongés ensemble sur un matelas rouge. Un gros plan montrait mes mains s'affairant pour détacher sa ceinture. Ses doigts baissant la fermeture éclair de ma robe. Tout y était. Et Noëlle avait tout vu.

Grillée

Noëlle fonçait vers la porte, mais j'avais enfin recouvré mes esprits. Je savais ce que je devais faire. Je devais l'arrêter. Me justifier.

– Noëlle, s'il te plaît ! Attends. Laisse-moi t'expliquer !

Je la rattrapai par un bras. Elle me l'arracha avec tant de force qu'elle faillit me soulever de terre.

– C'est à l'Héritage ! cria-t-elle en brandissant son téléphone d'une main tremblante. C'est le soir où Dash et moi nous sommes remis ensemble.

Je ne pouvais détacher les yeux de la vidéo. Les images avaient été filmées depuis l'entrée de la tente. Qui avait fait cela ? Comment ? Était-ce Ivy, ou une autre personne mal intentionnée ? Et pourquoi ? Pourquoi l'avoir envoyée à Noëlle aujourd'hui ?

– Tu n'as rien à répondre, mademoiselle « fais-moi confiance » ? Mademoiselle « je ne peux pas te perdre, toi aussi » ? cria Noëlle, vibrante de rage. Dire que je te considérais comme ma petite sœur ! Tu n'es qu'une garce. Une traîtresse et une menteuse !

Plusieurs personnes près de nous ouvrirent des yeux ronds. Je me rappelai subitement où nous étions.

– Noëlle, je suis désolée ! m'étranglai-je, le visage ruisselant de larmes.

– J'espère bien que tu es désolée, répliqua-t-elle à voix basse.

Elle s'approcha de moi, par souci de discrétion sans doute.

– Tu es grillée à Easton, Reed. Grillée à Billings ! À ta place, je remballerais mon bazar et je sauterais dans le prochain train pour Croton. Tu n'imagines pas comment je vais te le faire payer !

Je regardai désespérément autour de moi. Qu'est-ce que je cherchais ? Un allié ? Quelqu'un qui me sauverait d'un coup de baguette magique ? Quelqu'un qui prendrait mon parti ? Où était Sabine ? Où étaient Constance, Tiffany et Rose ? En les cherchant des yeux, je vis que la moitié des gens regardaient leur téléphone en riant. Ils me montraient du doigt. L'auteur de la vidéo ne s'était pas contenté de l'adresser à Noëlle. Il l'avait envoyée à tout le lycée. L'humiliation me consumait de l'intérieur. Il fallait que je parte d'ici. Tout de suite.

Je me frayai un chemin vers la sortie en titubant. Les gens qui attendaient leur manteau au vestiaire s'écartèrent pour me laisser passer comme si j'étais contagieuse. Je fouillai dans mon sac à la recherche de mon ticket et récupérai mon manteau. Je m'apprêtais à filer quand j'aperçus Constance qui discutait dans le hall avec Marc. Le soulagement me submergea. Constance était mon amie. Elle avait toujours été loyale avec moi. Elle m'aiderait. Elle m'écouterait. Elle comprendrait...

– Constance, ouf ! dis-je en marchant vers eux. C'est la panique !

Elle tourna vers moi un visage blême.

– Je n'arrive pas à croire que tu aies fait une chose pareille, Reed ! me dit-elle d'une voix sourde, les yeux accusateurs. Noëlle et toi, vous étiez amies ! Et tu étais encore avec Josh ce soir-là, n'est-ce pas ? Comment tu as pu leur faire ça ?

– Qu-quoi ? m'étranglai-je.

– Reed, tu devrais partir, me dit Marc d'une voix ferme.

– Mais je...

– Sérieusement. Avant que ça ne devienne encore plus glauque.

Il ponctua ces mots d'une grimace de dégoût. Lui, d'ordinaire si gentil ! C'est alors que je mesurai l'horreur de la situation. Constance et Marc n'allaient pas me pardonner. Les deux personnes les plus adorables que je connaissais ne voulaient même pas entendre ma version. Qui se rangerait de mon côté, sinon eux ? C'était fini. Je n'avais plus personne. Ma vie était en lambeaux.

Dilemme

L'air froid de la rue changea instantanément mes larmes en perles de glace et mes joues me brûlèrent. Pour couronner le tout, un marteau-pilon s'était mis en marche dans mon crâne. Je surpris les regards distraits de quelques passants et m'obligeai à respirer calmement. Il fallait que je me concentre. Que je réfléchisse à la suite. Je n'arrivais même pas à me rappeler dans quelle rue j'étais. Mes affaires étaient restées chez Noëlle. Où allais-je dormir ce soir ? Comment allais-je rentrer à Easton ?

Un taxi jaune vint se ranger contre le trottoir et Dash McCafferty en descendit. Je le regardai payer sa course sans en croire mes yeux. Était-ce un mirage ? Dash portait un manteau noir qui accentuait encore sa carrure imposante, et ses mains étaient gantées de cuir. Lorsqu'il m'aperçut enfin, il se hâta de me rejoindre.

– Reed ! Qu'est-ce que tu fais toute seule dehors ?

Il jeta un coup d'œil sur la porte derrière moi.

– Je suis désolé d'être en retard. Il y a eu un problème avec ma sœur et son mari et...

Il surprit mon expression lugubre et fronça les sourcils :

– Aïe. Noëlle est en rogne ?

Hem. C'était peu dire.

– Dash, elle est au courant, dis-je en tremblant.

Une ombre traversa son visage. J'étais certaine qu'il m'avait comprise à demi-mot. Il m'interrogea pourtant :

– Au courant de quoi ?

– Pour nous. À l'Héritage, fis-je d'une voix suraiguë. Tout le monde le sait.

Je désignai la porte d'un geste.

– Quelqu'un nous a filmés et a balancé la vidéo à tout le lycée.

– Quoi ?

Dash devint livide. Il joignit les mains, hésitant. Devait-il affronter Noëlle maintenant, ou faire demi-tour et lui poser un lapin, lui donnant un motif de fureur supplémentaire ? Pour un peu, je l'aurais plaint d'avoir à trancher un tel dilemme.

– Je n'arrive pas à le croire, murmurai-je.

Dash fit demi-tour et prit mon bras dans sa poigne ferme.

– Viens. Je te ramène à Easton.

Ces mots sonnèrent à mes oreilles comme la plus douce des musiques. Enfin, quelqu'un se rangeait de mon côté. Quelqu'un proposait de m'aider. Hélas, ce n'était pas la bonne personne. Dash était le dernier qui puisse me venir en aide. Je fis appel à toute ma volonté pour me soustraire à son étreinte réconfortante.

– Non, c'est impossible. Il ne faut pas qu'on nous voie ensemble. Surtout pas maintenant. D'ailleurs, tu devrais entrer. Si quelqu'un nous aperçoit en train de discuter, ça risque d'aggraver la situation.

Dash contracta les mâchoires.

– Reed, je suis infiniment désolé. Tu as reçu mon mail ? Tu ne m'as jamais répondu.

Son mail ? Ah oui, tiens... Soudain, j'étais curieuse de savoir ce qu'il m'avait écrit.

La porte s'ouvrit et plusieurs élèves d'Easton sortirent en riant, insouciants.

– Vas-y, Dash. S'il te plaît ! le suppliai-je.

Dash regarda les nouveaux venus et bomba le torse.

– Tu es sûre que ça va aller ?

– Oui.

Il s'éloigna à regret. Je le regardai partir, le cœur serré. J'avais perdu mon seul allié.

– Et... Dash...

Il s'arrêta.

– Bonne chance ! Je veux dire... avec elle.

Sa mâchoire se crispa de nouveau. Il tourna légèrement la tête, me montrant son profil.

– Bonne chance à toi aussi !

Sur ces mots, il tira la porte du Loft Blanc et disparut à l'intérieur. Une soudaine rafale faillit me renverser. Je relevai le col de ma veste en me maudissant. J'aurais dû profiter du taxi de Dash. Mais comment aurais-je payé la course ? J'avais quitté Easton sans un dollar, imaginant que je n'aurais pas besoin d'argent ce week-end. Quelle inconscience !

– Alors, tu l'as vu, maintenant ?

Mon sang se figea lorsque je reconnus cette voix. Je fis volte-face. Ivy était juste derrière moi, emmitouflée dans une veste de fourrure blanche. J'eus envie de l'étrangler. De serrer son cou gracile jusqu'à ce qu'elle rende son dernier souffle.

– Vu quoi ? demandai-je entre mes dents.

– Le côté obscur de Billings.

Elle s'avança lentement vers moi, ses talons cliquetant sur le trottoir.

– Je sais que tu t'es renseignée sur mon compte. Tu dois pourtant connaître le dicton : « La curiosité a tué le chat. »

Une fois de plus, tout devint limpide. C'était Ivy qui avait fait la vidéo. J'en étais certaine. Elle ne voulait pas que j'assiste à l'Héritage et ma présence l'avait mise hors d'elle. Ce film, c'était sa vengeance.

Elle plongea ses yeux froids dans les miens et je remarquai soudain que son regard ressemblait étrangement à celui d'Ariana. Cette pensée me glaça jusqu'aux os. De quels autres méfaits cette fille était-elle capable ? Et pourquoi la ville me semblait-elle soudain aussi déserte ?

– Tu veux savoir pourquoi je déteste Billings, Reed ?

Ivy enfonça les mains dans ses poches.

– Je vais tout te raconter. En seconde, Cheyenne et moi étions amies. En fait, on était des amies d'enfance. Mais cela, tu le sais déjà, n'est-ce pas ? Espèce de fouineuse.

Je serrai les dents. J'avais une furieuse envie de la provoquer en duel. Comment osait-elle me reprocher mes recherches, alors qu'elle était entrée une demi-douzaine de fois dans ma chambre ? Alors qu'elle m'avait harcelée, espionnée, persécutée, jusque dans mon dortoir ? Cependant, je me tus. J'étais curieuse d'entendre son récit.

– Cheyenne savait qu'elle était assurée d'entrer à Billings, étant une héritière. Alors, quand j'ai reçu une invitation à mon tour, elle m'a incitée à tout faire pour y être admise. Elle voulait qu'on partage notre chambre. Elle était tellement excitée que je n'ai pas eu le cœur de refuser, même si c'était le cadet de mes soucis.

Ivy s'approcha d'un conifère planté devant l'immeuble et joua avec ses aiguilles.

– Je me suis donc pliée à leur jeu ridicule : voler des sujets de devoirs, entrer dans le dortoir des mecs, et toutes leurs conneries. Et tout ça, rien que pour Cheyenne. À l'époque, une des épreuves consistait à s'introduire par effraction dans une maison pour y voler un objet précis. Comme Cheyenne était une héritière, elle a eu une tâche facile : subtiliser le Golden Globe de Rinnan Hearst dans sa maison de Lichtfield. C'était enfantin. On l'a fait ensemble. Toutes les secondes : Cheyenne, Rose, Portia, Taylor, Kiran et moi. On est passées par la porte principale. Quand on est ressorties, les filles de première et de terminale nous attendaient pour nous féliciter.

Elle me regarda avant de continuer :

– Mon épreuve à moi était autrement plus compliquée. Je devais entrer dans la maison de ma grand-mère, équipée d'un système d'alarme hyper sophistiqué, pour voler une boîte précieuse, un héritage familial. Aujourd'hui encore, je me demande comment elles avaient appris l'existence de ce truc... Enfin, c'est cela qu'elles voulaient.

Ainsi, il s'agissait d'une épreuve Billings ! Cette histoire que j'avais lue dans le journal était la conséquence d'un bizutage.

– Est-ce qu'elles essayaient de t'exclure ? demandai-je à Ivy, avant même d'avoir réalisé que j'allais parler.

Après tout, c'était le traitement que Cheyenne avait voulu infliger à Sabine, Constance et Lorna cette année.

– Je ne crois pas, concéda-t-elle. Elles n'étaient pas au courant pour l'alarme. Moi, je savais que c'était impossible, et je l'ai dit à Cheyenne. Elle ne m'a jamais laissée renoncer. Billings était trop important à ses yeux. Alors, on l'a fait. On est entrées. Et j'ai eu beau planifier soigneusement l'opération, on a déclenché l'alarme.

Elle eut un petit rire de dérision.

– Cette maison, c'était fort Knox. Mon père avait tanné ma grand-mère pour qu'elle se fasse installer une alarme, car elle persistait à vouloir vivre seule. J'étais dans sa chambre, la boîte à la main, quand la sirène s'est déclenchée et l'a réveillée. La seconde d'après, elle s'effondrait à mes pieds.

Ivy laissa son regard se perdre dans le lointain.

– Mes soi-disant amies sont entrées dans la pièce pour me convaincre de partir. Quand elles m'ont vue par terre, essayant de ranimer ma grand-mère, elles ont pris peur et filé. Peu après, Ariana et Noëlle ont fait irruption dans la chambre. Ariana a voulu m'obliger à partir. Elle m'a dit que les flics arrivaient. Qu'on était fichues si on restait. Cheyenne était derrière elles. Elle hurlait, me suppliait de les accompagner. Mais qu'est-ce que je pouvais faire ? Je n'allais pas laisser ma grand-mère mourir là, toute seule. Alors que j'étais responsable.

Les yeux d'Ivy s'embuèrent et elle me regarda méchamment, comme si j'avais joué le rôle d'Ariana et exigé qu'elle fasse passer Billings avant sa famille.

– Noëlle n'arrêtait pas de me dire que ma grand-mère s'en sortirait. Les flics étaient en route, ils s'occuperaient d'elle. En fait, ça lui était complètement égal. Heureusement, je ne l'ai pas écoutée. Je connaissais son égoïsme. Je leur ai demandé de partir, de me laisser tranquille. Et tu sais quoi ? Elles ne se le sont pas fait répéter. Elles ont toutes décampé. Même Cheyenne.

– Noëlle n'était sûrement pas indifférente, dis-je d'un ton calme, prenant machinalement la défense de mon amie. Elle ne pensait pas seulement à sauver sa peau. Elle voulait s'assurer que tu n'aurais pas d'ennuis avec la police, en plus de tout le reste.

– Elle t'a complètement lobotomisée, hein ? dit Ivy avec un rictus amer. Tu n'as pas entendu ce que je viens de dire ? Elles m'ont laissée seule ! Seule, à regarder mourir ma grand-mère. Cheyenne a même emporté la boîte qu'elles m'avaient envoyée chercher. Il s'agissait avant tout de réussir l'épreuve. Être digne de Billings.

Je revis soudain en pensée la boîte que j'avais aperçue dans la chambre de Cheyenne après sa mort. La boîte en argent gravée aux initiales VMS. S, comme Slade. Ce devait être le fameux trophée. Ainsi, Cheyenne l'avait conservé tout ce temps. Comment avait-elle pu supporter de le voir en permanence, sans être rongée par la culpabilité ?

– Je suis la seule à avoir été arrêtée ce soir-là, continua Ivy en se levant. Bien sûr, mon père a fait retirer la plainte. Et, l'an dernier, je suis allée au lycée à Boston pour m'occuper de ma grand-mère. Elle ne s'est jamais vraiment remise de son attaque et, quand elle est morte cet été, toute la famille a été soulagée. Ils ont dit qu'elle ne souffrirait plus là où elle était. N'empêche, à l'enterrement, personne ne me regardait. Ils me jugent coupable, et ils ont raison. C'est de ma faute si elle est partie. C'est de la faute de Billings.

Malgré moi, j'éprouvais de la compassion pour elle. J'imaginais la peine qu'elle avait dû ressentir. Sa culpabilité.

– Voilà, Reed. Voilà pourquoi je déteste Billings. Pourquoi je déteste Ariana. Pourquoi je haïssais Cheyenne. Pourquoi je hais encore Noëlle.

Elle vint tout près de moi pour ajouter :

– Ariana a eu ce qu'elle méritait, mais Noëlle est toujours là, à se pavaner, à vouloir faire sa loi. Sauf que moi, je sais qui elle est vraiment. Je sais de quoi elle est capable. Et je ferais n'importe quoi pour la voir tomber de sa tour d'ivoire. N'importe quoi !

Un frisson glacé me traversa, alors que le vent s'était calmé. La sympathie que j'avais ressentie pour Ivy un instant plus tôt s'évanouit brusquement.

Ivy avait tué Cheyenne. Ses parents avaient raison. Leur fille ne s'était pas suicidée. Elle avait été assassinée. Par son amie d'enfance.

Soudain, tout s'expliquait. Je savais qu'Ivy avait les moyens d'entrer à Billings, puisqu'elle m'avait persécutée pendant des semaines. Elle avait dû s'y introduire de nuit pour mettre en scène le suicide de Cheyenne. Et tout cela, pour se venger. Parce que Cheyenne lui avait préféré Billings et l'avait laissée seule avec sa grand-mère souffrante. Après quoi, Ivy avait décidé de s'en prendre à moi, la nouvelle présidente, le nouveau symbole de Billings. Elle nous haïssait. Et, si j'avais bien compris, elle avait choisi une autre cible. Noëlle serait-elle sa prochaine victime ? Avait-elle l'intention de la tuer pour la faire « tomber de sa tour d'ivoire » ?

La porte s'ouvrit derrière Ivy, et Josh sortit en boutonnant son manteau. Il me jeta un bref coup d'œil avant de se détourner, comme si ma vue l'incommodait.

– Te voilà, dit-il en glissant sa main dans celle d'Ivy. On y va ?

Je fixai leurs doigts enlacés. Josh tenait la main d'une meurtrière. Mon Josh. Mon grand amour.

– Avec plaisir ! répondit Ivy, l'air triomphant.

Alors qu'ils pivotaient pour partir, Josh me lança un dernier regard. Dans mon état de confusion, je ne parvins pas à le déchiffrer. Était-il déçu ? Fâché ? Triste ? Indifférent ? Aucune idée. Tout ce que je savais, c'était que je devais coûte que coûte l'éloigner d'Ivy. Le sauver. Mais comment ? J'ouvrais la bouche pour lui crier un avertissement, quand Ivy se tourna vers moi. Son expression était si terrifiante que j'en eus le souffle coupé. Puis ils tournèrent au coin de la rue et disparurent.

Les voitures me dépassaient en sifflant sur l'avenue. Une pluie glaciale s'était mise à tomber. Josh était parti. Dash était parti. Je n'avais plus personne. Personne à qui confier ce que je savais sur Ivy. Personne pour m'aider à réfléchir sur la conduite à tenir.

J'étais seule.

Cet ouvrage a été mis en pages
par DV Arts Graphiques à la Rochelle

Impression réalisée par

CPI
BRODARD & TAUPIN
La Flèche

en février 2011
pour le compte des Éditions Bayard

Imprimé en France
N° d'impression : 62044